燕子号 与 亚马孙号
探 险 系 列

GREAT NORTHERN？

ARTHUR RANSOME

保卫北方大潜鸟

〔英〕亚瑟·兰塞姆———— 著　顾文冉————译

人民文学出版社
PEOPLE'S LITERATURE PUBLISHING HOUSE

图书在版编目(CIP)数据

保卫北方大潜鸟 / (英) 亚瑟·兰塞姆著 ; 顾文冉译. -- 北京 : 人民文学出版社, 2025. -- (燕子号与亚马孙号探险系列). -- ISBN 978-7-02-019067-6

Ⅰ. I561.84

中国国家版本馆 CIP 数据核字第 20243QB721 号

责任编辑　朱卫净　周　洁
装帧设计　汪佳诗

出版发行　人民文学出版社
社　　址　北京市朝内大街 166 号
邮政编码　100705

印　　制　山东临沂新华印刷物流集团有限责任公司
经　　销　全国新华书店等

开　　本　720 毫米×1000 毫米　1/16
印　　张　25.25
字　　数　276 千字
版　　次　2025 年 2 月北京第 1 版
印　　次　2025 年 2 月第 1 次印刷

书　　号　978-7-02-019067-6
定　　价　88.00 元

如有印装质量问题,请与本社图书销售中心调换。电话:010 - 65233595

说　明

　　为了防止好奇的读者获知北极熊号刷洗船身，以及随船博物学家发现潜鸟的具体方位，我们已经做了一切努力（除了伪造事件的过程之外）。任何要求作者提供更多相关信息的信件（无论他们是否在来信中提供了回信的邮资），都不会得到答复。此外，若有人对赫布里底群岛了如指掌，确定了潜鸟筑巢的湖泊，并有意前去打搅，那么此人便是约翰、苏珊、提提、罗杰、南希、佩吉、桃乐茜、迪克以及作者共同的敌人。在这种情况下，作者将为自己写下这段故事而感到万分遗憾。

目 录

第一章

北极熊号

悬崖间的山岭上，一个穿着苏格兰高地传统服装的男孩正向远处眺望着。他把视线从山谷中的鹿上移开，转而投向海面，眺望那渐行渐远的风帆。可此时那风帆已缩为一个小白点，于是他转过身，重新观察起那头鹿来。

北极熊号由南希掌舵，此刻正沐浴着阳光，轻快地朝着赫布里底群岛中某座小岛的峭壁驶去。北极熊号是艘来自挪威的领航船，弗林特船长（也就是南希和佩吉的吉姆舅舅）把船借来，由手下的船员——布莱克特姐妹、沃克兄妹和科勒姆姐弟驾驶。明奇海域时有狂风暴雨，但他们此行运气不错，没有受到恶劣天气的刁难。船员们愉快地航行了两个星期，几乎每天晚上都停留在不同的港口。他们把船拖到一个遮风挡雨的海湾里，准备好好清理船上附着的藤壶和杂草，再给吃水线下的部分重新上漆。最后，他们会驶回大陆出发的港口，把崭新的船只原原本本地还给主人，以便让它立即就能再次出海。

"没人喜欢把船借给别人，"弗林特船长说过，"但我们好歹要让马克收回的时候，船况比之前还要棒。"

"那也好，说不准他还会借给我们呢。"罗杰表示同意。

南希此时正在掌舵，妹妹佩吉作为大副，也在驾驶舱里，坐在南希身旁，随时准备搭把手。弗林特船长则坐在甲板天窗上抽着烟斗，眼

睛盯着平顶的峭壁，找寻着接受他们停靠的海湾。罗杰坐在前舱口守望，心里想着从早晨开始便越刮越小的风，究竟要小到什么程度才会让大伙决定打开引擎。其他船员都在甲板下面的水手舱里，除了苏珊，她看了看时间，走进水手舱，给普利默斯汽化炉点火，为全体船员准备茶水。

自北极熊号成为一艘领航船以来，船舱几乎没有什么变化。舱内仍然有六位领航员的铺位，安在长椅上方的船壁上。上床睡觉，按照提提的话说，就是"钻进了兔子洞"。但只要上了床铺，就可以拉上帘子，与世隔绝。当疲倦的领航员躲在帘子后面呼呼大睡的时候，别的船员可以在旁边开着灯打打牌。船尾附近还有两个铺位，分别位于升降梯两侧，方便船员登上甲板。领航船过去的任务就是出海迎接返航的大船，换下他们的领航员，重新出海。约翰和弗林特船长就睡船尾的铺位，而南希、佩吉、苏珊、提提、桃乐茜和迪克各有一个属于自己的船壁铺位。罗杰呢，由于年纪最小，就住水手舱，那位置一看便知，是以前哪个挪威船童留下的。

约翰分岔着双腿稳定身体，靠在升降梯边的绘图桌上。他看着桌上的地图，标识着明奇海域两侧的海岸线：一边是苏格兰大陆，另一边是外海的赫布里底群岛。他把视线转向那几张小点的地图，上面绘制了船只试图寻找的小港湾。北极熊号船主马克在船上留下了不少这样的小地图，约翰和南希可像捡到了宝一样，沉醉在研究这些地图里。当弗林特船长说他想在把船还回去前好好刷洗一番时，约翰和南希向他挥舞起一张地图。"瞧瞧这个，"南希说，"马克没想着把船拖回港口刷洗。你瞧这

锚的位置，还有旁边他用铅笔画的叉……'刷洗北极熊号'……我们也照他的来。北极熊号有自己的一套，咱们没必要把它拖进港口里呢。"弗林特船长不大情愿地同意了。

提提趴在属于她的船壁铺位上，咬着铅笔，更新她的私人航海日志。她的日志跟约翰和南希记录的官方日志可不大一样。他俩的官方日志详尽记录了航向啦、航程啦、风向标记和气象数据等等信息。每当北极熊号在水中破浪前行时，趴在铺位上写东西可要比坐在桌前舒服多了。（倒也不是说现在船颠簸得厉害——此时此刻驱动它前进的风其实在减弱，而是在经历了前几次的大风大浪后，提提便养成了趴着写的习惯。）桃乐茜也在写什么，可她写的东西和船上发生的一切没什么关联。她蜷缩在桅杆跟前的角落里，靠在分隔水手舱和主船舱的舱壁上，脑袋里琢磨着她新小说里恶棍的形象——是黑胡子、戴耳环，还是胡子剃得干干净净、脸颊上有一道疤呢？

迪克被任命为本船的"博物学家"。他坐在右舷长椅上，一手握着铅笔，一手拿着《袖珍鸟类手册》和笔记本，防止它们从桌面上滑落。他在编列航行期间所见鸟类的品种。令他失望的是，他重点关注的特殊品种到现在还没观察到，但他还是说服自己相信这次航行是成功的。当他第一次听说要离开北方港口、访问群岛的时候就提到："我们可以看到潜鸟。"桃乐茜说："那就戴上黄铜头盔，下潜入海，寻找沉船里的金块。"迪克解释说："我不是说潜水员，而是说潜鸟 ①。它们有些是红喉，有些

---

① 在英语中，表示"潜水员"和"潜鸟"的单词都是 diver。

是黑喉的。我们还可能会看到北方大潜鸟呢，不过现在大部分北方大潜鸟都还在冰岛栖息。"在整个航程中，他一直期待北方大潜鸟出现。现在，航程快要结束了，他安慰自己说，名单上许多鸟都是他亲眼看见并且补充记录的。其中包括鲣鸟、海鸽、燕鸥、海燕、暴风鹱、海鹦、刀嘴海雀、秋沙鸭等。迪克信心满满，确认有几张海鸥照片拍摄得近乎完美。尽管有几张拍摄的距离有点远，但是照片上有只海鸥正忙着吞鱼，那也算不错。但他没有看到潜鸟。如果明天大家都要忙着刷洗船身，他就再也没有机会了。

"约翰，"他问道，"你了解地图上的这些湖泊吗？我们的抛锚地离那里有多远？我能看看吗？"

约翰坐到迪克身边的长椅上，举起小地图，让两个人都能看见。地图上标示了沿岸的入海口，一个海岬和一列岩礁将入海口一分为二。海岸南面是一片平原，北面则是悬崖和山岭。内陆有一串湖泊，其中两个湖泊从山上的溪流接受来水，最终流向标着十字锚的港湾。迪克心想，在这两个湖泊中说不定能看到潜鸟。约翰对这些湖泊没什么兴趣，却注意到地图顶部绘有清晰的线条，勾勒出了海岸后山脉的轮廓，中间一座方顶山的一角标有一条垂直向下的虚线，旁边有一条注释："方顶山山顶北端，方位西 1/2 北，通向入口北方的悬崖。"

前甲板突然传来一阵跺脚的声音，罗杰尖叫道："帆船！不……摩托艇……舰尾部……"

这是当天看到的第一艘船。约翰手里还攥着小地图，一溜烟地登上升降梯。桃乐茜绕过桌子跟着他。提提翻身下铺，赶紧追上桃乐茜。就

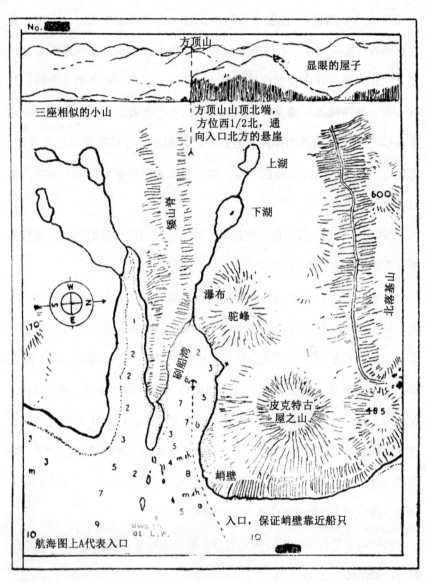

马克绘制的海湾图

（我们加上了一些地名。不是十分准确。抱歉。——南希·布莱克特）

连苏珊，在仔细打量了炉火烧得刚刚好后，也砰的一声下了前舱口，推开正在舱顶的罗杰，爬了出去。迪克瞥了一眼他的鸟类手册，书上说，海岸附近的山区湖泊发现过黑喉潜鸟。可等他再回头一看，船舱里只剩他一个人了，其他人都上了甲板。

大家七嘴八舌，一片嘈杂，轮流拿起望远镜看个不停。"嘿，轮到我看了，是我先发现的。"传来罗杰的声音。"不就是一艘摩托艇罢了。"传来约翰的声音。"它会从我们身边掠过呢。"传来南希的声音。"南希，继续开吧。我们的航向没问题，不用担心。它会从我们后面开过去的。"传来弗林特船长的声音。"真是近得擦身而过啊。"传来罗杰的声音。"大概是艘货船。"传来提提的声音。"也可能是搭着医生去哪座灯塔的船。"最后传来桃乐茜的声音。

迪克几乎没去听大伙在吵些什么。他正查阅着鸟类手册的彩图，包括他从没见过的潜鸟。明天就是最后的机会了，而甲板上的叽叽喳喳对他毫无意义，直到他突然听见了自己的名字。

"那是迪克的观鸟船。"他听见佩吉的声音，"迪克！过来看呀。他在哪儿？喂！迪克！"

桃乐茜向升降扶梯下面叫道："迪克！迪克！赶紧过来！那艘船是你那观鸟人的，要从我们旁边经过呢！"

迪克立马动身，朝升降扶梯走去，他一上甲板，桃乐茜就把望远镜递给他。但他不用望远镜也认得出观鸟船。认出船简直就是一秒钟的事情，但他随即稳住望远镜，仔细调节，辨别出了船名的字母，"PTER……"北极熊号突然摇摆了一下，望远镜也随之一晃，指向天

空……迪克重新放低镜筒，读出最后几个字母，"ACTYL"。没错了，这艘应该就是正在返航的翼手龙号①！之前他们航行的时候就在岬角另一端的港口见过这艘船，那时迪克还和大伙解释了船名是什么意思——翼手龙，一种既像鸟又像蜥蜴的史前动物，可惜早已灭绝了。那时他们上岸后，沿着堆满补给物资的海岸前进，便看到船准备起航，于是停下脚步好好观察了一番。"他又去设得兰群岛观鸟了，"一个码头工人说，"今年都第四次了。"迪克问："您说他去干什么？"那人回答说："观鸟人中有人告诉他有种稀罕的鸟儿，他就想着跑八百千米的路赶过去。要是有人告诉他哪儿能看到那鸟，他就愿以重金回报。"迪克目送着大型摩托艇驶出桥墩。而当大家回到船上，迪克又沿着索具爬上横杆。他向船外望去，摩托艇早已远去，缩成海面上的一个小白点，朝着海鸟在遥远北方的筑巢地去了。或许，他有朝一日也会拥有这样一艘船。船上有座塞满了鸟类书籍的图书馆，再配上一间暗房，备上长焦距镜头的照相机，这样，他就可以远远地拍摄鸟儿的照片，而不会惊扰到它们。只要能登上翼手龙号，跟观鸟人好好交流一番，他愿付出任何代价。其他人都笑话迪克（除了罗杰，他喜欢带引擎的船），他们说，人家不就是开了艘摩托艇嘛，上任何一艘帆船，也照样能看到鸟儿，还不会丧失帆船航行的乐趣呢。从此以后，大家每次看到摩托艇，就会说："迪克的船来啦！"但是迪克不在乎他们的调侃。即便翼手龙号是以引擎驱动的，在迪克这样的观鸟人眼中，只要空间容得下居住，那就足以胜任成为一艘考察船。

---

① 英文名称为 Pterodactyl。

任何人有了这样的船都可以跟着鸟类随处迁徙。

翼手龙号掠过北极熊号的船头，距离只有二三十米。

"真没礼貌。"南希说。

"他有权这样。"弗林特船长说，"挨得那么近，是想着我们不会轻举妄动。话虽如此，他也应该礼貌一点，用不着这样擦身而过。"

迪克手持望远镜，想看清观鸟人的身影。但翼手龙号的舵柄安在一间甲板室内，他看不见掌舵的人。这艘大型摩托艇破浪前进，船头白沫纷飞，甲板上却空无一人。

"估计他已经见过不少鸟儿了。"迪克自言自语。

"见过什么了？"佩吉问。

"迪克满脑子都是鸟。"桃乐茜说。

"潜鸟。"迪克说。

"再过一小时，船就能进港啦。"弗林特船长看了眼横杆上的时钟，那只钟被螺丝固定在横杆上，方便查看，"如果那艘船要返回……"（他们第一次遇见翼手龙号港口的名字，鉴于某种原因，本书不便透露。）

"要是我们先在那边加油，然后穿过去，就能再看到它了。"桃乐茜对她弟弟说道。

"它当然可能去其他地方。"迪克说。

"我们发动引擎吧。"罗杰来到船尾。他看到翼手龙号比北极熊号快得多，心里很不舒服。

"真见鬼，"南希说，"你到这儿来干吗？快回你的前哨去，引擎的事情用不着你插嘴。"

"用不了多久，你自己就会急着发动引擎。"罗杰登上前舱，又补充道，"瞧这风越来越小了。"

弗林特船长向他打量了一番。"罗杰说得没错。"他说，"看来情况有变，风力太小。但我们的汽油不够用，除非马上加油。昨天一整天都风平浪静的，我们的油箱差不多见底了。不过没关系，我们就快到了，马上就能看到那座山了。"

罗杰回到前甲板。苏珊又回到水手舱，看着壶内开始沸腾的热水。迪克还在观察着观鸟人渐渐消失在视野中的船。南希一会儿看罗盘，一会儿看船帆，让帆张开，但不张满，尽可能利用好这套老旧的帆具。其他所有人，包括弗林特船长、佩吉、提提、桃乐茜和约翰，则都在打量着前方的青山。

"方顶山到了！"罗杰突然喊，手沿着船首斜桁的方向指着。

"我看不到。"提提说。

"在哪儿?"桃乐茜问道。

"应该就是了，"约翰说，"就要到了。"

他们前方的地平线发生了变化，靠近海岸的山岭越来越高，遮蔽了背后的山岭。约翰把小地图递给佩吉，从左舷支索爬上横杆，试图在高处获得更好的视野。

"就是那座方顶山，没错!"他叫道。

弗林特船长从佩吉手中接过地图。

"就在船头右舷方向。"约翰叫道，飞快地瞥了一眼地图。

"差不多。"弗林特船长说，"地图上那根线画的就是我们现在的位

置。南希，我们的方位如何？"

"西偏北。"南希说。

"那我们就从右边进去，不偏不倚！"

"北极熊号一路平安。"提提说。

"继续前进，"弗林特船长说，"这阵风可以将我们直接送进入口。"

苏珊的一只手从甲板天窗里伸了出来，拉了拉绳子的玫瑰结，绳子另一端连着的铃铛便响了起来。

"叮！叮！"

"两声！五点钟了，该喝茶啦！"南希叫道，仿佛急于把其他人赶下甲板。

"待会儿再说吧。"弗林特船长说，"要是风小了，我们就没时间了。"

罗杰听到第一声铃响，就打开了前舱门，消失在下面。苏珊又一次把手伸出甲板天窗，这次是向舵手递杯子。佩吉接过杯子，放在驾驶舱背风口，杯子在那里不会滑落。苏珊又递给她一大块圆面包。佩吉伸手接住。

"我要不要再上甲板去？"她问。

"用不着了。"南希说。

提提和桃乐茜下了梯子，佩吉跟在她们身后。

"约翰，加油！"南希说，"等我们再靠近一些，你就能看得更清楚啦……迪克，跟他们一起下去吧。你的翼……翼手龙号已经看不见啦。"

迪克朝着海岸南面突出的那团长长的东西最后望了一眼。它看上去像一座岛屿，但他清楚那实际上是一条海岬，是他们一开始跟观鸟船相

遇时，隐藏在港湾内的那块地方。摩托艇再也望不见了，迪克跟着约翰下了甲板。

南希一个人留在甲板上掌舵。甲板下面传来茶杯和盘子叮当作响的声音。她喝了一大口茶，然后咬了一大口面包。这回要比那些有浮标、灯塔、商店和码头的港湾有意思多啦。朝着未知海岸扬帆前进，观察着海岸上那小小的缺口，手中又掌舵着一整艘船，她真希望在船舱里喝茶的大伙能一直喝下去，好让她独自享受这航行的乐趣。

迪克坐在船舱桌前，打量着茶杯里漂浮的两片茶叶，然后一把舀了出来。

"浮叶①！"提提说道。

"说不定就是你的潜鸟。"桃乐茜说，"说不定你真能看见它们。"

迪克是讲求真理的科学家，不相信茶叶占卜那一套。"现在已经没什么希望了。"他回道。

"很难说哩！"桃乐茜说道。

船儿即将在一个未知的锚地靠岸，且地点由船员而非船长选择之时，谁都不愿意留在甲板下面。南希独自驾船的时间没能持续很久，也没有人悠闲地在下面喝茶喝个不停。大伙都再次上了甲板，看着海岸线越靠越近，眺望着那方方的山顶，查看了罗盘，再比对着马克绘制的小地图，

---

① 指用漂浮的茶叶占卜。

比照着峭壁的形状，急切地探寻着港湾的所在地。在那里，北极熊号曾经停泊，接受刷洗，这一次仍然如此。

"就在这里！"约翰叫道，向横杆抬起望远镜，"就在峭壁左边……南面的那块低地。沿着船首斜桁的垂直方向前进！"

此时，他们都能从甲板上看到峭壁下狭窄的入口、那沿着山脊延伸的峭壁，还有山脊北侧的几座农舍和一座灰色的房子。

"显眼的屋子。"佩吉打量着地图说道。

"不过，"提提说，"地图上没标我们要去的房子。"

"房子无关紧要。"桃乐茜说，"地图上的房子在山脊后面的另一座山谷里。我们甚至都看不见。"

"我现在甚至都看不清。"罗杰说。

海上的情况总是风云万变。就在他们驶入港湾入口前的最后一分钟，情况突然变了。南面的山顶越来越模糊，风越来越小，北极熊号的速度越来越慢。阳光变暗了，海岸上也发生了奇怪的事，内陆的山峰突然变得尖利而清晰，半山腰的位置却好似挂起了一面白纱。

"我就说嘛，要开动引擎。"罗杰说。

弗林特船长转过身，一脸忧郁。

"我们估计只能改变计划了。"他突然说，随即走下升降扶梯，往下看去。大家看到他忙着摆弄平行直尺，在海军上将的地图上测量着什么。

"瞧，"南希说，"他该不会想着要放弃了吧。"

"为什么？我们差不多都到了。"提提说。

船帆突然摆动起来，南希只得改变方位，让船帆重新鼓起来。空气突然变冷了，仿佛有人一下子把阳光给关闭了。

"我看不见山头了。"约翰叫道。

甲板下面突然传来叫声："喂！南希，你干吗改变航向？"弗林特船长从地图桌上抬起头，看着地图桌上方舱顶挂着的罗盘。

"风向变了。"南希说，"起雾了，我们看不见山顶。"

弗林特船长气冲冲地爬上升降扶梯，他向前方的峭壁看了一眼，立即向右舷帆索跳去。

"准备就绪！"他叫道，"舵柄转向下风！"

北极熊号开始十分缓慢地转向，一阵柔和的风从西北方向吹来。

"风向正对着山顶。"弗林特船长说，"我们该如何利用这风向，好明天入港刷船呢？"

"然后根本不进那海湾吗？"南希说，"可你保证过我们要进港的。"

"瞧这情况，自己看吧。"弗林特船长说。

此时，气候又发生了转变，迷雾已经遮蔽了方顶山的矮坡，整座山如同白色雾海中的一座小岛。而雾海，正向他们滚滚袭来，现在已然吞没了低处的土地，在悬崖脚下不断地翻滚。

"风向正对着山顶，"弗林特船长又说道，"迪克可以向他的船多看一眼……迪克，是吗？"

"这可是看到潜鸟的最后机会了。"迪克说。

"快看这儿。"南希说，"我们一靠近山头风就会直对着我们吹，把我们吹进港湾的方向，两侧都是坚硬的岩石……"

"说得没错。"弗林特船长说。他向南面那隐没的山头望去，然后抬

头眺望峭壁，迷雾已经没过了山顶。

"我们差不多已经进去了。"南希说。

"已经很晚了。"苏珊说。

弗林特船长弯下身子，看了看钟表。"潮水就要退了。"他说，"非不得已我也不会这样做，但迷雾马上就会淹没我们。"他又从口袋里取出袖珍罗盘，测定了方顶山的方位，此刻那山顶已变成了迷雾上垂悬的若隐若现的灰色幽灵，"好吧，南希，"他说道，"你赢了！降下所有的帆！罗杰，我们打开引擎。上天保佑，剩下的汽油能撑到我们抵达终点！"

"啊，太好了！"提提说。

"是，是，长官！"罗杰跟着船长下了甲板，"我早就说要开引擎了。"

甲板下传来引擎启动的呼呼声和预热阶段的持续跳动声。弗林特船长立马又上到了甲板。此时支索帆已经被降下，佩吉和苏珊在合力收起艏三角帆。弗林特船长给约翰搭了把手，收起了上桅帆，支起了顶索吊杆。"你和苏珊拉住升降索，"他说，"我抓住中间往下拉。"对于北极熊号的船员们来说，这可是日常训练的常规项目，没几分钟，所有的船帆都已经被降了下来，这艘老船在水面上开始了未知的飘摇。

"南希测深，约翰掌舵。罗杰，慢速前进！"

"是，是，长官！"

引擎的声音变了，北极熊号又开始动了。

"西偏北。约翰，尽可能稳住！"

"现在就是西偏北方向。"

"可我们该做什么呢？"桃乐茜说。

“我们进港。”南希说道，她从舵手舱的一只柜子里取出测水深的铅锤和测深索。

“但愿如此。”弗林特船长说。

海岸线已经彻底看不见了，方顶山也被迷雾完全吞没。突突作响的引擎将北极熊号慢慢带进了一片白茫茫的雾气中。

悬崖上的一个男孩看到雾气正在逼近，填满了山谷，将他观察着的野鹿藏了起来。他感到前额一阵冰凉的气息。风向正在改变。他详细记录着当天的日记，把随身携带的蛋糕给吃了。一阵微弱的风笛声呼唤着他回家。他收起日记，把剩下的蛋糕放回饼干盒里。饼干盒是他的保险箱，他把盒子塞进了他那藏身之处的一个隐秘角落。雾气已经弥漫到他身旁，他小心翼翼地在岩石和石楠丛之间前进。陆地上没有人看到北极熊号降下帆布，也没有人听到它驶向悬崖时引擎突突作响的声音。

第二章

摸着石头过桥

天色已经彻底变了。这已经不是无忧无虑的夏日航行了。大块的雨雾扑面而来。正在掌舵的约翰眼睛盯着罗盘，好像他的性命取决于那根指针保持得是否稳定一样。每个人都全神贯注，等待着命令，心里都知道绝不能有一丝差错，需要做的事情必须立即做到。引擎室的门开着。罗杰的双眼闪闪发光，手里操控着机器，随时准备着。雾气在北极熊号上空翻滚，从舵手座的位置几乎看不清桅杆上的小旗帜。一记钢铁哐当作响的声音提示南希和弗林特船长，这两团前甲板上的黑影——该准备抛锚了。

弗林特船长来到船尾，看了眼罗盘。

"约翰，以原有方向继续前进。"他说道。

"西偏北方向。"约翰说道。

"我们需要派个人去桅顶横杆那儿……迪克……不……我忘了你戴眼镜。（迪克此时正在擦拭模糊的镜片。）佩吉。我需要苏珊来帮忙下锚。南希接下来会脱不开身。其他所有人，眼睛都睁大了，一看见什么东西就立即汇报。别忘了，一看到就汇报，别等到看清楚了再说，看到什么就说什么！罗杰，你站在旁边，我一下命令就立即停船，往船尾跑。"

"是，是，长官！"罗杰说道。

"提提，跑到下面去拿一罐涂铅锤的油上来。水手舱，右舷，顶层架子上。"

"是，是，长官！"提提跑了下去。

突……突……突……

北极熊号驶入了一片白色的世界。

这就像毛毛虫钻进茧里一样。迪克心里想着，一边匆匆地擦着镜片，想看清楚点。他也分不清雾气到底是模糊了他的镜片，还是把他团团围住才看不清眼前事物的。

南希在右舷支索旁，把救生索牢牢地绑在身上，这样她就可以摇动测水深的铅锤，而不用担心自己的身子翻出船外了。接下来……铅锤从她右手位置下降了有九十多厘米，而她左手则拿着一大卷测深索，上面以一英寻①作标记。她前后摇动起铅锤，幅度越来越大，铅锤越转越远……她最终一放手，铅锤向船头方向飞了出去。船上没人能像她这么利索。迪克看着飞出的测深索，最终被船收紧、铅锤下落，整个过程好像是南希在挥杆钓鱼一样。

测深索与铅锤

"十二英寻还没见底！"她喊道。

"继续往前！"弗林特船长喊道。

提提从升降扶梯上来，而没到走前舱口——因为前舱口的空间被随

---

① 英寻，海洋测量中的深度单位，1英寻约合1.8米。

驶入迷雾

时待命抛锚的铁链给占据了。她手里拿了只油罐，蹲在桅杆旁边，随时准备上油。迪克不止一次这样想过，在这样一伙经验老到的水手面前，他和桃乐茜只不过是两位乘客罢了。他俩知道怎么把他们的那艘小小的圣甲虫号给开起来，但这是他们第一次出海。他俩唯一能做的事情，就是不给别人添乱，然后乖乖地服从命令——要是有人需要给他们布置点任务的话。

哗啦！南希再次投出铅锤，铅锤下沉。她又一次一手一手地把铅锤拉回。

"十二英寻还没见底。"

突然传来一阵海鸥的尖叫声。弗林特船长把视线从小地图上移开，抬头看着南希，好像正在急切地等待着问题的答案。

哗啦！

"十二英寻还没见底。"

"我们肯定已经很近了，"弗林特船长对着约翰说道，"差不多要触底了。"

哗啦！

南希收线又放线，突然转身大喊道："十二英寻！"

"准备上油！"弗林特船长说道。

迪克看见提提用手指从罐子里舀了什么东西出来，塞进了他常常看到的铅锤下方的一个洞里。"赶紧！"弗林特船长对着自己低语，不让南希或者提提听到。人人都明白，他们正竭尽全力，全速前进。

哗啦！

南希收回铅锤，浸入水中。"十一英寻！"她大喊道，接着又继续收

线，盘起绳索，一把抓住铅锤观察它的底部。"十一英寻，下面是软泥！"她喊道。

迪克心想，原来就是这样。铅锤下方涂上的油脂从水底采样，让船长判断航行的策略。他现在明白地图上的笔记是什么意思了……s 代表沙滩，m 代表淤泥，sh 代表贝壳，等等。这是他第一次目睹船员给测深铅锤上油。他听过准备抛锚前一系列测深的呼喊，但是这次他们需要知道更多的信息，需要在这茫茫一片的白雾中，掌握所有能帮助他们顺利靠岸的信息。

哗啦！

"九英寻半……淤泥和贝壳……"

"我们是不是……"

"别说话，"弗林特船长说道，"听！"

海鸥在他们右舷上空的什么地方尖叫着。

"难道是悬崖？"弗林特船长咕哝着。

引擎的突突声突然听着不一样了，就好像一个人突然从水泥路踏上木栈桥一样。

"西面。"弗林特船长对着约翰说。

"是在西面，长官。"约翰悄悄说道。

"如果在北面，"弗林特船长说道，"我们就得弄清入口处的潮流方向。"

"他看上去挺开心的。"桃乐茜对迪克耳语道。

"九英寻……淤泥和贝壳。"

一只鸟飞近船尾。

"海鸽！"迪克说道，"我觉得是。"

"呃，那是什么？"

"抱歉，"迪克说，"我看到了一只鸟。"

"右舷有什么东西。"佩吉在浓雾中喊道，"不……消失了。现在我什么都看不见，但的确有什么东西。"

"她大概看到悬崖了。"弗林特船长对约翰说，"我们现在已经非常接近了。对不起，别听我讲话。"他向迪克咧嘴笑道，"注意掌舵。"

"在西面。"约翰说。

接下来发出的声音和大海扯不上任何关系，他们都大吃一惊。"回去！回去！回去！"这是只松鸡降落时发出的叫声。

"哈，我们当然不会回去！"罗杰说道，苏珊向他皱了皱眉头。

弗林特船长把地图递给迪克。"拿好了！"接着他向前甲板走去，加入那些模糊的身影。

"八英寻，"南希叫道，"八英寻……泥浆。"

"七英寻。"南希说，一转身发现弗林特船长已经到了她的身边。

"停船！"弗林特船长叫道。罗杰立刻关闭引擎，引擎急切地抽动了起来。

"右满舵！"

"右满舵。"约翰回应，转动舵柄。

"放缆绳！"弗林特船长叫道，自己动手执行。哗啦一阵巨响，接着传来缆绳穿过滑轮孔巨大的碰撞声。

"引擎关闭！"

引擎的突突声变成了呜咽，最后停了下来。

北极熊号已经下锚了。迪克看着身旁的景象，只能看见摇晃的船身外泛起的白沫，再往远处看，除了一片白雾，什么也看不见。

"我们进港了？"南希问道。

"进港了。"弗林特船长说，"但我可不敢说正好停在了原定的方位。帮个忙，把救生艇放下来。"

大伙急忙赶到吊艇架前。没过几分钟，救生艇被顺利放了下来，落入水中。

"约翰负责掌舵。"弗林特船长说，"南希，带上测深铅锤。再来个人负责打铃……一直打。我们不会走远，但铃声可以保证我们不走丢。"

他划船离开了，南希在船尾把测深索卷起来。几分钟内，船长和南希所在的救生艇就缩成雾中的一个黑点，接着救生艇就消失不见了。船上其他人听到船桨搅起的水声，面面相觑，仿佛不知道接下来该做什么。

"无论如何，我们已经在海岸附近了。"约翰说，"有没有再听到那只松鸡的声音？"

"已经抛锚了。"苏珊说，"总比在浓雾里航行要好。"

"我们估计还得换位置，"约翰说，"可能离海岸太近了。"

"他们是不是去找新位置了？"桃乐茜说。

"佩吉呢？"苏珊说，"船长把她忘了，现在她用不着留在上面。"

"佩吉，一起下来吧。"约翰叫道。

"打铃！"喊声穿过雾气向他们传来。

"叮……叮……叮……叮……叮……"铃声随即响起。船长呼喊的时

候，罗杰刚关好阀门，给引擎涂好油，从引擎室里快活地跑了出来。

"船长说让铃声一直响着。"提提说。她从罗杰手中拿走擦引擎的破布，除去自己手上的油腻。

"好，"罗杰说，"我来打铃。"于是他便让铃铛响个不停："叮……叮……叮……叮……"

"安静一下。"约翰说。他在前甲板整理支索帆，好随时再升起来，向船尾走来，"听！"

"七英寻。"他们听到南希的声音从雾中传来。

"叮……叮……叮……"

"再测一次。"是弗林特船长的声音。

"八英寻。"

北极熊号上的船员们认真倾听着桨声，想确定救生艇的位置。

"七英寻。"

"他们现在到哪儿了？"提提问，"听上去好像南希就在近旁。"

"在船尾附近。"佩吉说，"他们绕到后面去了。哎呀！这天气真是太潮湿了。"

"你能看见什么吗？"桃乐茜问道。

"什么都看不见。"佩吉说，"但我能用耳朵听。"

"一副长得长长的耳朵。"罗杰说。

"看我怎么收拾你。"佩吉说。

"在西面。"约翰说。

"打铃！"

"叮……叮……""别说啦，佩吉。我负责打铃呢。""叮……叮……
叮……"

"八英寻。"

"这声音像是从船头左舷传来的。"约翰说。

"叮……叮……"

"七英寻。"

"现在是从船中部传来的。"约翰说，"这声音辨认起来可真不容易。"

"他们在那儿！"提提叫道，救生艇的身影闪现了片刻。

"太近了。"他们听到弗林特船长的声音，"等等……现在再试一次。"

"七英寻半。"

"约翰！"

"长官！"约翰向茫茫白雾喊话。

"准备好小锚！"

"是，长官……苏珊，快点！"约翰说完，向前跑去。

"这就是说，我们一切顺利。"提提说。

"是吗？"桃乐茜说。

"当然了。"佩吉说，"他准备将小锚抛下水了。我们今天就在停泊的
地方过夜。"

救生艇的身影又出现了，这一次更清楚，不久就来到船边。

"南希，出来吧。他们下小锚索时，你帮着他们。"

"锚索准备就绪！"约翰叫道。

南希上了船，被测深铅锤弄得全身湿淋淋的。弗林特船长将救生艇

靠在船头下，约翰放下小锚。

"不是在船上。稍待片刻，慢点，我从船尾接过来。好伙计，就是这样。现在把绳子拿出来，快送完的时候就喊一声。动作要快，明白吗？"

"放心吧。"约翰说。

"要是慢了就会失败。"弗林特船长说，"我干过，所以我明白。"

他沿着北极熊号的侧面划向船尾，消失在雾中。约翰、南希和苏珊在他身后抛出小锚索，确保锚索顺利滑出。迪克和桃乐茜在驾驶舱内看到锚索像蛇一样在水上滑行，最后像落入水中的别的东西一样，消失在几米外的水中。

"还剩下三英寻。"约翰叫道。

船尾的远处传来一记哗啦的水声。弗林特船长现在已经把救生艇划了回来，爬上北极熊号，走到船头，在放出另外两英寻前把小锚索固定在主锚链上。

"稳稳当当，船泊好了。"他回到船尾说，"现在船不会受损了。"

"海岸在哪里呢？"迪克说，"都已经听到松鸡的叫声了，海岸一定不远了。"

"还没看见。"弗林特船长说，"我们绕着船划行，但什么都看不见。不过这附近的水深、水底、四周的水域和供船摇摆的空间都不错。"

"我们在哪里？"桃乐茜问道。

"雾散了就会知道。"弗林特船长说，"雾早晚会散的。风是从陆地吹来的，早晨天就会放晴了。"

"那我们就在这儿停船吗？"

"当然了。"南希说道，"真见鬼，这雾气太潮湿了。"

"你应该说，'冻得我直发抖'。"罗杰说道。

"不用我说大伙也知道。"南希说。

"我也是。"佩吉说，"我们在船舱里生个火吧。"

"好主意。"弗林特船长说。

大伙从升降扶梯蜂拥而下。半小时后，船舱里便升起了熊熊的炉火，全体船员都围坐在温暖的炉火旁。真是难以置信，就在几小时前，他们还沐浴在和煦的阳光下。船舱里灯也点了起来。桃乐茜觉得，她的小说《赫布里底群岛罗曼史》正好可以添一章关于迷雾的内容。约翰正忙着写航海日志："抵近海岸，浓雾，锚深七英寻，淤泥底，小锚已抛，北方为陆地。"弗林特船长在专心致志地翻读着一本航行指南。南希又在查看北极熊号船主留下来的小地图，地图上标出了他们抛锚洗船的地方。迪克查看海军上将的大地图，上面标示了许多小片的内陆水域，都离海岸不远，要是能上岸的话，那这些水域就是他能找到潜鸟的地方。佩吉和苏珊正在讨论晚饭的内容，最终同意做通心粉、西红柿和荷包蛋。提提在写她的私人日志："在茫茫大雾中抛下了船锚，不知身处何方。"罗杰在玩弄他的六孔笛，想着该用什么调子吹一曲。他笑了笑，然后突然吹出了尖锐的笛声，把大伙吓了一跳，接着又说道："我们明天早上到不了家啦。"

"喂，安静点。"约翰说，"如果你再吹那笛子，我们就把你扔到救生艇里去，让你在雾里吹个够。"

罗杰最后吹了一两声《天佑吾王》，以示他的个人演奏告一段落，然后说道："好吧。既然你们不喜欢真正的音乐，就让弗林特船长拉他的手风琴吧。"

"好吧，罗杰。"弗林特船长说，"我们来个二重奏，让他们快活快活。"

"我们快活得很。"南希说，"这一路上就现在算得上舒舒服服了，但你们要是制造点噪声，我们也无所谓。"

"简直就像在北冰洋一样。"提提说，"南森 ① 漂在浮冰上大吵大闹，除了北极熊，谁也听不见。"

"我们就是北极熊嘛。"罗杰说，"想怎么闹就怎么闹，南森也管不着我们。"

弗林特船长笑出了声，接过佩吉递给他的手风琴，船舱里随即充满了喧闹的音乐，恨不得把船顶都给掀翻。他们唱起了以前在湖上的船屋里唱的所有老歌，欢乐地跺起了脚、捶打着桌子。佩吉和苏珊正在厨房里忙着做荷包蛋和通心粉。但南希时不时抬起头，疑惑地打量着弗林特船长。她很清楚，船长其实并不开心。

"吉姆舅舅，很好，"她说，"情况非常好了。马克会很开心的，我们在他的海湾里，就在我们计划的地方。"

"是吗？"弗林特船长说，"我要是知道位置就好了。只要这可恶的雾气一散我们就能看清楚了。船现在已经非常安全了，但还是要随时注意锚的情况。"

"为什么？"桃乐茜问。

"我们睡觉的时候，得有人守在甲板上。"提提说，"如果有情况，就

---

① 弗里德特乔夫·南森（Fridtjof Nansen，1861—1930），挪威航海家、北极探险家，于1893 年至 1896 年乘弗雷姆号横跨北冰洋。

把所有人都叫起来。"

晚饭过后，大家又唱了好久。然后，待大伙上床睡觉前，每个人都来到甲板上巡视了一圈。雾气仍然很浓，卷起的主帆不断地往下滴水，甲板湿漉漉的，光线从天窗射进来，照得头顶上的雾气白晃晃的。此刻万籁俱寂，除了远处波涛的呜咽，什么动静也没有。北极熊号停泊在宁静的水面上。他们知道，波涛一定是在外海的什么地方翻滚着。

"哪怕船是泊在真正的港口里，也不会这样安静，"南希说，"真搞不懂为什么你不去睡觉。"

"你瞧，"弗林特船长说，"这不是我自己的船。我们自己的船沉了我倒不在乎，但只要我能办到，绝不能让马克的船有任何闪失。"

"你没法守整夜不睡的。"

"不用，你们定个三点的闹钟来接我的班。如果那时雾气仍然很重，你和约翰就接着值守。不过，那时候雾气应该散了。"

船员们都钻进了各自的铺位。灯光照耀下，船舱似乎空荡荡的，只有升降扶梯的上端还有一双大脚。北极熊号船长放心不下，坐在那里抽烟。他时不时望向被迷雾笼罩的夜晚，可什么也看不见。

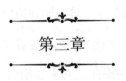

第三章

支起船架

北极熊号这一夜过得可不宁静。甲板上的踱步声把船员们从睡梦中惊醒了。他们翻了翻身，刚要睡着，结果又被闹钟的嗡嗡声给吵醒了，尽管那声音刚响起就被摁掉了。迪克躺在铺位上想入非非，他想着地图上的那些小湖，想着刷船要花上多久，想着他能不能上岸，利用最后的机会在回家前找到潜鸟的踪迹。有人在船舱里走动，有人登上升降扶梯。"第二斜桅和船头斜桅支索①！我真希望小腿是铁做的！"一定是南希的脚踏空了。甲板上传来一阵小跑的声音。"看！看！就是这里。""别叫！""好吧，但他们睡得像木头一样。"接着传来了救生艇发出的碰撞声，桨架吱吱作响。又是一阵寂静……然后，"他在干什么？跺脚取暖？""找个好地方，把船拖上岸。""他动那石头干什么？""做标记呢，这样就能在涨潮的时候知道该去哪儿了。""他又走开了。"又是一阵长久的寂静。砰！弗林特船长的声音从外面传来："好家伙！一切都在马克的掌握之中。升降三米……水位低三十厘米……要是我们倒着进去，就能把船上的藤壶给刮掉，还能花点时间涂上防污层呢。"船舱里传来更多的声音。迪克翻下了铺位，发现其他人也都和他想法一致。提提、桃乐茜、佩吉和苏珊都起床了，想看看发生了什么事情。迪克急忙跟在她们身后，但才爬了一半的升降扶梯，就听见一声吼叫："你们这些傻瓜，回去睡

---

① 南希常用的水手语，表示感叹。

觉！睡觉时间只剩下几个小时了，明天还要忙活一整天呢！"此时迷雾已经散去，高高的云朵在明亮的天空中缓缓移动着。

"哪怕我们能看得清楚，也不会比这做得更好了！"提提说。

"抛锚位置不偏不倚，太准了。"桃乐茜说。

"我们还是回去睡觉吧。"苏珊说。

"他已经上岸，去找立船架的地点了。"佩吉说。

"立船架……"迪克真想看看立船架是怎么一回事，或许所有船员都要上场，但他们不一定要整天都上阵，再说要是随船博物学家不需要帮忙呢……迪克爬回了自己的铺位，又睡着了。他没有听到约翰、南希和弗林特船长进了船舱。外面安静了一两个小时，然后又传来了一阵噪声——水手舱的重击声、甲板上的砰砰声。还有人通过他的铺位，取甲板下的什么东西。摇柄吱吱作响，普利默斯汽化炉突然呼啸起来。迪克半睡半醒着，听到罗杰说"闭嘴！"，还有人说"引擎！"，然后罗杰突然钻出铺位，叫道："来了！来了！等我来了再开始！"迪克又沉睡了过去，但仿佛仅仅过了片刻，他醒了过来，发现甲板下面只剩下他一个人。明亮的阳光已经溢满了船舱，引擎发出低沉的呜咽。迪克揉揉眼睛，抓起眼镜，爬出铺位，上了扶梯，发现所有的船员都在甲板上。明媚的阳光下，北极熊号正在平静的港湾水面上缓慢行驶着。他们昨天还被迷雾困在这儿呢。

船向港湾的北侧驶去，那里是一片悬崖。岩壁从地面升起，上面长满了石楠，遮住了地图上标示的山谷。迪克在港湾口看到，他们从雾中驶过时，海鸥绕着悬崖飞行，引擎的声音从悬崖反射回来。崖顶倾斜成一座小山，藏在后面的便是他们之前在远处海面看到的房子。再向船尾方向眺望，他看到一座山岩，隆起的形状向南延伸，将他们所在的港湾和南边的另一个港湾隔开。一条小溪从瀑布上落下，汇入港湾。北极熊号行进的这条狭窄海湾两侧密布着岩石，这里是个良好的避风港，纵使此时头顶的白云从天上飘过，向海滨飘去，悬崖外的海面上也在汹涌着白沫。

"保持速度，"弗林特船长说，"用不着开上岸。"

"是，长官。"罗杰说。

"突……突……突……"

自从迷雾散去，这一大早大伙已经做了不少事情了。后甲板上有一大卷绳子。靠近水手舱的地方，小锚又一次准备就绪，这次要从后甲板而非前甲板放下。前甲板上有更多的绳子，一卷绳子的末端被扔到了救生艇上。系锚的缆绳被固定在右舷支索上，而不是拖在船后面。苏珊在掌舵，这就意味着约翰、南希和弗林特船长还有别的事情要做，而且得立马执行。

"干得好，苏珊。"弗林特船长说，"我们已经到了标记地点，白石块一个叠一个……保持好。"

"迪克，"桃乐茜说，"在甲板上还穿着睡衣，会不会太冷了？"

"挺暖和的。"迪克说，"我过会儿再换衣服。"

"这片海滩真美呀。"南希说，"雾一散，我们就看到海滩了。弗林特船长上岸做了标记。"

"可船架呢？"迪克问道。

"看这边，"南希说，"你难道没听见我们装螺栓的声音吗？"

迪克向南希所指的方向看去，发现船舷两侧已经立起了重重的支架，支架的前端用大螺栓固定在了侧支索旁的枢轴上。

"这地方太美了！"提提说，"别的港口都比不上！"

"这地方太适合作为小说背景了。"桃乐茜说着，一边眺望内陆远方的青山，还有那帮助海湾抵御北风侵蚀的陡峭悬崖。

"别的港口都比不上！"提提又说了一遍，"就是这种地方，会发生一些有意思的事。"

"老天保佑，还是不要发生什么事情吧。"弗林特船长说道，他匆匆经过，确保前甲板一切就绪，"这是一艘大船，有什么三长两短我们可担不起。"

"我不是说那种事。"提提说。但弗林特船长没听见，他已经站在船尾来来回回查看，仿佛在判断距离。

"放下小锚。"他说。

哗啦一声，随着北极熊号的缓慢行驶，他放出了绳子。

"约翰，"他呼喊着，约翰立刻赶过来，"看好锚索，让它放完，可要是我们得倒行，就马上把锚索收回来，我们可不能让锚索缠到螺旋桨里去。"

"是！是！长官。"约翰说。

"我来掌舵，让船靠岸。"弗林特船长说，"苏珊，你做得不错，这次还是在旁边随时待命。南希！"他喊道，"准备好船头缆绳了吗？"

"一切就绪！"南希回喊道。

“突……突……突……”

慢慢地，北极熊号向海岸驶去。

“停！”

“停下了！”罗杰说道，把变速杆拉回一半的位置。引擎的突突声突然加快，不再给螺旋桨提供动力了。

北极熊号的速度越来越慢，驶入了小海湾。左右舷两侧都挨着岩石，右舷的方向已经看不见溪口和外海了。再过二十米，在这片狭窄海岸穿行的船头就会撞到更多的岩石。

“随时准备！”弗林特船长轻轻说道。

大家都屏住了呼吸。

“嘎吱嘎吱！”

下一秒，弗林特船长放开舵柄登上救生艇，向海岸划去。南希随即开始放船索。

“嘎吱嘎吱！”

“他上岸了。”提提叫道。

他们看见船长跨出救生艇，一两步登上了沙滩，取出小锚，带着它跑了几步，然后把锚固定在海岸的岩石间。

“收紧船头的缆绳，收紧了！”他叫道。南希立即把缆绳系紧。

“约翰，船尾的缆绳！收紧！拴好！”

“是！是！长官！”

“南希，左舷缆绳！”

他再次走下救生艇。南希把绳头递过来。他拿着绳头上岸，在一块

石头上系紧。

"右舷缆绳!"

没过几分钟,北极熊号从头到尾、左舷右舷的缆绳都被系紧了。

"嘎吱嘎吱!嘎吱嘎吱!"

"船又浮起来了,"罗杰叫道,"要不要我用引擎再推动一下?"

"关闭引擎!"

罗杰消失在甲板下。引擎的鸣响停下了,罗杰又一次冒出头来,用一块油腻的破布擦了擦手,看上去快活极了。

弗林特船长汗流浃背,上气不接下气地上了船。

"嘎吱嘎吱!"这一次声音很轻。

"船触岸了。"提提说。

"好的。"弗林特船长气喘吁吁地说,"潮水还会上涨三五厘米。我们现在可以放下船舷,先放右舷。时间充足,我们先放两侧船舷,再安顿船身。"

这项操作再简单不过了。悬挂在右舷后侧的支柱被缓缓放了下来。南希拉动船头的缆绳,约翰同时松开船尾的缆绳,直到支柱竖立起来。弗林特船长面露喜色,看着两条绳索都系得紧紧的。支柱的顶端已经撑住了船桅支索,另一侧的支柱也如法炮制。北极熊号的龙骨准备好登陆了,一旦潮水退去,它就能稳稳地停在两侧的支架上。

"你最好把衣服穿上。"桃乐茜对迪克说。迪克立刻钻下甲板穿衣服,他知道马上就能上岸自由活动了。

"我们能做的都做啦。"弗林特船长不久后说道,"大伙做得真棒。早饭好了吗?"

"粥都凉了。"苏珊说。

"谁在乎?"南希说。

"反正我们还有热咖啡。"佩吉说,"你们在固定支架的时候,我已经打开炉子热咖啡了。"

他们正准备喝点粥,就感到船又一次触了触底。他们知道,触底后潮水会先把他们抬起来,然后又落下去。大伙又一股脑地爬上升降扶梯和水手舱,去看个明白。

"着陆的姿势很漂亮。"弗林特船长说。

"支架呢?"约翰说。

"它们马上就派上用场了。"

"至少这一边已经支住了。"罗杰说,"我看到一条鱼在绕着游呢。"

"吃水线露出来了。"一两分钟后,南希说。

"再过两小时,我们就要开工了。"

"先把早饭吃完吧。"苏珊说。

他们重新下来吃早饭。迪克仍然满脑子都是地图上的湖泊,他们离这些湖泊已经不远了。他斗胆提出了问题。

"我们都需要下去刷船吗?"他问道。

"大伙都要去。"南希说。

"可你们想,"弗林特船长说,"刷子和铲刀不够用,大伙不用都上,我只要四个力气最大的。约翰、南希、苏珊和佩吉来帮我吧,其他人不要碍手碍脚,还不如上岸去玩会儿呢。"

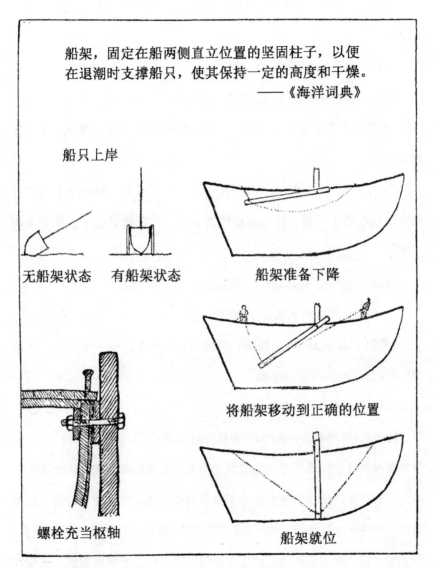

船架，固定在船两侧直立位置的坚固柱子，以便在退潮时支撑船只，使其保持一定的高度和干燥。
——《海洋词典》

船只上岸

无船架状态　　有船架状态　　　船架准备下降

将船架移动到正确的位置

螺栓充当枢轴　　　　　　　船架就位

船架的原理

"我们要去探险啦。"提提兴高采烈地说。

"好呀，要是你真的不用我们帮忙的话。"桃乐茜说道，她也想上岸探险。

"太棒了！"罗杰说。

迪克一心想去看潜鸟，高兴得说不出话来。

"把你的东西拿开！"佩吉说，"我和苏珊给你们做点三明治，上岸开派对吃。"

"上岸开派对！"提提、桃乐茜和罗杰互相对视，眼神里充满了想法。迪克盘算了一番，作为随船博物学家，此行他必须带点什么东西上岸。

"我们可以带上小地图吗？"提提问。

"小地图上没标出地名。"约翰说。

"那岂不是更好，"提提说，"我们自己来命名……先来个'刷船湾'吧。"

"还有海鸥悬崖。"桃乐茜说。

"我想马克准不会介意的。"弗林特船长说。

北极熊号稳稳地停泊在龙骨和船架上。大家说话的声音比之前小了不少。通过这趟航程，他们熟悉了脚下的这艘领航船，乘风破浪，摇摆前进，就像有血有肉的生命，甚至在夜泊港口时也是这样的感受。现在，停了船，它又陷入了死寂。谁也没有说出口，但大家面面相觑，试探着其他人是不是和自己有相同的感受。

"我想知道它在下面是什么感觉。"南希突然说道。

"我们马上就会知道了。"约翰说。

"大部分领航船都是这样,"弗林特船长说,"船底很深。"

"停船的姿势是不是要头低脚高?"约翰说。他在仔细想着这件事。

"它应该水平停着,"弗林特船长说,"但这块海滩有点坡度。船基本上是平的,现在停在船架上,应该很稳当了。"

"我吃饱了。"南希说,"我想上岸瞧瞧。"

弗林特船长往烟斗里加了点烟丝,跟上了她。约翰大口咽下最后一块涂了橘子果酱的面包,再把最后一口咖啡给喝了,起身离去。提提和桃乐茜跟在约翰后面。迪克已经吃完了早饭,拿出他需要的所有东西,在他铺位下的长椅上排成一列:照相机、望远镜、铅笔、笔记本,一样不少。罗杰站起身,向升降扶梯瞥了一眼,又回到桌边。他重新坐下,把空杯子递给苏珊。他是船上的工程师,这时他的工作已经完成了,他又给自己切了块面包。苏珊笑了。

"还没吃饱?"她问道。

"怎么啦?"罗杰说,"如果你问我,我的确还没吃饱。"

"那现在就多吃点,"苏珊说,"省得你上岸还要带一堆吃的。"

罗杰半信半疑地看着苏珊,她是不是在嘲笑他?"如果要走很多路,那么我们半路上就会饿的。"他说。

"我们不会让你挨饿的。"佩吉说。

迪克已经确保万无一失,把东西都带上了。他把小物件放进口袋,把照相机放进背包里,确保不会沾水,然后背起背包,登上甲板。

"快看旁边,"桃乐茜说,"潮水已经退了许多。"

迪克望了过去，北极熊号两侧已经露出了原本没入水中的部分，一条宽宽的暗绿色条纹展现在眼前。

"我们越快上岸越好。"南希说，"约翰，快点。带上油漆、刷子和铲刀。等过会儿船再浮高，下面就不好弄了。"

"铲刀？"桃乐茜问。

"用来铲除藤壶，"南希说，"下面都附着满啦，还缠了不少海草。"

"要不要把折叠艇放下来？"约翰问。

"我们用不着它，"弗林特船长说，"懒得回头再把它收起来了。"

"我们还是把它放下来吧。"南希说着看了看折叠艇那奇特的形状，现在几乎被折成平的，在阳光下闪闪发亮，"我们一次都没有用过呢，今天不用就没机会了。"

"等我们把船刷完，今天晚上潮水把北极熊号抬起来，你就可以玩玩折叠艇。"

"好吧。"南希说，"说话算话。"

一切顺利，大伙都清楚这点。弗林特船长沐浴在阳光下，坐在船舱里抽着烟斗。大伙瞧他这副样子，就知道他不再像昨晚今晨那样担心了。他甚至懒得给约翰和南希出主意。约翰和南希从水手舱的储藏室里拿出拖把、长柄铲刀，还有两大罐水手牌"优质金牌防污油漆"，递给下面的提提和桃乐茜。提提和桃乐茜已经上了救生艇，希望能成为最先登岸的水手。

佩吉从前舱口探出头来："苏珊想知道，要不要给刷船的和其他人都准备好吃的东西。"

"那样更好。为了吃的再爬一次船可就太折腾了。"

往船下转运的工作开始了，但还没完成，潮水就已经退了，甚至用绳梯都很难下到救生艇上去。

"弗林特船长还没来？"提提问道。

"船长总是最后一个离船。"桃乐茜说。

"又不是北极熊号要沉了。"提提说。

"他就想最后一个离船。"桃乐茜说。

南希又回过头去接他。接着传来罗杰欢快的声音："他要下来啦！"只见弗林特船长沿着斜桅支索颤巍巍地爬入救生艇。他没有直接上岸，而是坐在船尾，南希绕着大船划了一圈。

"他穿了长筒雨靴。"罗杰说。

"他会用得着的。"约翰说，"这样他就能比我们走多得多的路了。"

零零碎碎的物资都被带上了岸，堆在那儿像一座营地一样。北极熊号的全体船员都在一旁守候，观察着船四周的潮水越落越低。阳光照进了这个小小的海湾，头顶上是湛蓝的天空，一小片一小片的云朵从容地飞过，如同拆散的棉花糖。"今天真是个干爽的好天气！"弗林特船长说道。

"船的右舷会先干的。"约翰望着太阳，说道。

"那我们就从右边开始吧。"南希说，"天哪！进那些传统的港口停泊该有多浪费时间！像这样进港简直太有意思了！"

"探险队还不出发吗？"桃乐茜问。

"我们再等等，看着船从水里完全冒出来吧。"提提说。

"你们不想去的话可以不用去呀。"南希说。

"可我们想去。"提提说道，迪克感激地看着她。

"你们在内陆看到的景象肯定没这儿的有意思。"南希说。

"我敢打赌，你错了。"罗杰说。

"未知的领域。"提提说。

"那是真正的探险。"桃乐茜说。

"比划船、刷船有意思多了！"罗杰说。

"好吧，那你们去吧。"南希说。

可探险队的小队员们还在原地逗留。此时船架已经伸出水面越来越高，弗林特船长穿着长筒雨靴，拿着硬毛刷，涉水来到北极熊号船头，刷了起来。探险队等呀等，迪克已经越来越不耐烦了，最后，约翰和南希也涉水过去和船头处的船长会合，此时他们已经能在浅滩中立足了。

"我们动身吧。"迪克说。

"我们最晚什么时候回来？"桃乐茜问。苏珊也跟着问："他们最晚什么时候回来？"

"噢，七点左右吧。"弗林特船长大声说道，"船一浮起来，我们就吹一下雾角。"

"抓紧吧。"桃乐茜说。

"别招惹那些原住民。"苏珊说。

"哪有原住民？"提提说，"这一带没有人住。"

"山脊后面有几座屋子。"南希说。

"可这边没有。"提提说，"反正地图上没写。"

"再见啦，刷船工们！"罗杰叫道。陆上小分队便转身离开了北极熊号，登上海岸，开始探索这片陌生的土地。

刷洗北极熊号

第四章

第一次发现

陆上小分队从小海湾上方向北极熊号的方向眺望，只见船员们正蹚着齐膝深的海水，刷个不停。然后，他们跃入一片泥炭地，穿过一堆岩石和低矮的石楠丛。

"现在！"提提说。

"现在什么？"桃乐茜说。

"他们不在我们的视野内了。"提提说。

"是啊，"桃乐茜说，"接下来什么事情都可能发生。"

"几点了？"罗杰问。

"迪克，"桃乐茜说，"现在几点了？"

迪克正在向西眺望着一片破碎的荒野沼泽地，希望能看到地图上标着的湖泊，但它们仍然被隆起的高地遮住了。

"迪克，"桃乐茜又问，"几点了？"

迪克回过神来，看了看手表。

"差七分……差七分半就十二点了，我们已经浪费了不少时间。"

"我们至少还有六个小时。"罗杰说，"我们还有六个六十分钟可以探险，三百六十分钟可以发生三百六十件事情！"

"一件就够啦，"提提说，"只要是好事就行，这样的地方可不会没事发生。"

"那些冰川湖一定在西面。"迪克说。

"我们再爬高点，就能看到了。"桃乐茜说。

"我们就爬这座山吧。"提提说着，指了指他们北面的山坡，"我们上了这座山，就能尽收眼底了。"

"要不我们从西北方向走。"迪克说。

"不，"罗杰回道，"最好直接上山，这样可以环顾四面八方。"

"今天是整个航程中最棒的一天。"提提一边说一边往上爬。

"我知道为什么，"桃乐茜说，"因为这根本不在计划安排里。"

说得没错，对于这四位一等小水手来说，包括南希和约翰，这趟航程可谓一帆风顺。北极熊号从一个港口转到另一个港口，从一个锚地航行到另一个锚地，顺利得简直跟按固定航线行驶的客轮一样。事事都按照计划平稳地推进着，只有今天，四位小水手开启了属于他们的探险之旅，而那些年纪稍大点的船员则忙着自己的事情，管不着他们。

"印第安小径！"一两分钟后，桃乐茜叫道，突然停下脚步，看着一团团石楠间被踏出的一条小路。其他人也围了过来。

"没有脚印。"提提说。

"是羊走的路。"罗杰说。

"是鹿。"迪克说，"看看这蹄印，比羊的大得多。"

"约翰说，今天早上雾散开后，他好像看到了一头雄鹿。"

"入夜以前，我们能看到它们在哪里喝水。"提提说。

"可能在那些冰川湖边。"迪克说，"除非地图弄错了，这些湖根本不存在。"

"只要地图上写了，那就肯定有。"提提说，"我们再爬高点，就能看

到了。"

他们继续往上爬，周围的世界越来越宽阔。他们向南望去，看到海岸线向远处山头的方向蜿蜒着。湛蓝的海面上泛起阵阵白色浪花。

"沿着小溪往下走，根本不会想到有这么大的风。"提提倾斜着身体，一阵大风把她的头发都吹到了脸颊上，"桃乐茜真走运，扎了马尾辫。"

"我运气更好。"罗杰说，"迪克也是，除了他那副眼镜。"风越来越大，把迪克的眼镜吹得摇摇欲坠。他用一只手扶住眼镜，视线因此变得有些模糊，"加油，迪克。爬到山顶之前，大伙都不要停下来！"

"来啦！"迪克说。除了忙着扶他的眼镜，他还手忙脚乱地想稳住望远镜，往山谷方向搜寻个不停，试图找到两个湖的踪迹。"我看见鹿了！"他突然说道。

"在哪儿？"桃乐茜问。

"好大一群，像牛一样在吃草。"

"我们再爬高点，就能看得更清楚。"罗杰说，"奔向山顶！"

他一马当先，其他人慢腾腾地跟在后面。桃乐茜不知从哪里摘下一朵小紫花，拿给迪克看。

"我猜这是株捕虫堇，"迪克说，"但我不能肯定。"

"叶子黏糊糊的。"桃乐茜说。

"捕食昆虫的。"迪克说，向一丛小花弯下腰去。

"罗杰！"提提喊道，"等等，我们应该一起走。"她对其他人说，"我们身处这片未知的领域，什么事情都可能发生。"

"已经出事了！"桃乐茜说，"你们看他！"

罗杰已经爬上了山顶，正急切地向他们打手势，指了指他身旁的什么东西，然后又打起手势。他没发出叫喊，这足以说明他不是在示意他们过去这么简单。

"他可能看见敌人了。"提提说。

"他在干什么？"桃乐茜说。

罗杰又比画了几下，然后坐在地上。片刻后，他不见了。看上去他没有趴在山顶上，也没有移动位置。有那么一会儿大伙看见他伏在地上，背朝他们，可过了一会儿他就不见了，消失得无影无踪。

"快点！"提提说，开始朝山顶奔去，"他一定是发现洞穴了。快点！"

"山顶的形状很怪。"迪克说。

"这就像……迪克……我知道怎么回事了。"桃乐茜气喘吁吁地说。

这时，他们都看见了，山顶上有一座覆盖着绿色草皮的土丘。提提正气喘吁吁地爬上山顶时，罗杰从土丘后面翻了过来。

"这是什么？"他问。

"这是皮克特人的房屋，"桃乐茜说，"货真价实。这是史前时代的遗物，就是他们在斯凯岛给我们看的那种东西。"

"可谁也没有拿这个给我们看。"罗杰说，"这是我自己发现的。"那天在斯凯岛上的探险可没劲了。那些善意的原住民给他们做向导，他们觉得自己像是一群游客，而不是探险家。

"里面长什么样？"提提弯下腰，向罗杰刚才爬出来的那个洞里望去。

"这个洞不深。"罗杰说，"里面是条正方形的隧道，墙壁是石头砌

的，漆黑一片。"

"照我说，"桃乐茜说，"如果我是史前部落的强盗头头，怎么会挖这么浅呢？他身披动物的毛皮，居住在此，眺望着丹麦长长的船只进海。"

迪克仅仅向隧道瞄了一眼，然后就爬上小丘陡峭的一侧。

"我也这么觉得，"他说，"屋顶已经塌了，和斯凯岛的情况一模一样。房间在当中，通过隧道进进出出……"他突然停下来，"湖在那儿！"他的脑袋里立即想起了潜鸟，恨不得马上撒腿跑过去。

"爸爸肯定也想知道这地方的。"桃乐茜说。

迪克又向山谷中的湖泊看了几眼，掏出了笔记本。

桃乐茜、提提和罗杰也都爬了上来，站在迪克旁边。土丘的中央就好像一只浅碟子，大概好几个世纪前就塌陷了。他们站在低洼处，打量着四周的边缘。

"这里就像在世界之巅！"提提说道。

他们朝着大海对岸的苏格兰眺望，南面是山顶，北面是另一处突出的海岬。远处的海面上有两艘渔船，看上去就像两个小黑点，各自往天空中喷着一道黑烟。朝海湾俯视过去，则是停泊在那儿的北极熊号，他们看见了船上的桅杆顶，而船身的其他部分则被尖耸的峭壁遮住了。他们可以看到悬崖将入口水道一分为二。后面的沼泽地起伏不平，绵延到了那些高高的灰色山坡下。湖泊星罗棋布，其中有个湖泊挨得够近，看得清楚，这让迪克和大伙都振奋不已。抬头朝山谷的方向眺望，有一道山脊向南延伸，另一道则向北延伸，汇聚成座座山峰。在北面这道山脊上，他们瞥见了一条马车道，好像是从山谷口子里开出来的，在不远处

的地方拐了个急转弯，消失在了天际线处的一座峡谷中。

"快蹲下。"提提说，"在谷底的时候，除了天空什么都看不到。半山坡上也是。如果我们藏在山谷里，谁也看不见我们，但要是他们到这里来，往山脊这里看的话，就会发现我们了。"

其他人蹲在她身边。说得没错，除了头顶的一圈蓝天，什么都看不到。仅有的几朵白云此时也都被吹走了。

"鸢!"迪克说。一个黑点从他们的上空飞过。

"这里就像一只鸟巢。"提提说。

"故事的主人公在这里仰天大笑，"桃乐茜说，"与此同时，坏蛋们在乡间到处搜索。"

"有点像因纽特人的冰屋。"罗杰说，"我们应该把南希和佩吉叫来。我们回去之后就把这地方告诉他们，反正他们不会来的。"他继续说，"他们都忙着洗啊刷啊。我说吧，我们没把地图带过来标注上这地方，真够可惜的。"

"但我带了。"提提说。她从背包里掏出小地图，展开，铺平。

"皮克特古屋之山。"罗杰说，"先用铅笔写，后面可以用墨水描上。"

"无论如何，这个名字不错。"桃乐茜说。她站起来，环顾四周，"那一条长长的山脊，可以叫它北落基山，山谷另一面的叫它矮山脊。你看那山脊越走越矮，到后面就和那些我们在迷雾中碰到的岩石块融为一体了。"

"迪克的那些冰川湖呢?"提提问。

"上湖和下湖。"桃乐茜说，"可它们就是湖而已，不是冰川湖。"

"还有那高地，我们不上来就见不着，也看不到溪谷……"

"那是低谷，"桃乐茜说，"不是溪谷。"

"如果在霍利豪依，那它就叫作溪谷。"罗杰说。

"那高地不够高，算不上山岭。"提提说。

"那我们就叫它驼峰吧，"罗杰说，"那形状很像头骆驼。"

林林总总把地名在地图上标注好，顿时整座山谷好像是属于他们自己的。

"我希望明天不要出海。"桃乐茜说。

"我还要往里探索，"罗杰说，"看看能走多远。"

"当心，"提提说，"别忘了干城章嘉峰隧道的教训，头顶上的洞穴可是会塌的。"

"好的。"罗杰说。他从小丘的陡坡往下滑。迪克也下去了，画了一张入口的草图，准备回去给他爸爸看。他的爸爸是科勒姆教授。这趟来，他急着去看湖，只是现在从观鸟变成查看古代遗迹了。

现在只剩提提和桃乐茜还待在这只"碟子"里了，这里就是古屋屋顶塌陷的地方，千百年来长满了绿茵。

"这地方真是太美妙了。"提提说，"但真是可惜，除了我们，谁都不知道。"

"最后的皮克特人为了保卫此地，迎战那些乘船过来的陌生人后战死在这里，大概之后就没有人再来过。"

罗杰的身上沾满了尘土，他爬过山脊。"这是属于某个人的。"他一边说，一边环顾着荒野沼泽地，好像期待着周围会出现什么人。他举起

一只饼干盒，"我刚才走得挺远，在隧道尽头摸到了这玩意儿。这里大概装了主人的口粮。"

他摇了摇盒子，大家听到里面的东西滑动的声音。可以确定的是这只盒子不是哪个皮克特人留下的遗物。包装纸还有一大片粘在盒子上面，他们清楚地看到了一个商标和一家格拉斯哥著名饼干厂的名字。

"噢，好吧。"提提说，"事实如此……但也没办法。我们也不一定会再来这里了。"

"我想打开看看里面的东西。"罗杰说。

"可这不是我们的东西啊。"

"这可是无主的财宝。"桃乐茜说，"是罗杰发现的，他打开看看又没什么关系。"

她也想知道里面藏了什么，提提尽管有点顾忌，但心里也想一瞧究竟。

"里面肯定留了什么信息，就像我们上次留在石堆纪念碑里的信息一样。"

"可能是什么紧急信息。"桃乐茜说道，"想想人们看到冲上岸的漂流瓶，觉得不是自己的就不去打开，该有多傻啊！"

"反正我要打开了。"罗杰说道。

他把盒子放在地上，掀开了盖子。大家一眼便看见，里面滑来滑去的东西是一只纸包。

"吃的东西，"罗杰说，"我猜是面包……不……某种蛋糕吧……"他打开纸包，发现了一大块蛋糕，颜色很深，像一块圣诞节布丁。

"还挺新鲜的。"桃乐茜用手指小心翼翼地戳了一下蛋糕，"又软又黏。下面是什么？我猜，或许人家在写小说。"她从盒子底下拉出一个普通的学校作业本。

"更像是法语动词作业本。"提提说，"我们发现燕子谷的那年夏天，我抄了整整一本。"

"我来尝尝这块蛋糕，行吗？"罗杰问。

"当然不行，"提提说，"赶紧包起来放回去！"

"好吧。"罗杰说，"确实说不准，说不定被投了毒呢！"

桃乐茜翻开作业本。"这里面全是外语。"她说。

"让我瞧瞧，"提提说，"如果是法语……不，不是，这也不是拉丁语。或许是某种密码。"

"好像是日记。"桃乐茜说，"这些数字一定是日期。"她和提提聚精会神地看下去。对，页边的数字大概是日期，但下面的内容就看不懂了："Da fiadh dheug …… damh a fireach ……"一行接一行，都是这样简短的条目。每个条目的左边都标了数字。"Damh is eildean"，时不时冒出的"is"和"a"他们看得懂，可其他的单词都不知道是什么意思，要是这些都是密码的话，那么"is"和"a"代表的也是别的意思。

"我明白这是什么了。"提提突然说，"这是凯尔特语，是原住民说的语言，凯尔特人的语言。罗杰，你快把东西放回原来的地方！"

他们三个人都抬头望着面前的的景象：山脊之上是连绵的原始山谷，山脊之下是他们靠泊的港湾，此时北极熊号的桅杆便矗立在那儿，说明船员们还在原地，哪儿都没有凯尔特人的踪迹。在这海边的高山上，这

座皮克特人的旧屋已经沉寂了几千年，他们还以为自己是唯一来过这儿的人，可这只饼干盒和里面装着的东西明明白白地说明已经有人把皮克特人的旧屋当作可靠的藏匿地，安安心心地把东西放在里面。

"迪克，"桃乐茜说，"你去盯着罗杰把东西放回去。"

但迪克对那只饼干盒啦、里面的蛋糕和作业本啦都没什么兴趣。他急着离开，要去做他的正事。他已经画好了土丘草图，大致描摹出了土丘的外形，这时正在想办法绘制出土丘的构造：大圆圈套着小圆圈，表示屋顶中间有块塌陷的区域，再用虚线标出隧道的入口。

"管他是谁呢。"罗杰说完带着盒子，翻过土丘，把它放回了隧道。

"爸爸一定想知道这古屋有多大。"桃乐茜说，视线越过迪克的肩头。这时，罗杰翻过土丘，拍打着手上的尘土，"这是给爸爸画的。"她解释说，"每次有人发现了什么古董，他总想知道形状啦、大小啦这些信息。"

"我爸爸每次都要测量的只有船罢了。"罗杰说。

迪克一本正经地跨过屋顶的凹陷区域。"五步。"他说，"周长大约九米，墙壁很厚。凹陷区域其实不在正中间。也就是说，隧道入口处的墙最厚。"他把数字记在示意图上。

"现在，"他说，"我要走了。"

"最好跟我们一起吧。"提提说。

"我要下去看那些湖，"迪克说，"这就是看到潜鸟的最后机会了。"

"唉，让他去吧。"桃乐茜说。

"我们去北落基山探险。"提提说道。她先望了望山谷，再看看地图，"我们在返回的路上就会经过山上山下的湖泊。它们就是通向溪谷……

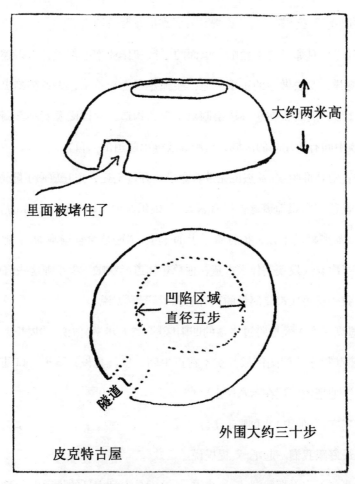

大约两米高

里面被堵住了

凹陷区域
直径五步

隧道

外围大约三十步

皮克特古屋

皮克特古屋示意图，摘自迪克的笔记本

不，低谷的路标。然后我们再沿着低谷，从驼峰的另一面过来，最终抵达瀑布和我们停泊的港湾。"

"迪克，"桃乐茜说，"你是不是想一直待在湖泊那儿？"

"我就是这么想的。"迪克说，"哪怕看不到潜鸟，肯定也有别的鸟儿。"

"好吧。"提提说，"我们回船的路上再和你会合。"

"但要是听到雾角的声音，你就别等啦，立马回北极熊号。"桃乐茜说，"大家都听好了……你知道他在观鸟的时候……"她看看其他人，大伙都笑了，大家都明白，迪克要是在专心致志地观察某样东西，哪怕是一条毛毛虫，也要你朝着他的耳朵大喊，他才听得见。

"我会竖起耳朵听的。"迪克把笔记本放进口袋里，"待会儿见。"

"大伙瞧，"罗杰说，"就算这里已经被人用过了，我们也找不到更好的野餐地点了。"

"先和我们一起吃点吧，迪克，吃好了再走。"桃乐茜说。

"我可以边走边吃。"

"如果你忘了吃饭，苏珊会气坏的。"提提说。

"看什么鸟！"罗杰说，"探险来劲得多。"

但迪克已经翻过土丘，急急忙忙地赶往湖泊，心里想着自己已经浪费了多少宝贵时光。

桃乐茜目送他离开。迪克走在崎岖不平的地面上，时不时踏进地上的土坑，一会儿他消失在了视野外，一会儿又看到他从另一侧冒了出来，

沿着山脊的斜坡快速地往下移动着，而那山脊，则庇护着山谷的北侧。

她一转身，发现另外两位探险家已经把背包里的东西都翻了出来，打开了三明治。

"罗杰说得对，"提提说，"背包里带上吃的，方便走远路。"

桃乐茜也解开自己的背包拿出吃的，坐在他们身边。她想入非非：皮克特古屋那塌陷的屋顶上，一名潜逃的囚犯藏身于此，躲开追逐。这时，在她坐下前，可以俯视方圆几千米，远处的山川湖海都一览无余。可等她一坐下，就只看得到头上一片小小的天空和身旁的草叶。"除了老鹰，谁也看不到他。逃犯终于能停下了，安心休息会儿。"她自言自语道。

"你说什么？"罗杰咬了一口三明治，问道。

桃乐茜一惊。"没什么，"她说，"我只是在想，这个地方多么隐蔽啊。"

"听！"提提说，"注意听！"

"是风笛！"罗杰说。

微弱又尖锐的风笛声随风从远方传来。

他们一跃而起。

"有人……就在附近……"提提说。

"我什么人都没看见。"桃乐茜说。

"你不一定能看见，"提提说，"可有人或许在看你。"

"坐下，"罗杰说，"坐下。这样，即使有人在观察，也看不到我们。"

他们坐下来，在沉默中等待了片刻，倾听风笛的声音，风笛声仍在

耳畔。

"声音是从北落基山那面传来的。"提提说，"有条路从峡谷那儿穿过去。"

"翻过那山头就是强盗的城堡。"桃乐茜说。

"显眼的屋子。"提提看着小地图上的标记。

"不管怎么样，离我们还很远。"罗杰说着，又咬了一口三明治。

迪克前往湖泊

第五章

"我们被跟踪了！"

远处的风笛声此时停了。

除了喝剩的柠檬汁空瓶和便于携带的几块巧克力，他们的背包里已经不剩什么东西了。三位探险家从皮克特古屋的屋顶上向外眺望，搜寻着眼前由山脊构成的天际线。那岩石密布的峡谷，还有在石楠丛中蜿蜒的马车道，告诉他们昨天在北极熊号上抵岸行进时看到的那座房子如今是在什么方位。

"我倒想看看这是座什么样的房子。"桃乐茜说，"我确信它是一座城堡。"

"我敢打赌，饼干盒就是从那儿来的。"罗杰说。

"我们应该做好最坏的打算。"提提说，"要是我们小心翼翼地爬上那座峡谷，应该在不被别人发现的地方进行观察。"

他们一路观察着远处的天际线，下了山顶，然后又开始了爬升。

"看来这里没有多少人走过。"当他们走上那条马车道时，罗杰说。

"我们就当没看见好了。"提提说。

"可是为什么呢？"桃乐茜说，"寂静的深夜，走私犯牵着蹄子消了音的马儿，从这条小路一声不响地翻过山岭。海面上闪过一丝动静，还未见晓，船儿靠泊又离岸。而当日出之时，走私犯早已逃之夭夭，好似什么事都没发生一样。"

"无论如何，"罗杰说，"走在这条路上轻松多了，快走吧。"

"我们没有弄清楚前就不应该回头。"提提对自己也对大家说。

没过多久，他们就清楚了。大家一走到峡谷，两侧都是遍布着石楠丛的山坡，他们往下看去，便是山脊另一侧的村落。

"原住民的定居点。"提提立马说道。

"我就说一定有城堡。"桃乐茜说。

"别让他们看到你。"罗杰说。

他们眼前是一片低矮的茅草屋、农舍、谷仓和牲口棚。再往后，就是地图上所示的"显眼的屋子"，不过论大小很难称之为城堡。罗杰和提提不想跟桃乐茜争论这一点。它建在一面峭壁上，向下俯视着海湾，门前有石头砌成的露台，一侧与地面同样高，但要比旁边的崖壁低了三四米。这幢房子只有两层，但是的确造得像座城堡一样，陡峭上升的屋顶上有角楼，还有城垛。

"快蹲下。"罗杰说着蹲到地上。

但提提和桃乐茜仍然站着不动，望着山口另一侧的世界。这里的景象和他们刚才离开的荒凉山谷完全不一样。不同之处在于这儿有人居住。再往远处看，山坡上还坐落着一座座奇怪的低矮农舍，一直延伸到了海岸。和他们眼前一两百米外的农舍一样，这些房子都是茅草屋顶，茅草盖在绳索架上，用大石头压着以便固定。周遭都是深色的斜坡，一群男男女女在坡上挖掘泥炭。

"把望远镜借我看看，"桃乐茜说，"塔楼上有个哨兵。"

"一定是安妮修女。"提提说，"这里真的是发生蓝胡子事件的绝佳地点。"

"是个女孩。"罗杰伏在地上，胳膊肘支在地面上，眼睛对准望远镜，"快趴下！她要看见你了，她正对着我们的方向！"

他们趴下了，但动作不够快。突然，农舍中传出了狗示意威胁的吠声。

"看你们干的好事！"罗杰贴着地面赶紧往后退，"就算那女孩没看见我们，这条该死的狗也会把所有人都吸引过来，他们会跑过来看个究竟，我们的山谷就不会没人知晓了。然后他们一大群人就会围着我们问个不停，我们就只能躲回船上去了。"

"不是女孩。"桃乐茜说。她一撤回到塔楼上的人看不到的地方，便抬头望去，"那是个男孩，穿着苏格兰短裙。这位年轻的部落领袖正举目环视着城垛四周。"

"不是环视。"罗杰说，"刚才他就盯着我们看呢。"

"但这地方太适合发生些故事了，"桃乐茜说，"走私贩或者詹姆士党人 ①……要么就是暴徒和囚犯困在塔内。他们在这壁垒中轻易地凿出一

---

① 詹姆士党人，1688 年英国光荣革命后被废黜而流亡欧陆的英王詹姆士二世的支持者。

座地牢来。"

"反正是原住民。"提提说，"我们应该尽快离开。"

"狗不叫了。"罗杰说。

于是他们以最快的速度撤出山口，沿着来时那条马车道下山。他们已经看到山上那座皮克特古屋所处的陡坡，在这之后，北极熊号的桅杆出现在港湾里，船员们正在干活。

"我们回皮克特古屋吧。"罗杰说，"那样，如果原住民从山口追了过来，我们就从山坡溜下去逃走。"

"可我们还要在山谷里探险呢。"提提说。

"皮克特古屋就够了，找不到别的有意思的东西啦。"罗杰说。

"等一下，快听。"桃乐茜说。

他们没有听到追踪的声音。

"好吧，要是你们不跟我去皮克特古屋，"罗杰说，"那要不再去山口看一眼？我不相信塔楼上的是个男孩，看上去明明就是个女孩。"

大伙犹豫了。如果不知道第二天要出海，他们就会等下次再爬上去，把山脊那边原住民的定居点看个痛快。但是他们此时都明白，必须在天黑前赶回船上，说不定就再也没机会看到这里了。

"哎呀，"提提说，"我们不能放弃这次探险。反正没有再来的机会了。"

"还有迪克。"桃乐茜说，"我们说过，回去的路上要和他会合。"

于是，尽管罗杰遗憾地看着那山口，又转头看看山上那绿色的土丘，他们还是转向西方，沿着小道向山谷的入口走去。他们左侧的山下，能看见两个湖，但是没看见迪克的影子。

"他把自己藏起来了，"桃乐茜说，"每次观鸟的时候他都想办法不让自己被看见。"

青山在他们遥远的前方隆起，像一道锯齿形的城墙。再往右上方看是北落基山的轮廓。目所能及之处没有一个人影。

他们继续前进，一开始是走马车道，因为不愿想起这条路线不是自己首先开辟的，又转到了别处。可后来他们又走回了原路线，因为他们发现在石楠丛、乱石堆和软软的苔藓和泥炭上走路实在是太慢了。但无论如何，正如罗杰指出的，建造皮克特古屋的人可能在创世之初就发现了山谷。再往后，定居在此的人们挖掘泥炭作为冬天的燃料，在这里留下了深深的沟渠，有些沟渠宽得跳不过去。他们一致同意，这些沟渠是藏身隐蔽的好地方，但这一路上要绕着它们走，而不能径直穿过去，这真是太耗费时间了。

他们走了很长时间。野鹿在下面的平地上奔跑，让他们忘记了山脊另一侧的原住民定居点。罗杰领路，桃乐茜紧跟其后。罗杰嘴里咕哝着说这次探险都被迪克毁了，桃乐茜跟他解释，探险有好多种，对于迪克来说，观鸟就是探险中重要的内容，无论如何，他跟罗杰同样都是优秀的探险家。"谁第一个抵达'北极'的？"提提听到她说。接着，尽管桃乐茜和罗杰都在说话，提提却都没听进去。她突然有种奇怪的感觉，周围不止他们几个，还有别人。

走到谷底，提提知道迪克就在身后的湖泊周围。远处，她也知道弗林特船长和四位刷船工正忙着洗刷船身，以及在潮水上涨、把船托起来之前，给北极熊号刷上一层新漆。走了这么久，整座山谷里她都没有见到其他人，整座山好像是只属于他们三个人的世界。可突然，她感到自己被什么人监视着，就在附近什么地方看着他们。她环顾四周，却只能看到碎石遍布的山坡、石楠丛和一块块的苔藓。这里没有树林，没有灌木丛。她摇了摇头，跟上另外两个人，想要听清桃乐茜关于不同探险家的论调。当然了，周围除了他们没有别人，只有他们三个在广阔的蓝天下，沐浴在阳光中，从山坡上走过。

过了不久，她又产生了被监视的感觉，仿佛她在看书，肩膀后面有人在偷看。

"桃乐茜！"她叫道。

"嗯，"桃乐茜说，"想休息一下吗？"

"哎，这会儿还不累。"罗杰说。

"怎么啦？"桃乐茜问。

"对不起，没什么。"提提说。显然，他俩没有她这种感觉。这会儿，前面的两个人回头看她，这种感觉也消失了。

"那儿有不少鹿。"罗杰说，"桃乐茜，你拿了我的望远镜。"

谷底是宽阔的平原，一群雌鹿像牛一样在吃草。

"它们看上去温顺得就像牲口一样。"罗杰说。

"它们不会让我们靠近的。"桃乐茜说。

"我们可以试试，"罗杰说，"跟踪它们……"

"不，不。"提提说，"我们的事情连一半都没有做完，要是现在下

去，会什么都看不到。我们继续走吧，等到回船的时候再下去。"

"我以前只在动物园见过它们。"桃乐茜说。

"我猜它们都是原住民养的。"提提说。

"冬天，"桃乐茜说，"原住民给它们配置鞍具，像驯鹿一样拉着雪橇飞驰。"

"我敢打赌不是这样。"罗杰说，"哈啰！"

他们面前不到一百米的一片石楠丛中，一头硕大的雄鹿拔足飞奔，沿着斜坡向谷口跑去。下面所有的鹿都不再吃草，动了起来。

"别动。"提提说。

"幸好它没有向我们冲过来。"罗杰说，"但它的角不算大，对吧？"

"大概还会长的。"桃乐茜说。

这时，下面的鹿群停止了移动，又吃起草来。

"走吧。"罗杰说。三位探险家又开始前进。

"它们看见我们了，"桃乐茜说，"随时都会跑开。"

"我们没法不让它们看见。"提提说，"我们继续走吧。它们自会明白，我们没在追踪它们。"

显然，山谷里的鹿群明白探险家们从它们上方的山坡上经过，但不会打扰它们。它们不时地抬起头，跑开几百米，然后停下来，又重新跑开。

"它们在哪儿都不会让我们靠近。"桃乐茜说，"它们不允许别人跟在身后，换作是我也不喜欢。"

提提又一次产生了奇怪的感觉，她突然转身，向山脊的顶部望去。

刹那间她觉得自己看到了什么，天际线的方向，一块石头后面有东西在移动，但当她定神再看，除了那块石头，什么也没有了。

"桃乐茜，"她说，"往那儿看，石楠丛里的那块大石头那儿。"

"那是什么？又一头雄鹿？"

"不是，"提提说，"我认为我们被人跟踪了。"

"你确定？"桃乐茜说。

"千真万确，"提提说，"我确定。"

"别动。"罗杰说，"注意听。抬起头。我们要像鹿一样嗅出风向。风正好从山上吹过来。"

一时间，三位探险家像兔子一样嗅出了危险的存在，却不知道危险在何处。他们的视线沿着山脊扫过，什么都没有动。

"假装一下没害处。"桃乐茜说，"我们就假装是从城堡逃出来的囚犯，歹徒正在穷追不舍。"

"我可不是假装的。"提提说。

罗杰和桃乐茜都看着她。没错，她确实不是装的。提提真的相信，有人隐藏在他们上方山坡的荒野里，正在监视他们。

"我早就有感觉了，"提提说，"但现在才确定。"

"如果真的被人跟踪了，"桃乐茜说，"我们就要假装不知道。我们继续走，假装自己不知道被跟踪了，一直走下去。"

"然后，跟踪者就会放松警惕，最终暴露自己。"罗杰说，"等我们弄清跟踪者是谁、从哪儿来，再想办法怎么处置他。"

"我们不该停下来。"桃乐茜说。

　　"我们就装作在采花。"提提说。她煞有其事地环顾四周，却发现这里一朵花都没有。

　　"假装找化石。"桃乐茜说，"这儿到处都是石头，迪克就是在这种地方找化石的。"

　　三位探险家都趴了下来，捡起石头，一本正经地给其他人看。

　　"走吧。"罗杰大声说，跟踪者就是在一百米以外都听得见，"那边还有更多的化石……菊石。"他最后几乎是喊出声的。

　　"箭石①。"桃乐茜叫道，再用她平时的声音解释道，"它们是平的，尾端是尖的。对了，我们是地质学家，应该用锤子敲打石头。"

　　"发出声音迷惑对方。"罗杰拿起一块石头说，"拿石头砸石头，跟踪者听不出其中的差别。"

　　罗杰和桃乐茜继续前进，提提跟在后面。她知道，罗杰和桃乐茜虽然假装在找化石，但心底里依然觉得是她弄错了。她自己也不能确定，但无论是对是错、有没有跟踪者，桃乐茜的计划都很不错。如果没有跟踪者，这样做也没什么坏处；如果有跟踪者，这就是他们的最佳应对方法。就这样，他们朝山谷高处又走了好长一段路。她回头一看，迪克的湖泊已经被远远抛在了身后。北极熊号被驼峰挡住了，但还静静地在岸边泊着。此时她真希望大家改变方向，走另一条路。

　　现在，无论谁看到，都会把三位探险家当作地质学家。他们低着头走路，总是盯着地面。罗杰找到了一块石头，非常适合当作锤子敲打，

---

① 菊石和箭石都是史前动物的化石。

他每经过一块石头，都砰砰砰地敲个不停。位于他们下方的鹿群，此时有点不安分了，动了起来，但地质学家们没注意。他们每次弯腰，都抓住机会打量地平线两侧的情况，希望出其不意地逮住跟踪者的身影。（如果真的有跟踪者的话。）

"我们要不把巧克力吃了吧。"罗杰最后说道。

"好吧。"提提说，"我们可以坐在这些石头上观察。要是周围有人，我们准能看见他们活动。"

"不知道迪克有没有记得吃饭。"桃乐茜说。

"我们应该赶紧回去找他。"提提说。

大家悠闲地坐在石头上吃巧克力，一边注意着山坡上有无动静。甚至连提提都开始怀疑跟踪者是否存在。她看出罗杰和桃乐茜对他们不相信的东西已经失去了兴趣。

桃乐茜是俩人中先改变主意的那个。她和罗杰都知道，提提没在假装，是真的相信有人藏在远处的石楠丛后面监视他们。但他们俩都认为提提这次是弄错了，准备好好嘲笑她一番。他们吃完巧克力，刚开始向山谷爬去。突然，桃乐茜用鼻子闻着什么。她停下了脚步。提提紧跟在她身后，差点撞到她身上。"怎么啦？"她问。

"有烟草的味道。"桃乐茜说，"我闻出来了，现在又有了。"

"我知道附近有人，"提提说，"但我什么都没有闻到。"

"再闻闻看，"桃乐茜说，"用力吸气。气味的确很淡，但这儿根本不会长出什么东西能有火车车厢里的那股烟味。"

"我也闻到了，"罗杰说，"使劲吸气。"

"我没有闻到，"提提说，"但如果你们闻得到，这里一定是下风口。风是朝着我们的方向吹过来的。如果有人在抽烟，那他肯定就在这边山上。但我没有看见烟雾。"

"我要上去看看。"罗杰说着，起身过去了。

"你最好别去。"提提说，"如果那儿有人，我们可不能把他吓跑了。喂！罗杰！快回来！"

"一个人都没有。"罗杰叫道，"过来看看吧！"

"我们最好弄清楚。"桃乐茜说。

她们跟着罗杰，离开小路，爬上陡坡。在石楠丛和碎石间爬行可不轻松，罗杰奋力往上爬，不料碰倒了一块大石头，石头从提提和桃乐茜身旁滚落，加速向下翻滚着，落入山谷。

他停下来打量石头。石头越跳越远，消失在他们下方远处，最后传来哗啦一声，大概掉进了泥沼。

"这会打到鹿的。"提提在他身边，边爬边说。

"我不是故意扔的，"罗杰气喘吁吁地说，"反正这儿又没有人。"

"没有人，"桃乐茜说，"奇怪了，我确实闻到烟味了。"

"要不我们下山回船上去吧。"提提说。

"为什么？"罗杰问。

"时间快到了，"提提说，"看太阳都已经很斜了。"

"我们再过去一点。"罗杰说，"如果真有人跟踪，让他瞧瞧我们其实不在乎。"

他们继续前进，从山坡侧面下山，已经不再费神装作地质学家了。

刚才那烟味虚惊一场，再加上冲上山坡却什么也没发现，都让假扮地质学家失去了意义。

山坡高处的一只松鸡突然惊起，他们因此又想起了地质学家。

"那边一定有人。"桃乐茜说，"那只松鸡不是被我们吓到的。"

罗杰捡起一块石头，开始敲打地上的石头。他向桃乐茜咧嘴一笑。提提明白罗杰假扮地质学家，其实是为了桃乐茜，而不是为了不存在的跟踪者。

片刻后，他们身后上方响起了尖锐的口哨声。笑容从罗杰脸上消失了。

"这回毫无疑问，"提提说，"我们都听到了。"

"可这是从哪儿传来的？"罗杰问。

口哨声又响了起来。他们向山脊顶上望去。

"不是同一个地方发出的。"桃乐茜说，"上一次在那边。"

"口哨声也不一样。"罗杰说。

提提回望山谷。他们离北极熊号停泊的港湾，已经走了很长一段路。留在那儿刷船的船员们，哪怕有闲工夫，现在也帮不上这几位探险家。"我们现在回去吧。"她说道。

"我们得让他们露出真身。"罗杰说，"我要继续走。"他有节奏地敲击着一块石头，然后向前迈了几步。

提提和桃乐茜跟在他身后。毕竟，那几下口哨声听起来不像在附近，可能在地平线外的山脊那一边。

桃乐茜尖叫起来，山坡上有东西在活动。两条狗跳过石楠丛，待它

们面前没了阻隔，便飞快地沿着岩坡奔了下来。

罗杰犹豫地往后看了看，提提立马越过桃乐茜，跑到罗杰跟前。两条狗朝着他们猛扑过来。

"我们怎么办？"桃乐茜上气不接下气。

"最好站着别动。"提提说，"只能这样了。"

"你要直视它们的眼睛。"罗杰说。

"可是有两条狗。"桃乐茜说。

山坡上又传来尖锐的口哨声。三位探险家松了一口气。这种时候，无论跟踪他们的人是谁，只要能帮助他们脱离险境，他们都热切欢迎。两条狗此时不情不愿地停了下来，它们趴在地上，但还不时地往前蹭蹭，其中一条狗站起身，号叫起来。

"那条狗要过来了。"罗杰说，一边打量着刚从地上抄起、之前用作地质学家锤子的那块石头。

"放下石头，"提提说，"它会觉得你要砸它呢。"

罗杰放下石头。那条站着的狗此时扭头望过去，然后又向前扑了一次，另一条狗也跳起来，跟在后面。

又一次，尖锐的口哨声响起。两条狗都站住了，不情愿地转过身，然后朝着它们来时的石楠丛那儿的山坡走去，一开始慢慢地，随后越跑越快。

"天哪！"罗杰说，"我们真是束手无策，就像基督徒等着狮子把自己吃了一样。"

"是谁把它们叫回去的？"桃乐茜说，"我一个人影都没见着。"

这时，他们第一次发现山脊上有人。

"是个男孩。"提提说，"他穿着苏格兰短裙，就是我们在塔楼上看到的那个男孩。"

"一个凯尔特原住民。"桃乐茜说。

"这个混蛋，"罗杰说，"派狗追我们。"

"他把狗叫回去了。"提提说。

三个人没有再说话，回到了通向山谷的下山小路。跟原住民吵起来对他们可没什么好处。

更糟的事情还在后面。他们翻过陡坡，来到平地，惊扰了另一群在安静吃草的雌鹿。它们看不见上面的情况，此时被吓得朝着山谷全速飞奔。

探险家身后的山脊外传来一声怒吼。有人用他们听不懂的语言朝着他们还是别人大喊大叫，另一个人也用喊叫回应。

"凯尔特人。"桃乐茜说，"他们互相说着凯尔特语。"

"他们朝着我们叫呢。"提提说。

那边传来另一声怒吼。他们回头，没有看到那个男孩，只看到山谷远处一个男人正沿着山脊跑下来。他又叫起来，挥舞着拳头，似乎想赶到奔跑的鹿群前面。但他改变了主意，向探险家们跑来。

不能再等了。三位探险家转身就跑。就在这时，北极熊号雾角的号声从远处传来。

"船已经浮起来了，"提提说，"我们早就该回去了。"

"我们完了。"桃乐茜说，"在我们到那儿之前，那个凯尔特人早就追

上我们了。我真希望迪克已经回到船上了。"

"他应该听到雾角声了。"提提说。

"要是他还沉浸于观鸟,那可不一定。"桃乐茜气喘吁吁地说。

"那人不跑了。"罗杰说。

他们停下来往回看。那人确实不跑了,但他在用凯尔特语喊着什么,另一个人,不知道在哪里,回应了他。

"他在向我们挥舞拳头。"罗杰说。

"别停下,"提提说,"他还会追上来的。"

"我们去找迪克吧。"桃乐茜说。

三位探险家匆匆下了山谷,赶到湖区,沿着多石的湖岸找寻迪克的踪影。

"如果他们抓住我们,会怎么处置我们?"罗杰问。

"别去招惹原住民。"提提说,"话虽如此,他们跟踪的技术还真不赖。"

第六章

初次观鸟

迪克一手拿着笔记本，一手拿着铅笔，身旁放着他的望远镜，心中充满喜悦，蜷伏在上湖岸边几块礁石上。这是他生平第一次看到潜鸟。在皮克特古屋和大伙道别后，他直抵上湖，这样一来，如果回船的信号来得太早，那么相比下湖，他就能少走点路赶回去。他几乎立刻就看到了一只鸟。当他和桃乐茜知道要和大伙一起在西部群岛航行的时候，他就有了这种想法。他先是听到了鸟的声音，然后看到一只大鸟飞过，带起了水面上一串长长的水花。

"咕噜……咕噜……咕噜咕噜咕噜……"

他以前从没有听过这样的叫声。水花为他指明了观测的方位，但在泛起的涟漪中他很难找到鸟儿的位置。水面上有东西在移动，是什么东西呢？风吹得万物都有点模糊，每当他要将望远镜对准目标时，眼前的黑点就一下子消失了。风从他的身后裹挟而来，吹向湖面，所以离他越远的湖面，风浪就越大，也就是鸟儿停落的地方。一开始，他几乎没有对看到潜鸟抱有希望，想着可能是水鸭或其他大鸟，但无论是什么鸟，他都要耐心等候，最终确认。

风渐渐平息了下来。平静的水面由岸边开始向湖中延伸，远处湖面上的鸟儿也从汹涌的水面游进了平静的水面。他观察着，鸟儿突然消失了，又从近一点的地方再次出现。那时，他已经明白，这肯定是某种潜鸟。它在水面上游得很低，就像一只鸬鹚。它一定能做到潜入水中再浮出水面而不溅起一点水花。不对，它潜水时并不总是这样。迪克看到鸟儿在水面上弯成拱形，半立起身子又往下潜。过了一分钟，它又从水中冒了出来，一上一下，好像在玩头球。片刻后，鸟儿重新冒出水面。迪克觉得，它从水里带了什么东西出来。又过了一两分钟，它露出了水面，大概是捉了一条鱼。鸟儿比鸬鹚的个头略大。迪克匍匐在地上，一动都不敢动。他摘下眼镜，擦了擦镜片，发现没什么大的区别，于是把望远镜的目镜拧下来，哈了一口气擦了擦。

当他重新装好望远镜再看过去时，鸟儿已经不见了。可当它再次出现时，比前几次离他更近了。现在，鸟儿向着他的方向径直游过来，此时的水面更加平静，他有机会能把它看得更加仔细些。尽管此时他竭力想要稳住双手，可还是不由自主地抖了起来。鸟儿又下潜了。这回当它再次冒出水面的时候没有一丝水花。它要么逮着了一条小鱼，毫不费力地吞了下去，要么就是什么都没捕获。迪克现在越来越有把握它到底是什么鸟了。鸟儿离他越来越近了。

"就是潜鸟。"迪克悄悄说道，"肯定是了。"

他把望远镜搁在岩石上，终于获得稳定的视野了。他看见鸟儿身上黑白交错的色块，头和后颈是灰色的，而颈部两侧有黑白条纹，还有顺着咽喉位置，竖直向下的一条宽宽的黑带。

毫无疑问。"黑喉潜鸟。"迪克充满尊敬地低语道，他放下望远镜，拿出笔记本，把名称记录在本次航行所见到的鸟类清单上。

一小时又一小时过去了，他待在原地观察着鸟儿潜水、露头、把头伸入水中探寻着什么，然后又潜入水中。他画了好几张画，做了各类标

记，以便跟书中的图片进行对比，但他心里早有把握，是黑喉潜鸟没错了。接着，长长的一条水花说明鸟儿飞离了水面。他又听到了那奇特的"咕噜……咕噜……咕噜咕噜咕噜……"的叫声。他注视着飞翔中的鸟儿，如同一支长了翅膀的雪茄。它在上空盘旋着，然后似乎向下方的湖泊飞去了，但迪克此时只看到它突然向南转了个弯，接着消失得无影无踪。

迪克把笔记本放回口袋里。接下来的航程还会发生什么更有意思的事呢？他已经目睹了一只潜鸟的身影。他想把这一切都告诉桃乐茜。别人都没法理解他现在的心情是多么激动。

迪克四肢僵硬地站起身，摘下眼镜，擦干净后重新戴上，仰视着小山。那儿有他和三位探险家分手的史前古屋，现在一个人影都没有。他望了望山口的方向，那儿有条马车道直抵山谷，也一个人都没有。他又把视线从山谷移到山顶，看见小黑点一样的物体向着石楠丛移动。他仿佛听到一声叫喊……大概是罗杰的声音。好吧，大概他们已经走得很远了，但不久就会回来找他的。他知道，要是罗杰在旁边，那他可没有机会安安静静地观鸟了。那只鸟儿已经捕食完毕，飞走了。他留在这里已经无事可做，但另一个湖泊还值得一看，尽管那儿估计不会有看到黑喉潜鸟这么好的运气。他可不指望一个下午能中两次大奖。但是迪克并不在乎，今天已经算得上是他本次出航中最成功的一天了。

此刻他心满意足，沿湖岸走着，得时不时爬上石楠丛，躲开泥泞的水坑，艰难地跨过松散的石堆。沿着湖岸实在是走不快，但他最终还是

走到了平地上，那里的湖面逐渐变窄，汇成一条小溪后流入另一个湖。迪克看着眼前的平地，想到以前的某个时候，这两个湖肯定是连在一起的。或许，当那些古代皮克特人在山顶造房子的时候，整座山谷都是一个大湖，甚至是大海的一部分。

他看到一只河乌，站在小溪中的一块石头上，抖动着前胸的白羽，但他已懒得往笔记本上记录了。他以前见过河乌。旁边还有一家子秧鸡在小步跑着，母秧鸡在迪克沿着走的岸边拍打着翅膀，假装折断了翅膀，引迪克去追它，好让小鸡有时间跑掉。但迪克也不是第一次看见秧鸡了。这天他已经目睹了黑喉潜鸟，河乌和秧鸡就没有以前看到时感到那么有意思了。他随即绕过宽阔的芦苇丛，面前就是下湖。他审视湖泊和湖中突出的小岛，又一次警觉起来。毕竟，见过一只黑喉潜鸟，并不意味着接下来不会看见第二只。

三只秋沙鸭从湖边起飞，突然在他面前抬升，从头顶飞过。迪克看着这三个黑白相间的飞影掠过，直到消失在视野之外，他知道，它们一定是落在他刚刚离开的那片水面上了。他在笔记本上写下"三只秋沙鸭"，真想再回去看看它们的身姿。他看看表，有点晚了，一下午过去了，但他觉得这一天仿佛刚刚开始。不过，现在他随时可能听到北极熊号的雾角吹响，通知他这一天就要结束了。犯不着再走回头路了。

芦苇丛另一端的湖岸地势更高，迪克紧靠着水边走去，知道身后的湖岸和面前的岩石同样可以起到掩蔽的效果。这时不能让蓝蓝的天空作为身后的背景，否则鸟儿就能把他看得一清二楚。他十分缓慢地沿着湖岸走着，眼睛扫视着水面，但是主要看向小岛的方向。无论鸟儿从何处

飞来，这些小岛都像磁石一样吸引着它们的注意力，这和人类一样，特别是这样一座独特的小岛——一头是芦苇丛，中间是卵石，他还看见芦苇丛的另一端有着一片布满草丛的平地。那是什么，正在小岛不远的地方游动着？迪克的心跳又变快了。无论那是什么，看上去都很像那只潜鸟。他原以为那只潜鸟向南飞出了山谷，现在看来有可能估计错了。

此刻他的身旁便是水面和碎石，但几米外有一块巨岩，足以给他提供掩护，安心观鸟。他匍匐前进，在巨岩旁边低下身子，拿出望远镜，对准小岛的位置望去，搜寻着刚才看见的水面上游动的鸟儿。

谢天谢地，风浪都已经停了。水面波澜不惊，太阳已经落入西面的山头，消失在了视野外。可没看到鸟儿……接着，在望远镜内那片圆圆的视野中，水面一侧荡起了涟漪，他追随着涟漪移动望远镜，看见了鸟儿。此时它正从水下浮起，把嘴探入水中，再仰起头，好像在喝水。它在游动时，水中的姿态很低，抬起脖子，头一会儿往这边探，一会儿往那边转。这是一只潜鸟准没错！幸好他没有跟着秋沙鸭回去。他决定留在原地，没有比这更好的观察鸟儿的位置了。

潜鸟正朝着小岛游去，迪克用望远镜追踪它。他看到岛上平坦的草地上有黑色的什么东西在活动。没错，它又动了。有那么一会儿，他以为这可能是某种动物。然后，他看出这是一只鸟，活动方式非常奇怪，仿佛腿站不起来。它在地上拖曳了一阵，直到掉进水里，立即游走了。又是一只潜鸟，就像先前那只一样。他现在相信，这只鸟就是在上游湖泊的那只潜鸟的配偶。"就像䴙䴘一样，只不过个头大多了。"

"呜……呜……呜！"

他被一阵颤抖的叫声吓了一跳，听起来就像狂野的笑声，仿佛两只鸟儿在讲着某种不可思议的笑话。

"呜……呜……呜！"

他又一次听到叫声，但接着声音就消失了。两只鸟都潜入水中，然后在远处一同探出头来。

其中一只向小岛游去。他不能确定是不是刚才掉进水里的那一只，但它在同一个地方上了岸。无论这是不是同一只鸟，它的腿都有问题。它似乎是依靠拍打翅膀，才能在地上勉强滑行。它在离水面不远的地方停了下来，恰好在迪克先前看到鸟儿活动的地方。

他通过望远镜，看到了鸟儿身上长条的斑块，它正卧在地上休息。另一只潜鸟游来游去，离小岛越来越远，不时地潜入水中，在水下逗留许久，再从水中冒出来，有时正好落入迪克的估计范围内，有时则出其不意，从其他地方冒出来。而在岛上休息的那只鸟，几乎一动不动。

该不会是在孵蛋吧，迪克心想，不可能刚刚下蛋吧。实在太远了，看不清楚。

迪克一动不动，继续观察，望远镜对准卧在地上的鸟，心想着一等鸟儿活动，就能看清楚它筑的是什么样的鸟巢。或许那儿根本就没有鸟巢，他想起海鹦和翘鼻麻鸭会利用兔子洞，很多鸟类直接在空地上下蛋，凤头麦鸡也在开阔地带筑巢，海鸥把蛋下在乱石堆里……他想着这些潜鸟是不是轮流孵蛋的。要是真那样的话，他希望那只在湖里游个不停的潜鸟可不要耽搁太久了。提提、桃乐茜和大吵大闹的罗杰随时都会出现，催促随船博物学家回船。他们根本想不到，他的冒险——趴在地上，通

过望远镜观察两只黑点的经历，要比他们经历的惊心动魄得多。他小心翼翼地抬起头，但头顶上的堤岸遮蔽了视线，让他没法看见冒险家们是否已从山谷上下来。他又转头去看鸟儿。

此时此刻，他真希望当初把弗林特船长那大大的双筒望远镜给带上，那样就能在远处看清楚鸟儿的情况了。他恨不得能有一艘船，划过去把潜鸟筑的巢看个仔细……他想起北极熊号甲板上的折叠艇，但想想要让刷船工和涂漆工们放下手里的活儿，把船带到这儿，这可不是什么现实的事情。再说了，现在太晚了。他能肯定的是，那儿的确有一只鸟巢。迪克拿出笔记本，写下："一对黑喉潜鸟在下游湖泊，正在筑巢。"

五分钟后，他又拿出笔记本，在刚才的记录后面加了一个问号。有可能是湖里的鲑鱼在傍晚游向湖边，而潜鸟也跟踪而至以获取更多的捕食机会。那只游个不停的潜鸟，此时已经游到小岛和迪克中间一半的位置，每次从水里钻出来，迪克都能看得更清楚一些。它的头顶颜色看上去漆黑，身体甚至比他最初印象中的更大。它潜入水中，一分钟后带着一条鱼浮出水面，鱼挣扎着，但立即被它吞入口中，接着它喝了点水，游到离他更近些的地方。迪克感到困惑，但他非常清楚，通过望远镜判断远处物体的大小是靠不住的。鸟儿又一次潜入水下。迪克对准它入水的地方看，这次它也是朝着他的方向游过来的。当它在不到三十米远的水面探出头来时，迪克震惊了，差点喊出声来。

"这是北方大潜鸟。"他自言自语，往笔记本上记录着，这才想起北方大潜鸟并不在英国境内筑巢。

"不可能，"他对自己说，"但它的确不是黑喉潜鸟。"

他把笔记本上写有这些鸟的那几页弄得一团糟。他在"黑喉潜鸟"上画了一条线，然后补上了"北方大潜鸟"，再想到它们不可能在这儿筑巢，又把那几个字画去。他最后添了几个问号。

他又一次仔细观察鸟儿，清楚地看到它身上的两块黑斑和深色脖子上的白色条纹。

"它就是北方大潜鸟。"迪克说，又在笔记本上新列了一条。然后，他再一次打量岛上鸟儿的黑斑。它仍然静卧不动。他又重新画掉，翻到下一页。

要是此行把鸟类手册给带上该多好，现在回去拿已经来不及了。当前唯一能做的，就是把鸟的头部和脖子临摹下来，再回到北极熊号比对鸟类手册里的照片。他画了下来，尽管没提提画得好看，但是至少清楚展示了鸟儿脖子上的条纹。毫无疑问，无论这只鸟是什么品种，它跟那只黑喉潜鸟有着本质的区别。他在同一页上画出黑喉潜鸟头部的素描。两者差异明显，新出现的鸟也是一种潜鸟，但它不是红喉潜鸟，因为脖子那儿没带一点红色，那么它究竟是哪种潜鸟呢？

他画完素描，写下"北方大潜鸟"，画掉，重新写下，旁边加一个问号，再看几眼后又把问号画掉，加了几条帮助记忆的注释。这时，他听到了罗杰的叫喊声。

"喂！迪克！迪克！喂！"

接着，桃乐茜叫道："咕……"

鸟儿一定是听到了这些声音，看到了这群探险家。它飞快地游向岛屿，看上去活像一只大号鸬鹚，整个身子都扑进了水下，只浮出一个头来。

真讨厌！现在迪克也没办法了，他站起身，看到探险家们小步跑了过来，于是向他们挥手。

"快点！"罗杰喊道。

迪克匆匆收好笔记本和望远镜，从湖岸上爬起来。

"赶紧回船！"提提叫道，"快！"

"你没听见雾角声吗？"桃乐茜边说边跑。

"没有。"迪克说。

"老早就响了。"提提气喘吁吁地说，"我们还以为你早走了，只有桃乐茜说我们最好再来叫你。"

"快！快！"桃乐茜说，"我们被跟踪了，那些不怀好意的岛民！"

迪克和大家一起跑了起来。

"潜鸟，"他对桃乐茜说，"我看到一只黑喉潜鸟……第二只我没有认出来。"

"我们被人跟踪了。"提提说。

"那人看不见了。"罗杰说。

"呜呜呜！"

北极熊号的雾角又响起来。这时，迪克才隐隐约约想起他前面听到过，可他当时正忙着观察鸟。

"这是第二次鸣响了。"桃乐茜说。

"有两种潜鸟。"迪克说，"至少我这么认为。"

桃乐茜正喘不过气来，没空回答他。

他们先沿着湖边，再沿着由湖入海的小溪一路小跑，最后来到了小溪汇入大海的地方。北极熊号身处的地方已经不是原来落潮停泊时的那个小海湾了。此时的潮水已经涨高，把船托了起来。船已系在锚上。他们看到弗林特船长坐在天窗旁抽烟，蓝色的烟雾慢慢地随风飘走。眼前没有别人，直到南希和约翰划着折叠艇从北极熊号后面绕了过来。

"我要是早点知道就好了。"迪克说。他想，折叠艇既然已经下水，本来可以说服他们带到湖泊那儿。

"喂！"罗杰叫道。

"等一下，"南希回应道，"我们把救生艇划过来，折叠艇地方不够。"

"他们没有再追我们。"桃乐茜沿着小溪回望，对提提说。

"我们干得漂亮，"罗杰说，"他们到头来没有跟踪成功。"

南希从折叠艇爬上救生艇，向岸边划去，约翰和弗林特船长则把折叠艇吊回甲板。

"佩吉和苏珊去哪儿了？"罗杰问道。

"在做饭呢。我们早就吹响雾角了。"

"我们快饿死啦。"罗杰说，"我们饭后差不多走了一千里路了。"

岸上小分队一上到救生艇、撑离岸边，大伙就炸开了锅："野蛮的凯尔特人！""城堡！""年轻首领……""风笛……""我们被跟踪了……""夺命狂奔！"

"迪克，"桃乐茜说，"发生什么了？"

"有三只潜鸟，"迪克说，"有两只非常像北方大潜鸟，但它们不可能是……"

"迪克，"桃乐茜说，"你什么时候吃三明治的？"

"噢，我……我忘了。关键是那些鸟儿在这里筑巢，书上却说不可能。"

"北极熊号这样子多好看！"南希停住桨，看着北极熊号，"我们大干了一场，简直快把人累死了，就在涨潮前刚刚把活儿干完。"

黑色的脑袋

颈部下方
的小斑块

条纹

像衣领一样
的大斑块

整只脑袋是浅灰色的

通过望远镜观察到的鸟颈

条纹一直
往下延伸

北方夫潜鸟
北方大潜鸟

与黑喉潜鸟截然不同

两种潜鸟的背部都有斑点

两种潜鸟的素描，摘自迪克的笔记本

第七章

到底是不是它？

回到船上，探险家们的故事反响平平。弗林特船长和四位刷船工心里只想着船。他们辛苦忙活了一整天，把北极熊号吃水线以下的部分全部清洗了一遍。在潮水涨起前一两分钟，才把两层防污油漆全涂完。船浮起来之后，他们又在老地方把主锚和小锚给固定好。此时，他们对自己的成就心满意足，急着吃顿晚饭犒劳自己，根本不想听什么野蛮的凯尔特人啦、凶狠的狼狗啦、神秘的哨声啦这些东西，再说桃乐茜、提提和罗杰自己组成小分队跑了出去，天知道他们能编出什么神奇的故事来。

"噢，好吧。"佩吉说。提提述说着自己一开始在空荡荡的山谷中就感觉到有人秘密跟踪他们时，佩吉几乎没仔细听。

"噢，好吧。"约翰说。这时，罗杰正说着那些狗是如何追逐他们，又是如何在千钧一发之际被主人的口哨唤回。

"不错。"南希边吃边嘟囔着。这时，提提在讲述一个身材魁梧又野蛮的凯尔特人是如何朝着他们咆哮听不懂的语言，然后对他们紧追不舍。

"这些都是真的。"桃乐茜说，"我们像鹿一样被人跟踪。最后，到处都是口哨声，到处都是愤怒的原住民在喊叫着战斗的怒号。"

"一点不错。"罗杰说，"之前我还发现了一座史前房屋，从咱们的甲板上就能望见。"

"噢，好吧。"苏珊说，"把盐递给弗林特船长。"

"迪克说话靠谱。"约翰说，"迪克，实话实说，你看到了多少凯尔

特人？"

"我一个都没有看到。"迪克说。

"我就知道是这样。"约翰说。

"迪克在观鸟。"桃乐茜说，"你是知道的，他在观鸟时，别的就全不放在心上了。他甚至没听到北极熊号发出的第一声雾号。"

"你看到什么鸟啦？"弗林特船长问道。

"潜鸟。"

"哪种潜鸟？"

"我就是不清楚这一点。"迪克说，"我正想去翻书查看呢，没想到就开饭了。"

"真是个不懂得感激的小家伙。"弗林特船长说道。

"我不是这个意思，"迪克说，"是桃乐茜叫我放下书待会儿再看的。"

"哎，"桃乐茜说，"别忘了，你连中午的三明治都忘记吃了。"

迪克羞怯地看着苏珊。"我要是饿了，就会想起来的。"他说。

"得啦。"苏珊说，"到底是怎么回事？你们四处乱逛，然后一些原住民跑出来告诉你们非法越界了？"

"比这严重多了。"罗杰说，"他们藏在暗处不被发现，伺机抓住我们。"

"他们跟踪我们。"提提说。

"那儿有个小首领。"桃乐茜说，"除了迪克，我们都看见了。"

"拿着苏格兰阔刃剑？"弗林特船长问。

"哎，这倒没看见。"罗杰说，"我们离他太远了。"

"那儿真有原住民吗?"弗林特船长说。

"好多呢。"罗杰说。

"我打赌,他们对你们根本没有兴趣,"约翰说,"只是在赶羊啊什么的。"

"不管你怎么说,就是有人跟踪我们。"提提说。

晚饭后下达了"所有人一起收拾!"的指令,桌子便被清空了。南希点燃火炉,比起暖意,更增添了一种愉悦的气氛。尽管外面天还没黑,佩吉还是点起了船舱的灯。船舱的桌上一端铺着大地图,大家都想凑上去看看。约翰和弗林特船长正在计算潮汐。桌子的另一端,迪克拿着鸟类手册坐了下来。提提已经趴在她的铺位上,记录着一天的探险经历,这样别人读来,就能更好地理解事情的原委。桃乐茜像往常一样,坐在桅杆旁,忙着在本子上写作。她时而写下几个句子,时而又画掉重写。

迪克将鸟类手册翻到潜鸟插图那一页,旁边放着下午画了素描的笔记本。他对自己所见的景象越来越感到困惑。书上写得清清楚楚:"在海外筑巢,通常独自活动。"但是他今天看到的鸟儿并不是独自活动,明明有两只,并且也不是在"海外"筑巢,而是就在原地。这样说来,它们不可能是北方大潜鸟。接着他又将书上的插图和自己画的素描进行比对。自己虽然画得潦草,但是毫无疑问头部和颈部的细节与书上标着的"北方大潜鸟"完全吻合。书上同一页列举了黑喉潜鸟:"黑喉潜鸟,身长七十厘米左右。"以及北方大潜鸟:"北方大潜鸟,身长八十厘米左右。"

没错，他也发现了，如果真的是北方大潜鸟的话，那么要比黑喉潜鸟大上一圈。而且，书上的插图的确和他画的是同一种鸟。可是，不去看图片，只看文字描述的话，"在海外筑巢"，又对不上了。船员们围着大地图讨论个不停，可他这时一个字都听不进去。

"到这儿来你不觉得很开心吗？"南希说。

"经过那场大雾我们还能顺利靠岸，已经很幸运了，"弗林特船长承认道，"比想象中的运气好多了。"

"还有，我们把船洗好了。"南希说，"我敢打赌，马克会把船开到乱七八糟的港口去，还不如在这里洗。"

"一切都很顺利。"弗林特船长说，"只不过花了我们不少时间。"

"这没什么！这样我们明天一早就能起航了。"

"做不到，"弗林特船长手指着地图，"我可不敢冒险从这么狭窄的水道在顶风或者无风的条件下起航。我们可能损失了不止一天，而是两天的时间。我们得先进港口，给罗杰和他的引擎加点油。为了到这儿我们几乎把油全用光了。要是我们去的是港口，昨天晚上就能加满了。"

"明天早晨什么时候出发？"罗杰问。

"越早越好。"弗林特船长说，"如果可以的话，凌晨两三点就出发。要是现在有风的话，我恨不得马上就走。可惜没风，再说要等到潮水涨满海岬和港湾各处。油箱里的油大概支撑不了一千六百米。"

"好吧，"南希说，"没问题。加油用不了十分钟。我们冲进港口，加满油箱，然后立马驶向大陆，一点时间都不会耽误。"

"要是不起风怎么办？今天早晨风就快没了，下午更是一点风都没有。"

"总归会起风的。"约翰说,"我们全程都没碰到完全无风的日子。"

"谁说没有?我们靠的是引擎。"罗杰说,"有两次了,一次是离开塔伯特那天,还有一次是开进伯特利那天。要是没有引擎,我们可就真困住了。"

"行吧。"南希说,"那次其实有风的,只不过开进伯特利的时候风正好停了,我们当时也可以用救生艇拉船进港。"

"罗杰说得没错。"弗林特船长说,"你说错了。你可不知道需要引擎的时候会是多么迫切。要是现在油箱加满了,不管有风没风,可以立马动身出发。喂!迪克怎么啦?发什么愁呢?"

"随船博物学家,醒醒!"南希说。

"嗨,迪克!"罗杰叫道。

迪克吓了一跳,从书上抬起头。

"大教授,怎么啦?"弗林特船长问。

"这些鸟儿我分辨不清楚。"迪克说。

"什么鸟?"

"我今天看到的。"迪克说,"书上说它们不会在这里筑巢,只会在国外,但是我今天明明看到它们在这儿筑巢了。"

"是另一种吧?"弗林特船长说。

桃乐茜从她的本子上抬起头。"你在说潜鸟吗?"她说,"就是你一直想看的鸟儿?"

"对,是潜鸟,"迪克说,"一只是黑喉潜鸟,另外两只我不大清楚。

我认为是北方大潜鸟，但不可能。"

"我们来看看图片。"弗林特船长说。

迪克把鸟类手册递给他。弗林特船长看着红喉潜鸟、黑喉潜鸟和北方大潜鸟的图片，迪克将自己的笔记本推过桌面，摊开他画了素描的那一页。

"画得不好，"他说，"但我确定这些特征能对上。"

"你画的这只大鸟肯定是书中的北方大潜鸟，"弗林特船长说，"另一只显然是黑喉潜鸟。"

"我就是这么想的。"迪克说。

"你画素描时，书在不在身边？"

"不在，所以我才想着把它们画下来。"迪克说。

"看来你改变过好几次主意了。"弗林特船长说。他翻到笔记本下一页，迪克在那里写着"一对黑喉潜鸟在下游湖泊，正在筑巢"，然后画去了"黑喉潜鸟"，写上了"北方大潜鸟"，又画去，又重新加上，旁边还打满了问号。

"在我看来，它们都长得差不多。"南希说。

"潜鸟，潜鸟，"罗杰说，"乱七八糟各种各样的潜鸟。潜鸟会潜水所以就都叫潜鸟。"

"别犯傻。"约翰说。

"我是想帮忙嘛。"

"你觉得呢？"

"我觉得是哪种潜鸟没什么关系。"南希说，"你不是就想看潜鸟吗？

它们都是潜鸟。刚开始的这十天你开口就是潜鸟。"

"关系大得很。"迪克说,"这些鸟就在这里筑巢,可书上说它们不会。"

"当然有关系。"桃乐茜一直在听着,这时插进来支持弟弟,"是哪种潜鸟,这就是问题的关键。"她很清楚这样的问题对迪克意味着什么。她也知道,迪克一定要以某种方式解决了这个问题,才会心满意足。她原先对大伙对待探险家们冒险经历的敷衍态度不以为然,甚至现在也在想那些凯尔特人是不是本就在忙着自己的事情而根本没把他们放在眼里。这场冒险是挺有趣的,仅此而已,但迪克的事情不一样,她不允许任何人,包括南希,嘲弄随船博物学家的工作。"当然了,迪克必须把事情弄清楚,爸爸就是这样挖掘真相的。"她说道,"有一次在埃及的时候,爸爸无法确定一座坟墓属于第三还是第四王朝,他解决不了这个问题,就不能考虑其他事情。"

"我们还要多长时间才能回家?"迪克问。

船舱内鸦雀无声。这个问题简直亵渎了整趟航行。大家都知道,航程已经结束了,接下来要做的就是把北极熊号开回大陆还给主人,但听到一位船员仿佛急着离船时,还是不能相信自己的耳朵。

"自然历史博物馆的人立马就能知道。"迪克解释道,"你瞧,鸟儿换毛前后会发生很多变化,这本书上都没有提及。同一只鸟儿在不同的季节里可能看起来完全不一样。"

"真可惜迪克没有在航程开始时看到潜鸟。"桃乐茜说,"他本来可以问观鸟船上那个人。"

"或许还不算太晚，"弗林特船长说，"我们明天还能见到他。他昨天差点擦过我们的船头，朝着入海口驶去。如果他还没有去别的地方，我们明天可以去港口找他。他的船叫什么名字？"

"翼手龙号。"大家齐声回答。

"你觉得我可以去问问他？"迪克说。

"当然可以。"南希说，"你就找借口说，想上去看看他们的船长什么样。"

"只是，"弗林特船长说，"我们不能在港口多留一分钟。但如果翼手龙号还在港口，我们就送你上他的船，我和约翰上岸加油。你看怎么样？"

"太感谢了。"迪克说。他想到了观鸟人可以解答他的疑惑，还能顺便看看观鸟船内部到底是什么样的。有朝一日，他也能拥有一艘属于自己的观鸟船。

"当然，他可能已经开走了。"弗林特船长说。

"你是说，用他船上的大功率引擎开走了。"南希说。

"那引擎可真不错。"罗杰说。

"我们还有多久出发？"迪克说，他差点站起来。

弗林特船长笑了。"不是现在。"他说，"一等潮水涨起来，风向合适，我们就出发。"

迪克又朝着书上的插图和自己画的素描看了起来，然后断然推开鸟类手册和笔记本。如果明天一切顺利，他就能把问题彻底解决了。

　　这时，苏珊在船长的帮助下，开始催促大家上床睡觉。一如既往地，每当此时，大伙都要拥上甲板，好好地把周围的景象看个遍，吸一口夜晚的空气，然后再进去睡觉。尽管天色已晚，他们仍然能看到漆黑的海岸和悬崖间通向外海的水道。这时风平浪静，北极熊号在宁静的水面上几乎一动不动，水面上静静闪烁着星星的光芒。约翰和南希根据习惯，将锚灯升到前桅支索上，这样哪怕有别的船只进港（尽管可能性不大），也不用怕对方船只看不见北极熊号北侧发出的光芒。约翰从前舱口走了下来，南希来到后甲板，发现桃乐茜、提提和罗杰还在驾驶舱里徘徊。

　　"再过五分钟熄灯。"苏珊的声音从下面传来。

　　"来啦，来啦。"罗杰说，向其他人解释说，"我现在虽然不困，但要是明天一大早就开引擎动身了呢？"

　　"桃乐茜，听我说，"罗杰走后，南希说，"你和提提说的在山谷里被人追踪，到底是不是真的？"

　　"当然是真的。"提提说。

　　"真的。"桃乐茜说，然后突然抓住南希的胳膊，"现在就有一个凯尔特人在看着我们！"不到五十米外那片岸边悬崖下的阴影里，三个人都清楚地看见了火柴被点燃时发出的光亮。有人在点烟斗，那微小的亮光晃了晃，熄灭了。现在除了直耸天空的悬崖，什么也看不到了。

　　"他来这儿干什么？"桃乐茜说。

　　"他为什么不该来？"南希说。

　　"充满敌意的原住民，"提提说，"我们早就说过，你们就是不相信。"

"嗯。"南希抱歉地说，"无论如何，我们明天就走了。现在太晚了，不能拿他们怎么样。但他们就算真的不怀好意，我们也不会再遇见他们了。"

"大家都下来睡觉！"弗林特船长的吼叫声从脚下传来，"我们明天还要早起。我要睡觉啦！"

第八章

"他还在这儿！"

迪克是第一个上甲板的船员。他发现弗林特船长已经站在桅杆旁，举起舔湿了的手背，来回比画着，感受风力。

"喂，迪克。看来你挺着急。"

"是啊。"迪克说，"要是我们到了，他却已经走了，那该多可惜啊。"

"谁？噢，你的观鸟人。看来我们是没法立马到那儿了。运气不好，现在风太小，蜡烛的火苗都一动不动。"

"要不要我去叫醒罗杰？"

"油箱没有足够的油，开不过去。"弗林特船长说。

迪克环顾四周。清晨的阳光下，小海湾就如同磨坊里的小水塘，远处的海面上一丝波浪都没有，只有轻微的涟漪，在阳光的照射下反射出柔和的波光。

"毫无希望。"弗林特船长说。

迪克有了主意。

"如果我们没法出海，我还能回去再看看那些潜鸟吗？"

"不行，"弗林特船长说，"不能这样。出海当天谁也不能上岸。万一起风了，我们就得派船员到处找你，然后又要派更多的人把你们都叫回来……喂！"他又舔湿手背，举手感受风力，"不，不要上岸。刚才好像有风了。总算起风了，再加上现在潮水够高，能够起航。对了，下去把工程师给叫上来。可能我们一到外海就有风了。"

迪克奔下梯子，叫道："罗杰！开引擎！"

弗林特船长看了看表，来到船尾。"他们可以回头再睡。"他自言自语，来到升降扶梯边。

"叮……叮……叮……叮……"

船上的铃声响了起来。

"来啦！"罗杰喊道。

"四下铃声，"约翰揉着眼睛说，"我还以为我们会出发得更早呢。"

所有人都从各自的铺位钻了出来。

"全员就位！"甲板上传来欢快的叫声，大家向梯子拥去。

"可是没有风。"南希上了甲板，说道。

"先到外海看看，"弗林特船长说，"我刚才感受到了一点风。"

罗杰忧心忡忡地从引擎室里出来。"长官，油箱差不多空了。"他说，"你没忘记吧？"

"运气真差，"弗林特船长说，"但我们把船一开到外面就把引擎熄掉。启动引擎，先挂空挡。"

"是，长官。"罗杰跑开了。

接下来几分钟，船上充满了各种准备工作的声音。风帆被解开，各个部件都为升帆做好了准备。约翰和南希操作着绞车。叮当，哐啷，叮当，哐啷……铁链被收了上来。佩吉把旗帜升到桅杆顶上。旗帜垂了下来，没有拍打旗杆。

"长官，一切就绪！"约翰朝着船头说道。

引擎传来第一阵突突声。

"迪克，"罗杰叫道，"看看水有没有从排水管里流出来？"

迪克俯下身子，看到一阵蓝烟和水柱按照预想的往外喷着。

"没问题。"他叫道。

"长官，引擎准备就绪！"罗杰登上甲板说。

"起锚！"约翰叫道。

"慢速前进！"弗林特船长说，"南希，你来掌舵，稳在中间，我去把锚拉上来。"

引擎的声调变了，北极熊号开始移动。锚落在艇座上。发出砰的一声。主帆在无风的空气中摇曳升起。支索帆也往上升起，像主帆一样挂在那儿，等待起风。

"成了！"弗林特船长说。

"好啦，刷船湾，再见啦！"南希说，"能到这儿来，我真高兴。"

"我可不高兴。"弗林特船长说，"如果我们在港口刷船，就可以同时把油箱装满了。"

"刷船工们可是错过了最精彩的部分。"罗杰说着，他在驾驶舱门口等候，旁边的引擎室开着门。

"去你们的凯尔特人。"南希笑着。

"哎，你亲眼看见了一个。"提提说着，她的声音变了，"现在就有一个。"她补充说，"我真想知道，他是不是整夜都在监视我们。"

早起的人可不是只有他们。正当北极熊号慢慢地朝着外海驶去时，他们看见悬崖上站着一个高高的、花白胡子的身影。

"追赶我们的人里面就有他。"桃乐茜说。

罗杰转过身看他。

"他现在追不上我们了。"他说,"我们跟他挥手告别吧。"

北极熊号的船员们兴高采烈地朝着对方挥手。那男人没有回礼,只是倚着一根长手杖,一动不动地看着他们。

"真是个倔老头!"罗杰说。

"倔老头,这个词不错!"南希说。

"是吗?"罗杰说,"你要是喜欢,我就借给你。"

北极熊号驶出泊位,轻柔地往外行驶着,探险家们把刷船湾抛在了脑后,不再去想凯尔特人的事情了。

主桅上的小旗懒洋洋地升了起来,主帆已经撑满了。北极熊号顺利起航,不过风还是很小。主帆脚索始终勉强挂着,而不是力道十足,一会儿没入水中,然后升起,滴着水滴,之后随着北极熊号的摇晃又拉直,然后又松开、滴水。角帆已经打开,上桅帆也已经就绪,但仍然只有引擎在负责船的移动。

"风向像是西北风,"南希说,"会把我们吹向入海口。"

"需要多久?"迪克问。

"风大不起来,大概要明年才到。"弗林特船长说,"谁想掌舵?提提还是桃乐茜?"

除了迪克,大家都笑了起来。整个航程中,提提不止一次抱怨过,她和另外四个年纪小点的孩子,除了在风平浪静的时候,都不被允许负责掌舵。

"不，谢谢。"提提说。

"我来。"桃乐茜说，瞥了迪克一眼。

"东南偏东。"弗林特船长说，"但你用不着操心罗盘，注意前面就行了。始终向右转舵，就不会弄错。恐怕我们现在要把引擎停下来了。"他从引擎室拿起量油尺，拧开后甲板下油箱的盖子，往里面蘸了一下。

"还有多少油？"罗杰从他身后问道。

弗林特船长看看量油尺，只有顶部一点点被沾湿了。

"挂空挡，罗杰，关引擎。油几乎一滴不剩了，我们必须把最后一点油留到后面用。"

"老天爷！"罗杰说，"我们永远都到不了那儿了。"

他钻了下去，引擎停下了。北极熊号失去了速度，几乎一动不动。桃乐茜十分轻柔地转动着舵柄，让自己确信船还能保持有舵效①的最低航速。

"没关系。"南希说，"我们已经出海了。不用着急。"

"怎么不着急了？"迪克说。

"噢，我把你和翼手龙号给忘了，"南希说，"但你那观鸟人不一定会回到我们遇见他的地方。他现在可能在别的地方。"

弗林特船长点起烟斗，把火柴梗扔出船外。火柴梗十分缓慢地飘向船尾。"在那儿刷船，可不止耽误了我们一天，而是两天时间，"他说，"我们本来应该在半路上加满油箱的。"

---

① 舵效，舵在船舶航行时改变方向的能力，即舵对航向的控制能力。

110

"如果我们没有去那儿，我就看不到北方大潜鸟了，"迪克说，"要是它们真的是北方大潜鸟的话。"但他也像弗林特船长一样，看着水中缓慢漂走的火柴梗，又看看远方伸出海面的海岬。按照现在的速度，他们还要很长时间才能抵达海岬，更不用说去远得多的港口了。

"话说我们应该吃早饭了。"佩吉说，"苏珊在哪儿？"

下面的普利默斯汽化炉突然咆哮起来，替她作了答复。

大家在船舱里吃早饭：麦片粥、沙丁鱼和茶。炼乳罐头给茶和麦片粥增添了一股奇怪的味道，苏珊忙着在一张纸上写东西。

"喂，"弗林特船长问她，"你也要写作吗？"他抬头看看升降扶梯，想到了桃乐茜。她正在甲板上，认真地掌舵着这艘几乎不再移动的船。

苏珊把纸片递给他，上面只有两个词：面包、牛奶。"你去加油时，我们要去镇上买一点新鲜牛奶，这样明天的早饭就能改善一下了。还有面包也吃完了。"

"苏珊，"弗林特船长说，"我以前说过，现在还要再说一遍。你真是我们的无价之宝。"

"大家有三天没有喝过真正的牛奶了。"苏珊说。

迪克匆匆吃完早饭，上去接桃乐茜的班，把她换下来吃早饭。在风浪很小时，他可不能信任别人能承担这项任务。他担心哪怕错过一分钟，观鸟人和翼手龙号就会和他失之交臂。他们可能正从海上驶过，去其他地方观鸟了。

大家仍然围坐在船舱的桌边。这时，他们听到船头传来第一阵微弱的水声。

"起风了。"提提说。

弗林特船长把刚举起的咖啡杯放下。南希已经爬上了梯子，船长立即跟上。掌舵，真的在掌舵——迪克满怀希望地把双手握在舵柄上，热切地看着罗盘，又打量着远处的海岬，再重新看向罗盘。

弗林特船长看了一眼罗盘。

"继续，"他说，"你做得不错。"

"南希，请让开。"迪克说，"我看不见正前方了。"

"大家都下去，"弗林特船长说，"就让我们的小教授掌舵，他比我们更能把握风向。"

但是这风并没有如他们所愿，越吹越小。然后，身后海岸边荡来的涟漪又让人错以为有了希望，风再一次填满船帆，北极熊号又上路了。

更糟的事情还在后头。潮水改变了方向。他们刚出来的时候，潮水一直向南流，无论他们航行得多慢，都会把他们带到正确的方向。有一段时间，迪克没有注意到发生了什么，他只看着罗盘和远处的海岬。突然，他从船尾看了一眼，看到附近的悬崖朝着内陆的山头移动，方向不对。

"喂，"他叫道，"到甲板上来。我觉得船在往后退。"

确实在后退，没等大伙从下面一拥而上，迪克就已经弄清了原因。

"不是船自己在后退。"他说，"是潮水改变了方向，往另一个方向流了。"

"风不够大。"弗林特船长说，"就是这样。"

"船行驶得没问题。"提提说，往下看着船头平稳的水波。

"对，"弗林特船长说，"但赶不上潮水带它后退的速度。"

这感觉真是奇怪，明明船在往前开，比照着陆地却像是在往后退。

"我们要不要靠岸抛锚？"南希问。

弗林特船长犹豫了片刻，但立即做出了决定。"不，"他说道，"去哪儿都行，但不能待在这儿，悬崖的岸边水会很深。还记得我们过来的那天吗？不能靠岸，我们已经顺利起锚，接下来就要保持航行。保持航向……东南偏东……因为潮水的影响，我们开不快，但是终归能撑过去。"

"东南偏东。"迪克说。

"退潮要六小时。"提提说。

"情况没那么坏，"弗林特船长说，"风也许会变大……也许不会。"他补充道，情绪低落地看着四周。

"我们很快就要退回去了。"罗杰说。

"如果你真那么着急，"南希说，"就下去推船。"

"迪克巴不得推船走呢，"桃乐茜说，"我也愿意。"

尽管北极熊号迎着潮水缓慢移动着，但是仍然在不断后退。内陆群山仿佛正向北移动。刷船湾又进入了船员们的视野，虽然距离还很遥远。通向海湾的入口又向他们关上了，尽管依靠悬崖附近的海鸥群，仍能辨别其位置。他们望向那座屹立着古屋的山顶，想着千百万年前，史前人类就是在那儿眺望海面的。

"皮克特古屋的山顶上有人。"罗杰说。不过，还没等到大伙拿起望远镜向那个方向看去，那人就消失不见了。

潮水继续将他们慢慢带到北方。风还没有变大，他们就看到了桃乐茜所说的城堡和山脊北侧的农舍，长长的山脊锁闭了探险家的山谷。

"有意思，"南希说，"所有的房屋都造在山脊一侧。你说过，我们这一侧山谷是空的。"

"没错，"提提说，"我们就在那里被跟踪了。这一侧根本没有房屋。"

"大概是鹿群出没的森林。"弗林特船长说。

"我们看到了许多鹿。"提提说。

"但没有树。"罗杰说。

"他们还是照样管这块地方叫森林。"弗林特船长说。

风变大了。他们又一次向南方驶去。不一会儿风又小了，他们被顺风和逆流牵制着，几乎停在了水面上。再过了会儿，风又时大时小，飘忽不定。

"没人能帮这艘船了。"弗林特船长说。

"谁想帮一把？"南希说，"今天正是时候。"

"我知道有人想帮忙。"弗林特船长一边说着，一边看着迪克。

"还有我。"桃乐茜说。

"加上我，有三个。"南希咧着嘴，看看弗林特船长。

但是，油箱已经见底了，就连迪克都明白再怎么做都是无济于事，也就意味着他即将失去登上翼手龙号、向观鸟人求证的机会。

大多数人并不在乎。如果第二天才能抵达大陆，那就意味着这段航行又能增加一天。能在海上待着，对他们来说就足够了。要是无风无浪，那也无妨，毕竟哥伦布当初也碰到过风平浪静动不了的情况。他们可能一度羡慕几艘渔船顺水向北漂去，但坐在驾驶舱和前甲板上，享受着明媚的阳光和湛蓝的海水，那也是十分惬意的。另一方面，尽管在刷船湾这荒芜的地方停泊了两晚，但是他们一致同意，昨天可谓整趟航行中最完美的一天了。就连罗杰都认为，虽然油箱已经见底不免遗憾，但在风平浪静的时刻，这正是让引擎和工程师大展身手的绝佳机会。

早晨过去了。罗杰敲了八下铃，以示中午。

"腌牛肉，"苏珊说，"不对，是干肉饼。冷的，天太热就不烹调了。"

"水果罐头还有不少呢。"佩吉说。

他们在甲板上吃了午饭，正在洗盘子的时候，风又大起来了。

"现在太晚了。"弗林特船长说。

但是，大约两点钟时，他们感到船开始移动了。而且此时的潮水开始转向，变为顺流。大伙都想掌舵。这时，远方海岬的蓝色轮廓越来越大，进入视野的景象也从一座小岛的样子变成了散布着绿色草坪的灰岩。

"太晚了。"弗林特船长说，"我们一绕过去，风就会朝着我们吹，到港口的一路上都是这样。要不是到最后关头，我不会让罗杰启动引擎的。我们只能迎风前进，尽管潮水会助我们一臂之力，要是在商店关门前就能到港，那就算走运了。就这样，苏珊。晚上不要向大陆航行。大家好好休息，等明天起床再说。"

"好。"南希说。

"有风吹就不错了。"弗林特船长说。

"无论如何，他今天还没有出海。"迪克说，"至少没出现在我们目所能及的范围内。"

"我们接下来要迎头而上了。"约翰说。

驶近海岬时，他们正在喝茶。船从海岬八百米外经过，避开了外伸的岩礁，他们拉起艏三角帆角索，升起风帆，让北极熊号乘风前进。一时间船速好像增加了一倍。北极熊号一整天都在平稳航行，仿佛是在磨坊的小水池里行驶，但此时它加快了速度，尽管还不够快，但足以让罗杰放在驾驶舱地板上的杯子一下子滑了出去，把他为最后一口蛋糕配的茶水也给溅了出来。桅顶的那面小旗欢快地迎风飘动着，北极熊号的船头不再悄然穿过水面，而是乘风破浪，溅起朵朵浪花。船儿仿佛是到最后时刻才想到大显身手一番。船往前行驶着，他们看见码头上渔船的桅杆和远处的房屋。

"只有这个港口我们来了两次。"提提说。

"他如果在上次的地方原地抛锚，"迪克说，"那我们只有进港以后才会知道他在不在。"

他们现在已经非常接近港口了。一艘渔船正在驶出，船头挺得高高的，桅杆则又粗又短，配有驾驶舱。渔船稍稍改道，为他们让路，随后从船尾绕了过去。大伙朝着那渔船挥手致谢，船上的驾驶舱里伸出一只大手，挥手回礼。

"他们可比你的翼手龙号讲礼貌多了。"南希说。

"我估计不是观鸟人亲自掌舵。"迪克说。

他们差不多已经到了港湾入口。就在北极熊号炫耀了一番刷洗得焕然一新的船体后，风又停了。

"罗杰，开动引擎吧。"弗林特船长说，"港口里面可能还有一些船

只。风又小了。降帆！剩下的油够我们开进港了。"

帆被降了下来，引擎声再次响起，北极熊号穿过一座座码头。约翰收起艏三角帆后，从绳梯爬上桅顶横杆。迪克紧张地注视着他。约翰俯视驾驶舱，点点头，手往外指着他们从甲板上看不见的什么东西。

"他在那儿。"迪克叫道，"啊，太好了。"他把手伸进口袋，握住鸟类手册和画了潜鸟素描的笔记本。

"汽船在往后倒。"约翰叫道。

他们向船尾方向看去。远方海面上升起一丝烟雾，天际露出一团黑影。

"运气来了。"弗林特船长说，"那是艘邮船。现在正是收发邮件的时候，它要在这儿停留上一会儿，还有好几处等着投递呢。就这样，南希和约翰上前甲板，等它开过去。"

北极熊号穿过桥墩，进入港内。

"他在这儿。"桃乐茜叫道，"我们总算赶上了。"

"我们靠过去。"弗林特船长说，"这儿离码头不算太远。前进，准备抛锚！"

"是，是，长官！"

引擎呜咽，重新运转起来，又呜咽了一下。

"油马上就要一滴不剩了。"弗林特船长喃喃说道，看着工程师惊讶的眼神，"油箱空了，幸好我们没有开得太早，现在还能借助惯性往前跑一点，关机吧。"

引擎最后发出了几下噪声，停了下来。北极熊号静静地滑向那艘巨

大的白色摩托艇。大伙都管它叫"迪克的船"。

船大概往前靠拢了四十米。

"放铁链！"

铁链格格作响，落入水中传来哗啦一声。弗林特船长摆舵向前。"就是现在，全员就位！收帆！让这些渔民瞧瞧我们可不是什么门外汉。好啦，迪克，等我们把甲板清理干净，就把救生艇交给你。"

大家一起动手，每个人都对自己的分内事一清二楚。不一会儿，北极熊号已经卷好前帆、收好主帆、捆好索具，这些都是船只进港的标准程序。约翰、南希和弗林特船长把救生艇放下水。迪克手握笔记本，在一旁等着。他看向那艘摩托艇，心里突然有点害怕观鸟人不在船上。

"那么，迪克，"弗林特船长说，"最好让约翰送你过去吧。不会很久的。我要给你们的父母写封信，告诉他们我可没把你们淹死，还要把你们好好地送回去。然后，我和约翰要上岸加油，把信交给邮船，再给马克发电报，告诉他船还没沉，我们明天就把它送回去。"

"可别说刷船的事情。"佩吉说。

"我才不会说呢。"弗林特船长说，"他看到了可是要笑开了花。今天这船走得可机灵了，一有机会就全力争取。"

"接下来是什么打算？"罗杰说。他关闭引擎，走上甲板，用一团废棉花擦手。

"迪克去翼手龙号，向观鸟人打听他的北方大海雀。"

"是北方大潜鸟。"迪克严肃地纠正道。南希在一旁轻声笑着，不免让他有些惊讶。

第九章

目的相反

"翼手龙号，喂！"

约翰在翼手龙号舷梯几米外的水面上稳住小艇，舷梯悬在摩托艇白花花的护舷板之间。

一名水手来到船边，向下打量着他们。他穿了件蓝色的针织衫，上面印着"翼手龙号"几个红字。

"告诉他你来这儿的目的。"约翰说。

"我能和船主说句话吗？"迪克问，"是关于鸟的。"

"你有消息告诉他？"那人问，"什么鸟？秃鹫？另一种老鹰？我去告诉他。"

"我不清楚到底是什么鸟。"迪克说。

"他很忙。"那人说，"但我去问问看。"

"秃鹫和老鹰是什么意思？"那人走进甲板室，约翰问道。

"可能他正在观察这些鸟类，"迪克说，"然后等小鸟孵出来给它们拍照。"

"你们上来吧。"那人回来了，从甲板上俯视着他们，"但他只能给你几分钟时间。"

约翰在护舷板旁停好小艇，迪克爬上梯子。

"你们俩不一起上来吗？"那人问道。

"我留在这儿。"约翰说。他对摩托艇没什么兴趣，觉得迪克的事情

最好由他自己做主。

"这边走。"船员说，指出甲板室的道路。屋里空无一人。"在那边。"他说。迪克把手伸进口袋，确保笔记本还在身边（尽管不久前他刚拿出来、放回去过），他走下一处台阶，进了一间会客厅。

会客厅里灯火通明，见惯了老领航船的船舱，这儿看上去非常宽敞。映入眼帘的首先是房间四周挂满的鸟类图片。当然啦，有朝一日他也能拥有一艘这样气派的观鸟船，去探访各种观鸟胜地。接着他看到，虽然日光从一排舷窗射入，但会客厅尽头的桌上依然点着一盏灯光明亮的吊灯。那盏灯照亮了观鸟人的一头红发，他正在桌上忙着什么。他的头挨着吊灯，白色皮肤在灯光下反射着一道光亮。那男人在一本大书上写着什么。迪克安静地等他写完。那人抬起头来，迪克看到他眼镜后面一双聪慧的眼睛，和自己的看上去很像，那人长着一只细长的鼻子，嘴唇又直又薄。

"你是谁？"那人问道。

"我叫迪克·科勒姆。"

"这么说，你不是我的熟客？"那人说，"没关系。别着急。你发现了什么？"

迪克想把笔记本掏出来。笔记本却卡在他的口袋里了。

"嗯？"那人说。

笔记本被一下子从口袋里扯了出来，落到地板上。迪克把它捡起来，把画了素描的那页拿给他看。这个人刚才正忙着，被迪克打断后又忙不迭地继续中断的工作。他一手举着一只鸟蛋，一手拿着千分尺，正在测量鸟蛋的尺寸。

在翼手龙号的船舱里

"我想请教您……您肯定能一眼认出……"迪克立马停住了。他看见，在这个男人测量的这只鸟蛋旁，还排列着长长一列鸟蛋。所有的鸟蛋都是同一个品种，"我……我说，您该不会是鸟蛋收藏家吧？"

很明显，迪克的话立即提起了船主的兴致。他把测量的鸟蛋放回架子，跟其他鸟蛋放在一起。他用手指抚弄千分尺，朝着迪克微笑。

"你听说过'杰梅林藏品'吧？"他说着，那口气仿佛是在说圣保罗大教堂一样骄傲，"瞧，我就是杰梅林。我是全英格兰藏品最多的私人收藏家……全世界都不为过。当然了，我只收藏英国的鸟类。对于外国人来说，这任务可是一生一世都完不成的呀……"

迪克张大了嘴巴，事情完全出乎他的意料。他想起了黑鸭子俱乐部的伙伴们多年以来一直为保护鸟类做着斗争；他想起了跟乔治·欧顿的对抗，那次他把鸟蛋偷走，就是卖给了收藏家。怎么会这样？这个人就是成人版的乔治·欧顿，心还更坏。眼前的这人，迪克一开始不认识他的时候，还视他为英雄，现在却变成了敌人。这个鸟蛋收藏家，他是鸟类彻彻底底的敌人！

杰梅林先生笑了起来，他把迪克的惊恐当成了仰慕。

"没错，"他继续说，"只要在不列颠群岛筑巢的鸟儿，我都有它们的鸟蛋。当然啦，还有些鸟儿过去在这儿筑巢，现在却没了。"

"这里？"迪克结结巴巴地说，环视着会客厅里图片下面的那些壁柜。

杰梅林先生又笑了。"这里可放不下我的全部藏品。"他说。他站起身，从桌子后面走了出来，推着迪克的肩膀来到一只书柜前。

"你看这个。"他指着一本深红色皮革装订的厚书说。书脊上的烫金

字写着"杰梅林藏品：初期目录"。

"'初期'，发现没？"杰梅林先生说。

"那些鸟蛋……"迪克结结巴巴地说，回头看着桌上。

"那只是我们本次旅行的一小部分。平均尺寸、最大最小尺寸，都要测量。鸟蛋的特征比你想象的可要丰富多了。我有十八枚金雕的蛋，从没见过规格这么丰富的藏品，没有两只蛋是一模一样的。"

迪克向会客厅楼梯外望去。他和桃乐茜再也不会做梦拥有这样一艘船了。他甚至希望自己从没登上过这艘船。他把视线转向桌上，那长长的一排鸟蛋，他觉得是海鹦的蛋，此时整整齐齐地排列着，他的脑海里浮现出海鹦明亮的眼睛和滑稽的嘴巴。太可怕了，还有整整十八只金雕蛋，十八个高贵的生命变成了记上标记、了无生命的空壳。

"难道你也是位收藏家？"杰梅林先生和蔼地说。

"不是。"迪克说。

"那你想对我说什么呢？"

迪克犹豫了一下。首先，他是位科学家，必须解决问题，知道真相。尽管翼手龙号船主的身份是鸟蛋收藏家的事实让人不寒而栗，但是会客厅墙上挂满的鸟类图片告诉迪克，没有人能比眼前的这位更能解开他心中的疑惑了。他等了整整二十四小时，就为了咨询一个问题。问个问题大概没什么坏处。鸟儿远在天边，不用告诉他出现的地点。迪克只需把笔记本上的素描给他看就行了。

"就是这个。"他说，"这是我看到的鸟。我想确定它是什么品种，我知道它是潜鸟……但是……它就是长这样……您看它的头部……"他打

开笔记本，递给杰梅林先生看，"距离它很远，"他补充说，"我通过望远镜观察的。"

杰梅林先生看着迪克的素描。

"北方大潜鸟。"他立刻说道。

"我就是这么想的。"迪克说，"但我那本书上的插图太小了。"

"我有比插图更好的东西。"杰梅林先生说，他按了下桌旁的铃。船上某处的铃声响起，过了一会儿，那名穿着印有"翼手龙号"针织衫的水手穿过舱门进入了会客厅。

"北方大潜鸟。"杰梅林先生说。水手转身回到了船的前部。

水手又重新回到会客厅，递给杰梅林先生一只风干的大鸟标本，看起来活像一只漏了气的羽毛气球。没有别的东西能比这个看起来更死气沉沉的了。迪克不想看这东西，这让他一下子联想起他亲眼见过的那些潜鸟，在湖里自由自在地游来游去、潜水捕鱼。但是杰梅林先生已经把标本平放在桌子上，把脖子转过来给他看。

"这儿就是你画的两对白色条纹，你画得还算不错。看到的人都不会弄错的。你观鸟的地方很远来着？真可惜你没能让我早点知道。我明天就要去格拉斯哥了。没错，这的的确确是只北方大潜鸟。这儿总有几只游来逛去的。看你画得不错，肯定看得很清楚。你怎么会感到怀疑呢？"

"我以为它们不会在冰岛以南的地方筑巢。"迪克说，"我家里那本大书上是这么说的。"

"一般不会，"杰梅林先生说，"所以我们只能看到少数几只落单的。它们是候鸟，动身晚了些。"

"可我看到了两只，"迪克说，"而且它们在筑巢。我随身只带了一本小书，说它们只在海外筑巢，这就是我觉得它们不可能是北方大潜鸟的原因。"

"什么？"杰梅林先生大喊道。

他的态度完全变了。就在刚才，他像一个大人物一样，对着参观的少年炫耀个不停，现在他看起来就像换了个人。他狠狠地盯着迪克，坐下来又站起来。他把一只手搁在桌子上，不停地握紧、松开。

"我没弄错吧？"他问，"你看到一对北方大潜鸟在筑巢？让我再看看你画的素描。"

迪克把画了素描的笔记本递给他看。

"另一只是黑喉潜鸟。"杰梅林先生说，"你是直接看着鸟画下来的，还是从书上描上去的？"

"北方大潜鸟是我边看边画的。"迪克说。

"你怎么处理鸟蛋的？"杰梅林先生突然问道。

"我其实没看到鸟蛋。"迪克说，"距离太远了。但筑巢的事情我不会弄错的。一只潜鸟就坐在岸边，离湖水很近……"

"大陆还是岛上？"

"岛上。"

"海岛上？"

"不是，在一个湖里。"

"不可能！不过……你继续说。你凭什么认为它们在筑巢？"

"一只坐在岸边，另一只在捕鱼。我首先看到捕鱼的那只，然后才看

到坐着的那只在移动……”

“怎么移动的?”

“我一开始以为它受了伤。”迪克说,“它走路怪怪的,好像靠翅膀支撑着走路……”

“它们就是这样,就是这样。”杰梅林先生说,“然后呢?”

“它落进水里了。不久后有一只回来了,艰难地上了岸,坐在同一个地方。我拿不准是不是一开始的那只。”

“你看了多久?”

“我没有看表。”迪克说。

“有没有一小时?”

“远不止一小时。”

“那只坐着的鸟一直没有动弹?”

“除了刚下水的时候,一直是这样。”

“它们在哪儿? 我现在立即跟你过去……”

“但是……但是……”迪克突然希望自己没过来问他问题。他拿起笔记本,“十分感谢您回答了我的问题。”他说,“我一直想看它们,但当我看到后又觉得它们不是在筑巢。”

“不是在筑巢……但我听上去是真的。”杰梅林先生两眼闪闪发光,“‘信其不信’,因为不可能,所以我相信! 别浪费时间了,我们立马过去。”

“可是……”迪克从来没有这么后悔登上了这艘船。

“求证最为重要,”杰梅林先生说,“有了鸟蛋才能证明一切是真的。”

"但您不会拿走鸟蛋吧？"迪克脱口而出。

"在这儿发现北方大潜鸟！历史首次！小家伙，你还没懂吗？独一无二，绝对独一无二！这将证明所有和鸟类相关的书籍都已经过时了……韦瑟比，考沃德，莫里斯，埃文斯……他们的著作在'杰梅林藏品'面前都将不堪一击……我将拿到鸟蛋，就在它们筑巢的地方……鸟儿会被击落，留作证据。到时候你就是见证人，名垂千史！证据……证据……证据就是一切！伟大的发现需要用证据撇清一切的怀疑……"

"但要是您拿了鸟蛋，杀了鸟儿，它们就不会在这里筑巢了。"

"最关键的是证明它们在这儿筑巢的事实。古话说得好，'谜团散去，留史千秋'，我们必须拿到证据，一劳永逸……加入'杰梅林藏品'中。"

"照片无法证明吗？"

"当然有用。"杰梅林先生说，"鸟儿正在孵蛋的照片就能定格这历史的瞬间……我们既要有照片和鸟巢，还要把真正的鸟蛋和真正的鸟拿到手。我们不能留下任何漏洞，让那些好事者花五十年的时间来质疑真相。"

迪克的两只脚换来换去。他心中已经做好了决定，现在只想尽快离开翼手龙号，越快越好。

"我现在必须走啦。"他说，"他们跟我说过，救生艇还要派用场，要我早点回去。"

"你不住这儿？"杰梅林先生问。

"不住。"迪克很高兴改变话题，"我们正在航行，明天还要把船还给人家。"

杰梅林先生来到一扇舷窗前，朝港口望去。

"你说的是那艘领航船？"他说。

"是的。"迪克说。

"我之前见过，前天出海的时候跟你们擦肩而过……你什么时候看到鸟儿的？"

"昨天。"迪克来不及住嘴就脱口而出，他赶紧接着说，"多谢您告诉我它们是什么鸟，我现在要走啦。"

但他已经说得太多了，杰梅林先生拦住了会客厅的出口。

"它们不会飞远的。"杰梅林先生说，"我的船最快能开到十五节 ①。你先带我去那儿，我再把你送回来。或者，你要不就住在船上？我明天本打算去格拉斯哥，但有这样重要的任务，别的事情都可以先搁在一旁。你可以在翼手龙号上睡一晚，然后我们把事情一干完，就把你带到格拉斯哥。到了那儿你随便上艘船都能去你要去的目的地。"

"不用啦，谢谢您。"迪克说，"十分感谢您的解答，现在我必须走了。"

"等等，等等。"杰梅林先生说。

他伸手掏出一个本子。迪克从他身边溜过，向楼梯口跑去。杰梅林先生一把抓住他。

"不，不，"他说，"不用这么着急。我不会让你白来一趟的。你不是我的常客，要不然早就知道了。最近带我找金雕蛋的男孩，我给了他十

① 节，专用于航海的速率单位，相当于船只每小时所航行的海里数，即 1 节等于 1 海里 / 时，等于 1.852 千米 / 时。

先令。这次我给你一英镑。"

"不，谢谢您。"迪克不快地说，"我现在非走不可。他们都在等我。"
他冲上楼梯，出了甲板室，跑上甲板。

"约翰！"他叫道。

杰梅林先生紧跟在他身后。他向甲板下看去，发现了小艇上的约翰。

"是你哥哥？"他说，然后用欢迎的口吻对约翰说："系好小艇，上来
吧。我想跟你谈谈。你大概也想看看我的船吧。"

正如约翰事后说的："我总不能说，我对他船上强大的引擎不感兴趣
吧。"他把小艇系在护舷板上，登上扶梯。迪克拦在半路，他一看到迪克
的脸色，就感觉不对劲了。

"幸会幸会。"杰梅林先生说，"你弟弟告诉我他发现了一些有趣的鸟
儿。他好像还没理解到底有多有趣。但他跟我说你们明天就要走了，他
就没办法带我去看了。你们发现鸟儿的地方叫什么？"

"我不清楚。"约翰说，"我们的地图上没有标注。"

"你能带我去看看吗？"杰梅林先生说，"你们就跟我乘这艘船去，现
在就出发。时间可不等人，我们不知道那些鸟蛋多久前下的，它们随时
都可能被孵化出来。我不会让你们白折腾一趟的。"他手上仍然拿着一英
镑钞票，又从口袋里拿出四张，把五英镑递给约翰。

约翰看看杰梅林先生热切的表情，又看看迪克焦虑的表情。

"不是我找到的，"他说，"是迪克发现的。我没有上岸。"

"你们把钱分了吧。"杰梅林先生说，"如果你们没法跟我一起去，
就到甲板室，尽量给我指出大致的方位吧。我们有一张比例非常大的

地图。"

"约翰！"迪克说，几乎绝望地冲下了扶梯。

"我大概不行。"约翰说，他遥望着北极熊号的观察哨，"我们现在必须走了，他们都在等我们了。"

当时，约翰觉得杰梅林先生差一点就动手打他了。接着，杰梅林先生愤怒地转过身子进了甲板室，约翰赶紧跟上迪克，跳上了救生艇。

"你没有告诉他吧？"迪克说。

"没有。"约翰说，"可这又有什么关系呢？你做了什么，搞得他如此抓狂？"

"快点，"迪克说，"他又回来了。"

杰梅林先生面红耳赤，站在翼手龙号的甲板上怒视着他们。迪克缩在救生艇的尾部，没敢再回头看，而约翰一面看着翼手龙号怒火中烧的船主，一面朝着北极熊号划去。

第十章

船员叛变

北极熊号船员站在甲板上，看到约翰和迪克划着救生艇前往翼手龙号所在的位置。他们听不到那几位说了什么，但是看见翼手龙号上的水手跟他们说了话，回去后又出来。他们还看见迪克爬上了船。

"约翰干吗不上去？"罗杰说。

"他去干吗？"苏珊说，"是迪克有问题要打听。"

桃乐茜看到水手将迪克领进了甲板室。

"观鸟人一定就在船上。"她说。

此后，除了桃乐茜，大家都对那艘摩托艇失去了兴趣。提提坐在甲板天窗旁，写了封简短的家书。苏珊和罗杰坐在她身边，把他们要说的话告诉她。南希和佩吉觉得没有必要写信，因为弗林特船长已经写了，而且再过两天他们就到家了。他们时不时留意一下邮船有没有开过来。弗林特船长下了船舱，告诉他们，只要一看见桥墩处出现邮船烟囱的影子，就马上提醒他。大伙此刻都有点感伤。刷船湾的两晚仿佛推迟了散伙的日期，但是他们知道，今晚就是他们在赫布里底群岛度过的最后一夜。下一次抛锚起航时，船员可不是今天这个阵容了。本次航行已经正式宣告结束。

桃乐茜还在观察翼手龙号，想着应该由她而不是约翰陪着迪克去。迪克之前滔滔不绝，一直想着以后要和桃乐茜一起乘着那样的观鸟船周游世界，但要是有朝一日真能实现的话，她现在真想看看这样的观鸟船里面到底是什么样子。她坐在北极熊号驾驶舱的栏板旁，眺望着远处的大摩托艇，想象迪克在闪闪发光的白色船体里跟观鸟人交谈，那人仿佛就是迪克长大后的化身。

迪克似乎跟观鸟人谈了很久。当他最后冲上甲板、杰梅林先生紧跟在后面的时候，桃乐茜立马看出有什么事情不对劲。迪克冲出甲板室的样子就像被投石器弹了出来。

南希正好看到这一幕。"喂！"她说，"如果是罗杰而不是迪克在场，我一定会以为他又说了什么厚脸皮的话。"

"迪克不会的。"桃乐茜踮起脚尖，一脸焦虑。

"怎么会呢？"罗杰说，"他一个字都不会说。"

大伙此时都把视线投向那儿。接下来，他们便看到约翰上了船，迪克冲下绳梯，笨拙地上了救生艇。他们看见约翰和那个观鸟人说着什么，对方愤怒地转过身去，回到了甲板室。他们看见约翰也上了救生艇，跟迪克会合。他把小艇推出，往回划着，此时观鸟人又走出甲板室，居高临下地看着往北极熊号进发的小艇。

"约翰也把他惹恼了。"罗杰说。

大家静静地看着约翰向他们划过来。救生艇还没靠近，大家便看到迪克难看的脸色，看来发生了什么很严重的事情。

"出什么事了？"南希问，接住约翰抛过来的系艇索。

"我不知道。"约翰说，"你问迪克吧。"

"观鸟人不肯告诉你？"桃乐茜问，"还是那鸟不是北方大潜鸟？"

迪克爬上了船。

"他是个鸟蛋收藏家。"他阴沉着脸说。

桃乐茜曾经参加过黑鸭子俱乐部在诺福克湖区的历险，现场只有她能体会迪克的感受。她知道，迪克一度把翼手龙号船主视作未来的目标；她知道迪克做梦也想拥有一艘观鸟船，拉着自己周游四方；她也知道当迪克发现船主不是一个正儿八经的鸟类爱好者和保护者，而是一个彻彻底底的坏蛋时，心中遭受的打击有多大。

"他来这里只是为了收集鸟蛋和射杀鸟儿。"迪克说，"越是罕见的鸟，他越想弄到它们的鸟蛋，越想把它们打下来。"

"湖泊地区的麻鸭就是这样消失的。"桃乐茜解释说，"当人们开始阻拦那些收鸟蛋的人前去之后，它们才逐渐回来的。"

"那你们在争吵什么？"南希问，"难道你把对他所作所为的看法都一股脑说了出来？"

"不是，"迪克说，"是因为我不肯告诉他发现潜鸟的地方。"

"到底是不是北方大潜鸟？"桃乐茜问。

"是的，"迪克说，"就是北方大潜鸟。这是第一次发现它们在不列颠群岛筑巢，所以他想把它们的鸟蛋纳入他的藏品，就连鸟儿，他也想弄到手。他还说，'谜团散去，留史千秋'，单单我看见还不够，必须去现场找到证据。他说得没错，我的确要找到证据。我们现在马上回那儿去。"

"但是你不想拿走鸟蛋。"提提说。

"你已经看到鸟了。"苏珊说。

"我必须回去。"迪克说，"你们没理解吗？书上都说错了。这是前所

未有的新发现，没有证据谁都不会相信，我必须掌握证据。"

"但你怎么弄到证据？"

"拍照。"迪克说，"他亲口说拍照就能留下证据，但他也想把鸟蛋和鸟儿弄到手。我们必须回去。我们可以把折叠艇划到湖泊那儿，然后我再上岛，再说我的照相机里还有一半的胶卷没用呢。"

"你有没有看到鸟蛋？"约翰问。

"没有。"迪克说，"这就是我必须回去的另一个原因。我相信那儿有鸟蛋，但我必须亲眼所见，拍下照片。我非去不可。"他瞧瞧南希，她迄今为止一直听着，但没说一个字。

"弗林特船长绝对不会同意的。"苏珊说。

"他非同意不可。"南希突然说道。迪克发现他终于找到了一个靠谱的盟友，"你们不明白吗？我们必须去，毫无疑问，迪克说得一点没错。想想要是哥伦布到了美洲大陆，结果一样东西都没带回去，人家怎么知道他去了一片新大陆？迪克当然要去拍照留证，第二斜桅和船头斜桅支索！我们这段时间都在航行，发现之旅没任何发现怎么能行？迪克有了新发现，北极熊号的这段航行就将名垂千史，被无数后人铭记，因为我们有随船的大教授！咱们的随船博物学家真不赖！这趟旅程就像比格尔号的航行一样，迪克就是咱们的达尔文①。"

"那倒不是。"迪克说，"但我们在离开前，必须把这件事弄清楚。"

"可这一切有什么关系呢？"苏珊说。

---

① 达尔文曾搭乘比格尔号前往南美等地游历。

"那船主为了这事激动死了。"约翰说。

"我马上去告诉弗林特船长。"迪克说。

"他正在给家里写信。"提提说，"现在估计要改写了，说我们不会马上回家。"

"他不会情愿的。"苏珊说。

"他必须同意。"南希说，"迪克，你下去跟他解释。"

"最好你去。"桃乐茜说，"他是你舅舅。"

"好，"南希说，"我去。"她走下升降扶梯，进了船舱。

"太棒了，"罗杰说，"这就意味着航行根本没有结束。"

"闭嘴。"约翰说。

"出去！"他们听到受到骚扰的写信人在下面吼道。

南希面红耳赤、怒目圆睁地回来了。

"他听都不听，"她说，"拼命地写信。除了想知道邮船来没来，别的都听不进去。来吧！我们来场彻彻底底的水手叛乱！各就各位！准备升帆，立即准备航行！让他瞧瞧我们是认真的！"

"噢，听我说，"苏珊说，"我们不能走。他好不容易才进港停泊呢。"

"我们就要走！"南希说，"大是大非面前，不许有丝毫犹豫！"

苏珊看看约翰，试图获得他的支持，但约翰已经亲眼见过鸟蛋收藏家的所作所为，他支持迪克和南希。

两声汽笛声突然响起，大伙都吓得跳了起来。

"邮船来了！"罗杰说，"正在进港。"

"真见鬼！"南希说，"别傻站着。把束帆索解开，升帆索就位，准备

升帆。赶紧赶紧！他听到汽笛的声音随时都可能上甲板……"

北极熊号全体船员都一心扑在各项工作上，解开他们进港时固定的一切。束帆索解开后被扎成一团。折好的主帆重重地在天窗上方散开，支帆吊索拉起前甲板的索具，重新锁住帆首，随时准备起帆。约翰解开舵柄的绳索。南希转动绞车上的手柄，准备起锚。这时，弗林特船长手里拿着一沓信件，走上了甲板。

"你们这是在干吗？"他大喊道。

"我跟你说过，"南希说，"可你就是不听。我们要回刷船湾去。"

"你们这群笨蛋，你们可是刚从那儿回来啊。"

一时间，大家七嘴八舌。弗林特船长从一片嘈杂声中，听到事情跟迪克有关。他听到翼手龙号的名字，朝着迪克问道："出什么事啦？史前鸟类的问题没得到解决吗？"

"不是什么史前鸟类的问题，"迪克愤怒地说，"是他把所有能找到的稀有鸟蛋都搜刮走了。普通的鸟儿也不放过，连海鹦的蛋都要。不知道有多少。"

"唉，这不关我们的事。"弗林特船长说，"但那只你拿不准的鸟儿呢？他告诉你名字没有？"

"它们正是我想的品种，"迪克说，"北方大潜鸟。他还拿了一个他捕获的标本给我看。他现在就想过去把蛋给搞来，再把两只鸟都杀了。"

"你不告诉他地点，他就找不到。"

"我的确没说，可问题是，他说只有拿到鸟蛋，才能证明潜鸟在这里筑巢，但照片就能证明。"

"但谁想证明这些？"

"我们都想证明，"南希说，"任何人都想证明此事。"

"以前从来没有人见过它们在不列颠群岛筑巢。"迪克说。

"你肯定？"

迪克奔下船舱。南希、约翰、提提和桃乐茜继续争论着。迪克拿着《袖珍鸟类手册》回来，发现弗林特船长用手掩着耳朵。他翻到潜鸟的那一页，给弗林特船长看最重要的那句话。

"海外筑巢。"

"它们在这里筑巢了，"迪克说，"我亲眼看见的。如果有折叠艇，我还能看到鸟蛋。可我距离太远，游不过去。"

"可你又不想去拿鸟蛋。"

"他当然不会拿。"桃乐茜说。

"不拿，"迪克说，"但必须有证据。他说得没错，我要把照片拍下来。我们明天一定要回家吗？"

"没错，"弗林特船长说，"时间到了，我们已经比预计的晚了一天。"

"那就让我和桃乐茜留下吧。我们无论如何都会回去的。"

"不能把你们留下，"弗林特船长说，"在我看来，这不是什么很重要的事情。"

"烧烤的公山羊①！"南希叫道，"你瞧，要是你在勘矿，然后发现了一座大矿，以前从没有人发现过，难道你会不去核实下就甩手

———————————

① 南希常用的水手语，表示感叹。

140

走人？"

"如果它们没有筑巢，那的确不大重要，"迪克说，"但如果证明它们确实在这里筑巢，那就非常重要了。反正那个混蛋就是这么认为的。他给了把他带去看金雕鸟巢的男孩十先令作为赏钱，他还想着给我一英镑，让我带他去看潜鸟。"

"他想给我五英镑。"约翰说。

"是疯了，"弗林特船长说，"疯了。"

"这说明，他认为很值得前去求证。"桃乐茜插嘴说。

迪克焦躁不安地摘下眼镜，擦擦镜片，又重新戴上。

"我就是非回去不可。"他说，"你不明白吗？所有的鸟类学著作都说错了，这是一项科学发现，是前人都未曾知晓的……"

"你自己知道不就行了。"

"我必须找到证据，"迪克说，"我得再去一趟。"

"我俩都要去。"桃乐茜说。

"我们要回去。"南希说。

"我们不能回去。"弗林特船长说。

"我们还有一两天的干粮，"苏珊说，"要是在这儿买上一些面包和鸡蛋，就足够了。"

桃乐茜向她投去感激的眼神。

"我们马上动手吧。"佩吉说。

"潮水就要转向了，"约翰说，"我们可以顺流而下。"

"我们正好去把油箱装满。"罗杰说着向升降扶梯的方向跑去。

"罗杰，出去！"弗林特船长说，"你们都给我闭嘴！听我说，这艘船上不准叛乱。我要上岸去买汽油、把信寄掉。我在岸上的时候，刚才把束帆索解了的傻瓜，赶紧把帆布给收起来，听到了没？我们明早动身去马莱格，马克还等着要船呢，我想你们的父母也希望你们快回去，他们该有多想你们！我刚写信说你们都是优秀的船员，要不要我撕了这封信，重新写一封？你们可不想要我写上好不容易才摆脱你们这帮叛乱的坏家伙吧？你们这些小坏蛋，讲讲道理吧。迪克这趟不是想见着潜鸟嘛，他已经见着了呀。你们可别指望我带着你们原路返回，仅仅是因为迪克缠上了个莫名其妙的疯子。"

"晚一天又不碍事！"南希说。

"我们已经晚了一天了！"

"我没缠上他，"迪克说，"是他想亲自去求证，但他的办法是杀了鸟儿，拿走鸟蛋。我过去只会拍照。"

"爸爸会希望迪克前去求证的，"桃乐茜说，"这就像发现法老王陵。爸爸发现过一处王陵，心无旁骛，用了整整两个冬天调查取证。如果书上都写错了，迪克发现了错误，那他在完成取证之前就不能一走了之。"

"这事一定非常重要，"约翰说，"否则那人不会塞给我们五英镑，也不会因为我们不肯收下而大发雷霆。"

"如果北极熊号的船主知道，"提提说，"他不会让自己的船错过这场好戏的。"

"我们回去吧。"南希说。

"别把我吵聋了。"弗林特船长说，"这件事用不着再争。那人要么是疯子，要么在跟你们死缠烂打。世界上根本没有一只鸟蛋让人舍得花五英镑去买。要是你们刚才拿了那钱撒腿就跑，他现在肯定会跑过来想把钱追回去。我们不要再听这些没意义的废话了。来吧，约翰，快点收拾，这是邮件，我们去把信给寄掉，然后买好汽油，给马克发封电报……"

"快看！快看！"提提轻声说，"翼手龙号派了艘船过来。"

一艘小汽艇从大陆驶向港湾。平常，大伙看到它静静地停靠在码头边，可今天，谁都没有留意它。

小艇在白色摩托艇吊艇架上摇晃着，下面两个人把小艇放进了水里。发动叛乱的小船员们一下子鸦雀无声。一个人滑进小艇，解开索具，把小艇推到扶梯口。翼手龙号船主正在此处等待。

"如果他过来问我们，可别告诉他我看见那些鸟儿的地点。"迪克说。

"我不会说的。"弗林特船长说，"但你想多了，他不会有兴趣的。他不过是拿你寻开心，他现在要上岸去。"

但水手已经发动了小艇，翼手龙号船主坐在艇尾。小艇穿过港口，朝着北极熊号径直驶来。

"他过来了。"迪克说。

"他为什么不能来？"弗林特船长说，"纯属礼貌回访一下而已。但我希望他快点完事，我还要去把信寄掉呢。"

"什么都不能跟他说。"迪克急忙说。

"你们都让开，"弗林特船长说，"或者都到下面去。把你们的嘴都闭上。无论他想干什么，都不能让他以为我们是群咆哮的暴徒！"

第十一章

鸟蛋收藏家自食其果

　　谁也没下去。叛乱的小船员们在前甲板上等待的这段时间安静得让人不自在，他们盯着那艘带着迪克的敌人——翼手龙号船主的小艇缓缓驶来。

　　"在海上穿着灯笼裤！"佩吉轻声说。

　　显然，鸟蛋收藏家和弗林特船长形成了强烈的对比：鸟蛋收藏家衣冠楚楚，坐在艇尾，前面的水手负责划船；弗林特船长身材敦实，穿着衬衣和宽松的旧法兰绒裤子，背靠吊杆，忙着点烟斗。

　　鸟蛋收藏家也意识到了这一点，然后犯下了第一个错误。

　　"烦请您通报一下船主，我有事求见。"他说。

　　佩吉转过身，藏住脸。南希狠狠地捏了她一把，她差点叫出声来。

　　"他会说错话的。"南希眨着眼睛小声说道，"别出声，注意听！"

　　"先生，船主不在船上。"弗林特船长彬彬有礼地回应。

　　"那您是负责人吗？"

　　"我是临时船长。"弗林特船长说。

　　"听见没有？"南希说，"临时……如果不答应我们回去，我们就罢免他。安静点！他现在在说什么？"

　　"别人都没说话，就你最烦！"佩吉轻声说。

　　"别像个呆子一样乱叫嚷，听好了！"

　　他们错过了几个字，但下面的内容很清楚："本建议将对您十分

有益……"

鸟蛋收藏家扶住北极熊号扶梯，爬上船。

"他都没问人家同不同意他上船。"提提说。

弗林特船长站起身，鸟蛋收藏家已经登上了甲板，他的水手扶住梯子，以稳定小艇。

"他们是船主的孩子？"

叛乱的小船员们都咧开嘴笑了起来。弗林特船长回答时，他们笑得更厉害了。

"不是。"

"那个戴眼镜的男孩呢？"

"很抱歉他上船打扰了您。"

"吉姆舅舅疯了。"南希说。

迪克正在擦拭他的眼镜。

"没关系，"桃乐茜说，"他知道你没去烦人家。"

"没打扰，没打扰。但他讲述的故事倒是非常引人注意，正好涉足了我的领域。我叫杰梅林。或许您对这个名字不甚熟悉，但船主一定知道……"

"那当然。"弗林特船长说。

鸟蛋收藏家打量着前甲板上的人群，放低了声音，大家只听到最后几个词："……可以说几句真心话吗？"

"为什么不可以？"弗林特船长问。

他们又听不见鸟蛋收藏家说些什么了，只听到一些听不懂的只言片

杰梅林先生登上甲板

语，也只有迪克能听懂："错误……描述十分准确……使我相信他的所见所闻。若是如此的话，此事至关重要……当然了，除非有人亲眼见证……我准备亲自前去求证……不能指望那个男孩理解……无法告知我具体位置……现在……"他又放低了声音，谁也听不清他在说些什么，直到弗林特船长回答。

"我从未离开过船，"他们听见船长说，"我没看见什么鸟儿。"

"如果您引导他说，他肯定会说的。"

"那是他的秘密，不是我的。"

"那不是他应该藏在心里的秘密。他找我是找对了地方。我向您报我的名字，杰梅林……'杰梅林藏品'的杰梅林。改变所有以往的观念……新增一种英国本土鸟类。"

"我对此一无所知。"弗林特船长说。

"但您也许可以告诉我，他看鸟时，您在什么地方。"

"看！看！"提提轻声说，"他在撕信。"

弗林特船长一边站着听鸟蛋收藏家讲话，一边慢慢地把他刚刚在船舱里写了好久的信件撕成碎片。

"这是寄给家里的信，"桃乐茜轻声说，"看来他得重写了。"

"他改变主意了。"南希轻声说，"太好了，哎呀，太好了！翼手龙号自食其果。"

鸟蛋收藏家已经发现自己对弗林特船长一开始下的判断有误。他换了种说话的方式。

"这艘小船不错，"他说，"我看是租来的。我有点好奇，这次度假您

149

花了多少钱。要是您能说服那个男孩，您可以一文不花……我马上就写支票，五十英镑够不够？"

"真见鬼！"南希轻声说，"这又是哪一出？无法无天了？"

鸟蛋收藏家从口袋里取出一本又长又窄的支票簿。他一手拿钢笔，一手拿支票簿，向弗林特船长微笑着。

"再见。"弗林特船长说，向他迈了一步。鸟蛋收藏家退了一步，脸上的笑容消失了。

"您知道，"他说，"这样的信息对于常人来说没有什么价值，对我或许也没什么价值，但我愿意冒险……我说的是五十英镑吗？我来给您开一张一百英镑的支票……"

"再见，先生。"弗林特船长说。

鸟蛋收藏家已经无路可退，身后就是水面。

"您犯了一个不小的错误……"

"请原谅。"弗林特船长礼貌地回道，尽管此时他的脸已经涨得通红，"我要上岸了，再见。"

鸟蛋收藏家回到了他的小艇上。翼手龙号水手把船开走了。弗林特船长站在扶梯上，把信撕成更小的碎片，一把一把抛进了海里，看着潮水把它们卷走。

前甲板上叛乱的小船员们来到了船尾。

弗林特船长突然转过身。

"往水里吐唾沫吧，"南希说，"这样你会感觉好点。"

弗林特船长好奇地打量迪克，仿佛第一次见到他。"对不起，迪克，"

150

他说道，"我早该知道，咱们的随船博物学家比我更懂鸟类。好吧，我们现在该怎么办呢？"

"当然先回去。"苏珊说，"你下了决心，我们都很高兴。让你刚看到整个港口就走跳板①，可就太遗憾啦。"

"你怎么知道我下定了决心？"

南希指着一片撕碎的信件，它碰巧没有飘到船外，却落在了弗林特船长脚边。

"我错了。"他说，"他不是疯，而是坏。坏透了！他不仅想要鸟蛋。他认为迪克发现了什么，而他想要把成果占为己有！你说得没错，我们和这艘船要去阻止他！马克会理解的。而你们，自己去向父母解释吧。"

"他们也会理解的。"桃乐茜说。

"你说拍了照片就能解决问题？"他问迪克。

"对！"迪克说，"但也可能完全是错的。当时我和它们距离很远，但我相当肯定。"

"你需要多长时间才能搞定？"

迪克思忖着。"我必须先隐藏起来，让它们习惯，第二天再拍照片。要是没有鸟蛋的话，我坐着折叠艇一到岛上就能知道。"

"你们昨天晚上扯到的野蛮的凯尔特人是怎么回事？"弗林特船长问，但其他人还没来得及回答，他就改变了主意，"我想，你哪怕在赫布里底群岛把所有的鸟儿都拍下来，牧羊人也不会介意的。麻烦的是这个家伙。

---

① 指旧时被海盗逼迫蒙着眼在船舷外的一块木板上行走直至坠海身亡。

他不会就这么轻易放弃的。他会像老鹰一样，一直盯着我们。如果我们回去，他也会跟上来。约翰，快点！无论如何，我们先要把油加满。还有，我不写信了，改发电报。"

"是！是！长官。"约翰说，赶忙下去寻找更多的油罐。罗杰已经拿了两只油罐到甲板上。

"叛乱结束！"南希说，"我们运气都不错。要是把你罢免、让你去走跳板，那我们自己开船回去大概还有点困难呢。"

"叛乱？呃，那是什么？"弗林特船长此时的心思在别处，"不用费事收回束帆索了，一切保持现状吧。船员们能偷懒就偷懒吧。喂，你拿桶干什么？"

提提刚刚拉过绳子把一只桶提了起来，她举起桶说："我要冲洗一下甲板……刚才他站过的地方。"

弗林特船长笑了起来。"那好吧，随你怎么样，"他说道，"这个小家伙！"

约翰拖出小艇，跳了进去。罗杰往下把油罐一只接一只地递过去。

"我来划船。"弗林特船长说，"你要是带着游艇帽、穿着蓝色针织衫，上面还用大大的红色字母写着船名，看上去像模像样的话，我就让你来划。"

他们推离了大船，还没走几米，弗林特船长便调过头来。

"那家伙可能趁我不在再来找迪克。如果他又想上船，别让他上来。"

"我们不会让他上来的。"罗杰说。

"准备好我们的解索针，驱散登船者！"南希说，"我倒想看看他要是

碰了我们的船会是什么下场。"

"我们会尽快回来的。"弗林特船长说,"不要盯着他的船,摆出一副懒洋洋的样子,让他以为我们一点都不在乎。"

小艇向码头驶去,他们开了一半,苏珊突然想起来。"还有面包和牛奶,"她说,"我没给他们牛奶罐。"

"现在来不及叫他们回来了。"南希说,"我们改天再弄牛奶吧。"

"六只烤面包!"苏珊叫道,她们看到约翰转过身,点点头。

"把桶拿开。"罗杰平静地说,其他人转过身,看到他全身舒展着躺在甲板上。他打了个哈欠,"如果甲板浸水,我可装不出懒洋洋的模样。"

提提等到油罐全被送上了小艇,才有机会提了桶水浇在之前翼手龙号船主站过的地方。她没去取第二桶。船员们都在驾驶舱里、甲板上,或是休息,或是晒太阳,留心不去打量翼手龙号,而是看向远处的码头。只有迪克焦虑万分,他溜进船舱,反复阅读鸟类手册中记录北方大潜鸟的那一小段文字。他一会儿看插图,一会儿看自己画的素描。他抱着书回到了甲板上。

"绝对没错,"他说,"那人一看见我画的画,就知道是北方大潜鸟。他给我看他剥了皮的标本,确实一模一样。我也确实看到了两只鸟。除了一两分钟外,总有一只留在岛上,总是坐在同一个地方。"

"当然没错。"南希说,"你拍下照片,可以证明……证明什么来着?"

"北方大潜鸟确实会在不列颠群岛筑巢,"迪克说,"所有著作都弄错了,因为以前从未有人看见它们在这儿筑巢。"

"就连弗林特船长都明白这件事有多么重要。"桃乐茜说。

"从翼手龙号学到的。"南希说,"对了,它们是什么鸟?大鸟?"

"跟鹅一样大。"迪克说。

"我的天!"南希说。

"他们去邮局了。"十分钟后,提提说道,她这会儿躺在前甲板上,把望远镜架在栏杆上,望向那座长长的码头,"他们在里面待了很久……有四封电报要发呢……他们出来了……弗林特船长在和港务长聊天……他们肯定弄到汽油了……那儿有个人把我们的油罐转移到手推车上了。"

"别动得太快!"南希说,"翼手龙号那老家伙在用双筒望远镜盯着我们,我倒想看看他再过来上船会有什么能耐。"

"要不要我去引擎室拿把扳手,以防万一?"罗杰说。

最后,约翰和弗林特船长下了码头台阶,回到小艇,但他们并没有直接驶向北极熊号。

"他们去看浮标干吗?"南希说。

大家很快就明白了。

"罗杰,引擎,"弗林特船长一上船就说,"拿只漏斗来加油,没有油咱们的船可开动不了。"

"是,是,长官。"罗杰兴高采烈地溜走了。

弗林特船长打开后甲板上的加油口,塞进漏斗,在约翰的帮助下,开始往油箱里倒汽油。

"南希，你可以打开绞车了，"他往身后喊道，"起锚吧！"

"我们现在就起航？"南希问道，匆匆赶到了前甲板。

"不，"弗林特船长说，"我们可不想把他带到马克的港湾。我们先驶向浮标，放根绞船索，停在那儿，再神不知鬼不觉地离开。要是我们起锚出发，他肯定能听到声音，然后就会像跟屁虫一样跟着我们。我们一定要等到时机成熟，悄无声息地离开。我们一定要让那家伙扑个空。"

第十二章

静候时机

没过多久，他们便发现弗林特船长的判断是正确的——他们在起航时一定不能让人有任何察觉。罗杰把引擎开得很小，只有一点点噗噗的跳动声、缕缕微弱的青烟和船尾排水管的水声。然后，他们看到翼手龙号甲板上忙忙碌碌。鸟蛋收藏家走出甲板室，用双筒望远镜监视他们。此时，巨大引擎的低音轰鸣传来，一个人匆匆赶到船头，站在翼手龙号的起锚机旁，等待身后的鸟蛋收藏家下令起锚。

"他们也出发了。"佩吉说。

"我们一起航，他们就跟着走，"约翰说，"这是他唯一的希望……看我们去哪里他就去哪里。"

"救生艇，约翰！"

"是！是！长官。"

"来搭把手，到浮标附近等我们……不……不是你，南希。你留在这里，让他去收绞船索。"

"苏珊，快点！"约翰说。

约翰和苏珊一起下了救生艇，向浮标划过去，在那儿等待。他们时不时划一两下，不让潮水把救生艇往回赶。他们看到南希和弗林特船长在前甲板上忙着什么；看到北极熊号的锚被收回到艏柱，挂在那儿滴水；看到弗林特船长来到船尾，走到舵柄前；看到南希守候在绞船索旁。他们还听到引擎的突突声起了变化，北极熊号向前缓慢地行驶着。

北极熊号离浮标越来越近。

"慢一点。"他们听到弗林特船长的声音，声音里没有暗示任何不寻常的事情。

约翰将救生艇划到北极熊号船头。船刚才是逆水航行，现在停了。

"给你，"南希平静地说，把绞船索一端递给苏珊，"把它穿过铁环，打个单套结……他说要打得长一点，至少三米半，这样我们就可以随时从甲板上放下救生艇了。"

两分钟后，大功告成。缆绳系紧了，引擎已经关闭。苏珊和约翰重新爬上船。罗杰又激动又快活，从升降扶梯爬了上来，望着远处的翼手龙号。

"他们也把引擎关了。"他说。

"他在看到我们的小艇接近浮标后，就把引擎关了。"南希说。

"他们监视着我们的一举一动，"弗林特船长说，"真有一手。一看就是我们去哪儿，他们就跟到哪儿的阵势。"

"一切都是为了迪克的鸟儿，"南希说，"谁会相信这一切呢？天哪，教授！难以置信。我才不在乎它们有没有筑巢，可这就是迄今为止最有意思的事了。自然历史万岁！好戏还在后头呢。为博物学三呼万岁！大海雀和海鸽万岁！我从来没想到鸟儿会这么有趣。"

"我几乎可以肯定它们在筑巢。"迪克说。

"那个家伙也这么想，"弗林特船长说，"他觉得你有了什么重要的发现，不想轻易错过。我们要停止工作，骗一骗他。他们的船速是我们的四倍。如果他看到我们出发，在海上追上我们，我们就没法摆脱他了。"

"我们以十六千米速度起航，"约翰说，"或者在浓雾中出发。"

"雾对我们可没什么好处。"南希说，"如果我们没有在出发的时候搞清楚方位，根本到不了刷船湾，再说我们又决定不了天气。"

"麻烦在于这里晚上也很亮堂。"弗林特船长说。

"如果他上了岸，"桃乐茜说，"有一帮新闻记者把他团团围住，是不是就能让他跟不上我们了？"

"我们会有办法的。"弗林特船长说。

"我们现在怎么办？"提提问。

"什么都不做。"弗林特船长说，"就是什么都不做，让他纳闷去，等着他监视我们，等到他不耐烦。"

"佩吉，快点！"苏珊说，"我们最好把这群饿狼喂饱。约翰，你把面包放在哪儿啦？"

"天哪！"约翰说，"我们都忘了买面包了，至少我给忘了。我们只顾着朝浮标划去。"

"哎呀，我们都饿得要死。"罗杰说，"谁不饿呢？"

"要是我们能弄到牛奶的话，我也想喝点。我们把巧克力吃完了，蛋也没了。"

"是鸡蛋，"罗杰说，"不是北方大潜鸟的蛋。"

"没有人要用救生艇吧？"苏珊说，"趁商店没关门，我和佩吉划过去。"

两位厨师下到救生艇，划到码头台阶旁，上了岸。

"喂！"罗杰说，"那个杰梅林也饿了。"

　　杰梅林先生正站在翼手龙号的护栏旁，向救生艇上待命的水手说着什么。他们看到，那人扭头看看码头。他推出离开了，以最快的速度划走，不一会儿就到了佩吉和苏珊的救生艇停靠的码头旁，系好了船。他走上台阶，环视着码头周围，坐在一根系船柱上，好像在等什么人。他们看到那人往烟斗里填了烟丝，点燃了烟斗。

　　"他看上去并不着急。"罗杰说。

　　"不是每个人都像你这个饿鬼。"南希说。突然，她的声音变了，"天啊！"她跳起来喊道，"那混蛋派了水手守候我们的厨师。他会从佩吉嘴里套出话来……别人问她什么问题，她都会一股脑抖出来的。游过去太远了，我们赶快把折叠艇放出来……"

　　"太晚了。"弗林特船长说。

　　佩吉和苏珊此时正走出码头的商店，朝着另一家商店的橱窗打量着。翼手龙号的水手穿过马路，朝着她们走去。

　　"我们现在什么都做不了。"约翰说。

　　"苏珊绝不会告诉他的。"提提说。

　　"第二斜桅和船头斜桅支索！"南希叫道，"凤头麦鸡和海鹦！佩吉把篮子交给他提了，她总是喜欢和别人聊这聊那的。"

　　"天真的孩子总是容易落入油嘴滑舌、虚情假意的坏蛋的圈套。"桃乐茜喃喃自语。她尽管心里急，但还是在口袋里摸索着铅笔，想着把话记下来。

　　"他们一起进商店了。"罗杰说。

　　"你们觉得她真的会说漏嘴吗？"迪克问。

"她敢说漏嘴，我就淹死她。"南希说。

"那就太晚了。"迪克说。

看到苏珊、佩吉和翼手龙号的水手一同从商店里走了出来，水手怀里抱着面包和购物篮，船员们陷入了一阵可怕的沉默。他们看见水手和他新结交的朋友们聊着天，三人穿过码头，下了台阶。他们看见北极熊号的厨师们跨进了救生艇，从水手那儿接过面包和篮子。他们看见水手捋了捋前刘海，接着，正当苏珊朝着北极熊号划船过来时，他们看见水手也朝着翼手龙号划了回去。苏珊和佩吉把物资递给他们，上甲板之前，没人敢说一句话。

"他是翼手龙号上的水手。"佩吉快活地说。

"你跟他说了什么？"南希非常严肃地问。

佩吉露齿而笑。"我们看到他跟着我们划了过来，"她说，"等他过来跟我们说话时，我们都准备好了。"

"你跟他说了什么？"南希又问。

"他说：'你们开着那艘漂亮的小船去哪儿溜达？'我说我们要把船还给船主。"

"说得没错。"弗林特船长说。

"不坏。"南希说。

"这是苏珊的主意。"佩吉说。

"哎，我们就是这样回答的。"苏珊说，"他问船主在哪儿，我们觉得跟他说了也没事，就说船主在格拉斯哥工作。"

"然后呢？"南希说，"你没有说刷船湾的事情吧？"

"他说，我们在海上见过面。苏珊说，她记得有艘摩托艇跟我们擦肩而过，问他是不是他们那艘船。他好像有点不好意思，但是又鼓起勇气问我们：'后来你们去了哪儿？'我们都解释说我们是厨子而已，不清楚去了哪儿。我们跟他说地图上画了各种标记，我们可看不明白。"

"天哪！"罗杰说，"真希望在场的是我。"

"你可不会比她们俩强，"约翰说，"说不定会更糟。"

"你们俩都干得很漂亮。"弗林特船长说，"他没能知道什么，我们却知道了不少信息。我原本就猜他们是下定了决心要找到迪克的鸟儿，现在一来就能肯定了。他们跟上我们的唯一希望，就是我们主动透露给他们消息。我们一定不能让他知道我们去了哪里。这事不好办，他会一直监视着我们。大伙都到甲板下面去吧，不要一直盯着他。我们就把自己当作是一群懒散的水手，对什么事情都打不起兴趣……至少要装出这副样子来。"

"有一件事我得先干起来，"约翰说，"要把支索帆弄好，它总是吱吱嘎嘎的。"

"像只凤头鹦鹉似的乱叫。"罗杰说。

"他在港口对面都能听见。"约翰说。

"好吧，那你们爬上去涂点油。"

约翰爬上桅顶横杆，给滑轮抹上润滑油，直到它不再出声。等他下来，发现大伙都在船舱里，准备大吃一顿。

"下午茶，"苏珊说，"和晚饭一起吃。"

"明天的早饭也够了。"南希说，"我们可不知道晚上会出什么事。"

大伙在享用这顿大餐时，时不时有人溜到水手舱，通过舷窗望向翼手龙号。鸟蛋收藏家本人在甲板的躺椅上坐了很长时间，监视着北极熊号。然后，他消失了，只让一名水手留守在甲板上，那人看上去无所事事。

他们吃完忙着洗碗时，突然听见雨水击打在舱顶的声音。

"哎呀！"约翰说，"帆还没有收起来呢。"

"帆没什么大碍，"弗林特船长说，"不用上甲板了。我们的运气来了，晚上多云，我们求之不得呢。"

"雨水把水手赶进船舱了。"提提说。

"你觉得他们不再监视我们了？"迪克说。

"不可能。"南希说，"我敢打赌，甲板室里有人一直在监视着我们，他们只要看到我们离开，就随时准备跟上来。"

"我们什么时候出发？"罗杰问。

弗林特船长正查看着潮汐表。"我们最好利用好潮水，"他对自己、也对着所有人说，"晚上九点将达到高潮位，凌晨三点左右退潮。我们必须在此之前出海，才能充分利用好潮水的优势。照我看，大家最好先上床睡觉，能睡多久就睡多久。"

大家都不想这么早就上床睡觉，他们又等了大概半小时。每隔几分钟，就有人爬上升降扶梯看看外面的雨势，然后带回了一个好消息：外面天色阴沉，雨淅淅沥沥地下着，和雾天差不多。苏珊不为所动，提醒他们要是在半夜出海，那可要多补点觉，免得到时候无精打采的。

"迪克睡着了。"桃乐茜指着他，轻声说。

迪克到头来发现观鸟人不是一个潜在的朋友，而是一个鸟蛋收藏

164

家，此时已身心俱疲，再加上对鸟儿的前景担忧不已，以及弗林特船长拒绝改变行程，也不让他和桃乐茜留下，此后又发现全体船员都支持他的选择，就连弗林特船长也把之前的计划都抛诸脑后，答应全盘按照他的计划行事。今天发生的这一切让他疲惫不堪，枕着鸟类手册睡着了。

"真听话。"弗林特船长说，"别，别叫醒他，让他睡吧。其他人都回自己的铺位睡觉去吧。时间一到，我会叫你们起来。"

"穿着衣服睡吗?"南希问。

"随便。"弗林特船长说，"苏珊，把闹钟借我用一下。"

"闹钟的声音太大啦。"苏珊说。

"用毛巾蒙住，"南希说，"然后放在你的枕头下面。"

迪克醒来时，船舱里一片漆黑，尽管灯没有亮，其他人也都没睡着。他几乎没动，便察觉到了弗林特船长把手放在了他的膝盖上。

"小家伙，你就摸黑回你的铺位睡觉吧。"他听到船长说，"一小时以前，我就熄灯了，我们想让他觉得我们都睡死了。"

"雨停了吗?"

"没有，但恐怕会停的。"

"我们现在不能出发吗?"

"还不行，"弗林特船长说，"他还在监视我们，你瞧……"

突然间，一盏探照灯照亮了一侧舷窗。升降扶梯被照得通亮，叠着的白帆挂在上面的横梁上，清晰可见。

"他又用探照灯照我们了。"迪克听到南希说。

"每半小时照一次。"弗林特船长说,"我们等他厌倦了再走。"

"我们真的要回去吗?"迪克说。

"当然,快钻进你的铺位睡觉吧!"

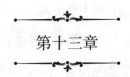

第十三章

甩掉杰梅林

约翰躺在他的铺位上，半睡半醒，感觉到有一只手放在了他的膝盖上。他睁开眼，船舱里黑乎乎的。这时，升降扶梯前的地板上亮着两个光点，一个红的一个绿的，让他大惑不解。

"我们现在得抓住机会。"他听到弗林特船长在他耳边低语。

"他不再监视我们了？"约翰问道。

"最后一次探照灯扫我们是在一个半小时前。不能再等了，要不然就会错过潮水。我们运气不好，雨停了，但现在的风向是西北风。"

"我要不要叫醒南希？"

"真讨厌！"他听到另一个人小声说，"要不是我，你现在还在打呼噜呢。"

"别把航行灯踢翻了。不到万不得已，我们不把灯带到甲板上。"

约翰悄悄溜出铺位，穿上鞋，套上温暖的毛衣，小心翼翼地穿过地上红红绿绿的航行灯，来到甲板上。

尽管天上看不见星星，但是夜色并没黑透，寒气逼人。码头上一盏灯微弱地闪烁着，波光支离破碎。一百米外的翼手龙号甲板上，一盏锚泊灯隐隐约约地亮着。

"风向西北，"弗林特船长又说，"风向非常有利。准备好了吗？好，向前滑行。你把支索帆升起来，我来右转舵，南希避开浮标。我们到了外海，才能升起主帆……"

约翰来到前甲板，往南可以看到灯塔的光柱在不断地旋转……旋转得很缓慢，每分钟重复三次。东北侧的大陆上，灯塔的光柱则是双闪，在黑夜的背景下看上去只是个苍白的暗影，也指示着入海口的灯塔隐藏在了海岬高地的后面。

"我已经解开了帆架。"南希小声说道，"我们可以准备起帆了，但起帆时可要当心发出的声响。"

约翰摸到了支索帆的升帆索。幸好他之前给滑轮上了油后，升帆索是他亲自系牢的，所以立马就上了手。他朝着桅杆的轮廓望去，心里想着滑轮会不会继续嘎吱作响。

"你准备好了吗？"他问。

"马上就好，我还没摸到绳结。帮个忙，绞船索那儿可真够紧的，好……"

弗林特船长突然出现在他们身边，帮忙一起拉动绞船索。"这样做没错，我们不能用绞车。"

"拉动了，"南希说，"我摸到结了……好，马上，准备放手……"

"别让船漂走了，"弗林特船长说，"还有我们要小点声，说一个字就行了，放手时小声说'好'就行了。我们最好把绞船索拉到船尾，但我想船应该能顺利转向，空间很大。"

"是，长官。"约翰轻声说。

"我把绳头转了个圈，"南希说，"你一声令下，我就放手。"

"他回去掌舵，还需要时间……好，南希，我起帆了。"

他双手交替，拉动升降索，大支索帆随之升起。滑轮一点声音都没

有，约翰心想。此时传来帆布的拍打声，但只有一下。约翰赶紧抓住左帆，让帆布停止了摆动。"快点！快点！"他轻声说。

绞船索落入水中，发出轻微的溅落声。

"就是现在。"约翰说。

远处码头的灯光、白色的翼手龙号、小镇上的房屋和夜空下的山脉，此时看去都在摇晃。码头上的灯光照亮了横杆……照亮后舱……照亮船尾……之前约翰从升降扶梯旁走出时看到的那座灯塔，现在已然矗立在眼前。北极熊号已经不再逆流泊着，而是顺流而下。

南希把湿漉漉的绞船索拖上甲板，卷起来。

"我们最好停在原地，"她说，"他们会监视我们。"

但北极熊号的速度正在加快。潮水正在退去。西北风鼓起支索帆，船正朝着港口外的桥墩驶去。

"船朝着灯塔方向驶去。"约翰说。灯塔的白点转过，放大为一道白光，横扫过天空，然后又缩成一个小点。

"约翰！"

约翰爬到了船尾。

"你把好舵柄，我来装航行灯。我们或许用不着，但要有备无患。这时候要是有渔民回港，或者什么好事之徒在岸上大喊，别人就知道我们在干吗了。现在怕的不是灯塔，而是有人大喊大叫……把好舵柄，让灯塔保持在我们的右舷船头位置。"

"已保持在右舷船头位置，长官。"约翰说着接过舵柄，上面还有船长手的余温。

探照灯

不一会儿，两盏航行灯被安到了甲板上，约翰发现弗林特船长的做法十分保险。他小心翼翼地保持船尾不露出任何红绿色灯光，防止身后港口里的任何人通过舷窗看见他们的动静。两盏灯依次被带到船头，被分别安装在左右支索的位置。

"我们把他甩了没有？"约翰听到南希问道。

"他没有再把探照灯照过来。"弗林特船长说。

他来到船尾。"我们的灯很暗，"他说，"但谁也不能说我们压根没开过灯。"

约翰放下舵柄，回头朝着港口望去。翼手龙号前桅支索上挂着的锚泊灯透露着点点金色的光芒，指示着翼手龙号的位置。船还在那儿，没有任何动静。鸟蛋收藏家和他的手下都还在睡梦中。

"天哪！等他们发现我们不见了，会是什么样子！"

"我们一定要捷足先登。"弗林特船长说，"但我们只是及时溜走了而已，天亮之后才能知道到了哪里。"

"主帆怎么办？"

"我们到了外海就升起主帆。"

北极熊号无声无息地溜走了。除了在甲板上的三位，疲倦的船员们都在各自的铺位上安睡着，除非没睡着，否则绝不可能意识到船在移动。陆上吹来的风，伴随着退潮的海水，再加上支索帆的推动，船像个幽灵一样溜出了港口。

半小时后，北极熊号渐渐失去了海岸的庇护，此时已经传来海浪的低语，声音逐渐变大了，桃乐茜是第一个在下面听见声音的人。风声，她想，在港口里听到风声，那这风刮得肯定不小。她又听到了新的声响：滑轮的碰撞声、帆布沉重的拍打声、鱼叉在架子上晃动的嘎吱声……再加上主帆升起的声音。接着她猜到了。不一会儿她便离开铺位，蹑手蹑脚地跑到舷窗旁朝外看去。昏暗的曙光下，岩石遍布的海岸正飞快地向后掠过。

"迪克，"她迫不及待地冲进迪克的铺位，"我们起航了。"

迪克伸手摸他的眼镜，从铺位上一翻而下，和她一起来到舷窗边。

"喂，"罗杰坐起身来，随即说，"嗨！他们没喊上我们就起航了，这些坏家伙！"他二话不说，赶到舷窗旁向外张望，又把迪克和桃乐茜从身旁推开，冲到前面，爬上了升降扶梯。

他们上了甲板，发现约翰正在掌舵，主帆刚刚升起，弗林特船长和南希站在升降索旁。他们向船尾方向望去，看到港口的桥墩已被远远地抛在了后面。

"你们为什么不叫醒我？"罗杰问。

"问船长吧。"

主帆已经安装就位，艏三角帆正在升起。

"固定好右舷三角帆帆索，就是你们那儿。"约翰说。

"如果有我帮忙，你们的逃离就会顺利得多。"罗杰一边拉帆索一边说着。弗林特船长来到船尾，给他帮忙，罗杰说："我能行。"

"不要太用力。"

迪克和桃乐茜望向港口。远处一盏灯闪了闪，然后像蜡烛一样熄灭

了。他们试着寻找白色摩托艇快速驶来的身影，但是什么动静也没有。

"坏蛋睡得死死的，"桃乐茜喃喃自语，"全然不知猎物已经挣脱了他的魔爪……"

"真的摆脱了吗？"迪克说。

提提苍白的脸蛋从扶梯口露了出来，她一言不发，看看船尾，又看看船头，突然被寒冷的空气冻得一激灵，然后坐在扶梯最上面的一级台阶上，以全身的意志力稳住航行中的身体。

"让我出去。"佩吉说，提提给她让路，"苏珊把你的毛衣拿来了，快穿上！苏珊马上就来，她去开普利默斯汽化炉了。"

"苏珊真体贴，"弗林特船长说，"可你们这些笨蛋干吗不在铺上好好睡觉？"

"我喜欢。"罗杰说，"你和南希、约翰只顾自己偷着乐。"

"就要轮到你了。"弗林特船长说，"我们一绕过海岬，就要逆风驶向刷船湾，到时候就要派引擎上阵了。"

"你出港时就应该发动引擎的，"罗杰说，"油箱满满的。"

"正好让翼手龙号知道我们在干什么！"约翰说。

"我忘啦，"罗杰说，"抱歉。"

"我们把他给甩了？"迪克问。

"还说不准。"弗林特船长说，"如果转过岬角，他还没有跟上来，我们就很有可能成功了。但是也说不准，因为他那船马力十足，在驶出对方视线之前，我们都不能算是把他彻底甩掉了。"

"如果他出海发现了我们，我们该怎么办？"迪克问。

"继续驶向外海，到拉斯角绕一圈，让他跟着我们乱转。你不用担心，我们不会把他带到你的潜鸟那儿去的。"

当东方的天空逐渐变亮、北极熊号所有的帆都已被升起、冲向光明的时候，每个人都回头看向港口。灯塔不再闪烁了，太阳冉冉升起。他们可以看到羊群和牛群在海岬的南坡上移动。"如果他现在出海，就能看到我们。"迪克说。

"目前还没有他的踪影。"桃乐茜说。

升降扶梯那儿飘来一股咖啡的香味。

"鸟蛋收藏家今天这顿早饭可不会吃得开心了。"罗杰俯视下面的船舱，说道。

"你现在就饿了？"弗林特船长咧嘴笑道。

"麦片粥。"苏珊从下面喊道。

"你们都下去吧。"弗林特船长说，"抵达海岬之前，甲板上没有事情要做。"

罗杰特意最后一个离开，在罗盘跟前徘徊。这时，除了船长，其他人都已经下去了。

"走吧，罗杰。好好吃一顿，再准备引擎吧。"

"是，是，长官。"罗杰感激地回答，然后跟着别人一起下了船舱。

苏珊给舵手端来一碗麦片粥。

"他们该去睡觉，你明白的。尤其是罗杰和提提。"

"规矩总有被打破的时候。"弗林特船长说。

"好吧，"苏珊说，"今天剩下的时间他们可以补点觉。"

"我们可不能指望他们现在就睡觉。"弗林特船长说，焦急地扭头看去。

在北极熊号的船舱里，船员们有一种全新的感觉，这种感觉在他们只是从一个港口或锚地巡航到另一个港口时是根本没有的。乘着船游来逛去和躲避敌人的追踪，两者可是有着巨大的区别。

"我可不在乎别人怎么想，"南希吃完了麦片粥，说，"我倒是挺感谢那个可恶的鸟蛋收藏家。好了，迪克，我知道你在想什么，但我就是这么认为的。看看他为我们带来了什么？要是没有他，我们已经在回家的路上了。现在什么都会发生。我们无论说什么，都改变不了吉姆舅舅的主意，真得好好感谢翼手龙号！"

"他可能已经追上来了。"迪克说。

"我们一定能躲开他。"南希说。

"他到底想干吗？"苏珊说，"真搞不懂这事对他来说有那么重要。"

"他想要鸟和鸟蛋。"迪克说。

"不止这些，"南希说，"更重要的是，他想让大家都以为是他的成果，而不是迪克的。这就是让吉姆舅舅火冒三丈的原因。"

"我还以为是他想要用钱收买人的关系呢。"苏珊说。

"那只是向吉姆舅舅说明了这事对鸟蛋收藏家有多重要。"

"这不是问题所在。"迪克说，"我是想说，只要有人能证明它们在这里筑巢就行了。他非要杀鸟不可，其实只要拍照就行了。"

"是谁发现的？是你，不是翼手龙号的观鸟人，而是北极熊号的观鸟人！名垂千古的将是北极熊号，而不是那艘可恶的摩托艇。"

"我们不能让他把鸟儿给杀了。"提提说。

"鸟儿不会有事的,"迪克说,"前提是我们拍照的地方无论如何不能让他看见……不用了,谢谢,我吃不下了,我要到甲板上去。"

"他吃早饭狼吞虎咽的。"迪克从升降扶梯上消失了,桃乐茜说道,"但是说了也没用,爸爸也这样。"

"为迪克和翼手龙号三呼万岁!"南希说,"没有他,这一切都不会发生。我们又要去看你们的那些凯尔特人啦。"

"我们要离他们远远的,"提提说,"我们可不想再被跟踪。"

"我们要看我发现的皮克特古屋。"罗杰说。

"赶紧吃你的。"南希说,"我听吉姆舅舅说,马上就要用引擎了。"

"我准备好了。"罗杰说,"反正他一叫我,我就能准备好。但只要能填饱肚子,就一定不能让自己饿着。约翰,请把橘子酱递给我。"

他们又回到甲板上,发现港口已经看不见了,他们正在绕过海岬。阳光已从内陆的山坡上显现,迪克举起弗林特船长的大双筒望远镜。

"他还没有出来。"迪克说道。

"目前为止,一切都好。"弗林特船长说,"可是太阳再过一两分钟就要升起来了,肯定有人会马上醒来,那人做的第一件事情就是朝着我们的浮标看过去。"

"他们只能看见浮标,"桃乐茜说,"而没有北极熊号的踪影。"

"再过五分钟,他就会飞驶而来。"

"要不你下去把早饭给吃完吧?"苏珊说,"都准备好了。"

"马上就去。"弗林特船长说,"快点,罗杰。让我们看看引擎的威力。约翰，保持航向。"

弗林特船长和罗杰下去了。阳光慢慢洒向海岬，东方的海面上铺满了金色的光芒。

"北极熊号，挺进！"提提说。

"突……突……突……"引擎启动了。弗林特船长和罗杰重新回到甲板上。罗杰从侧面看了看，与其说是看船的速度有多快，不如说是看弗林特船长一声令下，船会怎样加速。

"全速前进！"

船儿好像被人从背后推了一把，突然加速。

"突……突……突……"风帆张满，引擎全速，带着领航船在海面快速前行。

"航速至少七节。"约翰说，"我们从来没有这么快过。"

迪克擦了擦眼镜，向船尾方向看过去。

"你下去吧，把早餐吃完。"苏珊对船长说。

"好吧，好吧。开着引擎逆风行驶时，一定要注意航向。还有，南希，全力拉紧主帆索。约翰，迎风行驶。"

大家一起将主帆索拉到了船中央。南希、佩吉、苏珊和弗林特船长拉紧了艏三角帆和支索帆。

"就是这样，约翰。迎风行驶，风帆张满。"他遥望海岬北面的宽阔海湾，对面就是他们昨天刚刚离开的海岸，"航向正确，船儿上路了，但没引擎可不行，我们只需要维持现状继续前进就可以。好了，苏珊，我去吃早饭了。约翰，船就交给你了。"

他走下甲板，约翰掌舵。北极熊号正在全力前进，冲向远方的崖岸。和昨天好不容易从风平浪静的海湾驶出相比，今天这段旅程显得很不一样。昨天是辛苦地逆流航行了六个小时，今天则是受到一部分退潮的助力，水道已经辟开，在潮水涌入前有足够的空间可以驶出。相比昨天的无风天气，今天有一股稳定的西北风从内陆吹来，使得海上的航行不会受到风浪的阻碍。另外，今天的油箱也不是空空如也，满载的油料保证他们可以凭借引擎全速前行。平常需要十个小时才能走完的航程，这次只需要几个小时就行。仿佛北极熊号知道，必须在翼手龙号绕过海岬、发现他们的白帆之前，先行抵达海湾，藏身于山崖和乱石间，才能彻底躲开对方。

北极熊号继续飞驶着，迎着温柔的波浪，在身后留下一道白沫的尾流。这是属于罗杰的时刻。他不跟任何人说话，来到甲板上四处观察，确认引擎的排水是否一切正常，然后又下了甲板，拿起油罐给轴承加油，把手弄得油腻腻的。

除了两道青烟在遥远的北方升起，早晨的大海仍然只属于北极熊号的船员们。弗林特船长回到甲板上，海岬已经被抛在脑后。晨光照耀着他们昨天离开的地方，他们一度以为再也不会看见这里了。

"那就是皮克特古屋所在的山头。"罗杰说。

"山脊后面就是凯尔特人的城堡。"桃乐茜说。

"船不会自己对准入口。"约翰说。

"没错，"弗林特船长说，"我们已经够近了，得降帆了。"

"可这样船会慢下来的。"提提抱怨道。

"废话，"南希说，"因为他不想抢风航行。"

"倒不见得，"弗林特船长说，"是因为我们快到了，足以提示他我们要去哪里。要是翼手龙号现在从海岬绕了过来，他们就能看到我们暴露在阳光下的帆布。没有风帆，他就不会发现我们的踪迹。全体船员，准备降帆。约翰，我们会用上你。佩吉，去掌管舵柄，不用管我们，一等到我们把帆都降下来，你就径直朝着入口驶去。"

艏斜帆已被降下，接着是主帆。船员们奋力工作，用束帆索把帆布扎紧，免得被风吹得乱跑。北极熊号迅速接近海岸。

"佩吉，交给我吧，"弗林特船长说，"最好由我来把它停在崖岸边。"

北极熊号向山崖下滑行，大家都焦虑地往船后面张望着。

"我们把他甩掉了！"弗林特船长说，"迪克，怎么样？接下来去找你的鸟儿吧。没有别人来打扰。"

"除了那些凯尔特人。"提提说。

"这回没有倔老头盯着我们靠岸。"南希说着，好像对此感到遗憾似的。她望着山崖，那个高个子的凯尔特人上次就是在那里目送他们出海，没有回应他们热切的挥手致意。

"桃乐茜，怎么了？"

桃乐茜放下大双筒望远镜。"刚才一瞬间，我好像看到了什么东西，"她说，"但如果其他人都没看见，我也不敢肯定。可能只是浪花闪过，反正离得很远。"

"别担心，"弗林特船长说，"我们已经把他给甩啦。罗杰，放慢引擎。我们要停在原来的位置上。"

"就在刷船的地方。"佩吉说。

北极熊号慢慢前进。约翰和南希在前甲板上忙着准备抛锚。引擎呜咽了几下，然后安静了下来。锚被抛下了水，救生艇被放了下去，弗林特船长拉住绞船索的一端，拉着小锚移动船身。二十四小时前他们从此处离开，本想着再也不会回来了，现在却又要在老地方停泊下来。

潮水已经转向，涌进海湾，北极熊号的船头朝向大海。

"只有一个问题，"南希说，"谁一过来都能看到船。要是翼手龙号跟了过来……"

"他必须接近海岸，才能看到这里。"约翰说。

"我们已经溜之大吉了，"弗林特船长说，"他或许已经放弃了。反正我们没有更好的地方可以藏身了，除非把船藏在水下，马克知道了可不会高兴的。"

罗杰突然指着山崖和乱石中间的地方，那儿将刷船湾和南侧狭窄的水道一分为二，只见大海的远处，跃起一道长长的白浪，好像一只巨鸟扎入水中翻滚起的白沫，飞快地移动着。弗林特船长抓起双筒望远镜。

"话说早了，"他说，"他没浪费多少时间。"

"那天他在海上遇见过我们，知道该走哪条路。"迪克绝望地说。

"我们完了。"提提说。

"把我们逼入了绝境。"桃乐茜说。

"他还没有看到我们。"佩吉说。

"不会看不见我们的，"南希说，"他随时都可能过来。"

"废话。"弗林特船长说，"他还远得很，而且没有停船。"

181

"他走了。"约翰说。山崖挡住了远方的白浪，除了波光粼粼的海面，眼前别无其他。

"幸好他这么匆忙。"弗林特船长说。

"逃过一劫。"南希说。

"不错，"弗林特船长说，"只要他的油够用，欢迎他跑到北极去。"

"那样再好不过了。"罗杰说。

"他尽可以在极地冰川上四处漂流，然后把一船人都冻僵，直到信天翁过去把他们啄得干干净净。"桃乐茜说。

片刻的担心过去了。

"我要去我发现的皮克特古屋，"罗杰说，"我可以在那里居高临下，是海岸警备队的理想哨点。那天我们浪费了这个绝佳位置。我会监视他消失在视野外，他一回来我就通报你们。"

"随他去吧，"弗林特船长说，"如果他想在海上找到我们，搜寻的范围可大着呢。不过你想去站岗，随你的便。听我说，迪克，我不是鸟蛋收藏家，但我想瞧瞧你说的鸟儿，我想知道大家到底在为了什么折腾。"

"我们都要去。"南希说。

"我不去，"罗杰说，"我要上皮克特人的古屋。总得有人充当哨兵。"

第十四章

“有了藏身之地”

奇迹发生了。史无前例，探险队的首领不是约翰，不是南希，甚至不是弗林特船长，而是迪克。是迪克精通鸟类知识，是迪克的发现把大伙带回了刷船湾，也是迪克，这位谦虚的随船博物学家，让大家都跟着他的指令行事……

船员中只有罗杰急着出发，想着爬上山顶，独处皮克特人的古屋，瞭望大海站岗放哨。"如果你们不让我快点上岸，翼手龙号就要消失在视野范围内啦。"他正说着。

"噢，谁来送他上岸？"弗林特船长说，"然后再把救生艇划回来。迪克，你说你需要折叠艇，是吗？"

"补给呢？"罗杰问。

"你吃过早餐了。"约翰说。

"你可不想让我中断放哨，下来吃饭。"罗杰说。

"把这个饿鬼填饱，把他打发走。"南希说，"迪克，你马上就要拍照吗？"

"佩吉在给他做三明治。"苏珊说。

"给你。"佩吉拿着一只纸包和一瓶柠檬汁出来了，"快点，罗杰。我来送你上岸。"

"谢天谢地。"南希说道，看着救生艇正朝着他们当初给北极熊号刷洗船身的港湾划去。罗杰随身携带了望远镜和干粮，坐在船尾热烈地挥

保卫北方大潜鸟

手告别。

"注意我的皮克特古屋，"他喊道，"我一到那儿就给你们发信号。"

没人应答。北极熊号上所有人都在忙着准备把折叠艇放下水。

折叠艇用木头和帆布制成。不用它的时候，帆布做的侧边就像弗林特船长的手风琴一样折叠起来，打开之后，就像一艘头尾尖尖的科拉科尔小艇，中间横着的划手座防止它自己折叠起来。

打开折叠艇

"乘客超过一个，它就不大靠谱了。"南希说，"两个人就嫌挤，上次约翰和我想着把佩吉也带上，差点翻了个底朝天。"

"迪克一个人坐没问题。"弗林特船长说，"你不想搭上别人吧？还有其他人吗？"

"没有。"迪克说，"接近鸟儿，人越少越好，我要去是因为我必须去。"

折叠艇下水时，佩吉正好划着救生艇回来了。

"把他打发走了？"南希快活地说。

185

"他都快到山顶了。"佩吉说。

"他马上就到皮克特古屋了。"提提说，"瞧，他正在爬山。"

"喂，他在发信号呢。"南希说，"太慢啦，你们该好好训练一下你们的一等水手了。"

罗杰站在山顶的一个土坡上，身后的蓝天把他的身影衬托得格外显眼。他向北极熊号挥手，吸引他们的注意，然后用旗语发送着信号，每发出一个字母就停顿一下。

"H，"南希说，"E……A……D……继续……I……驶。继续……N……G……结束。F……O……R……结束。A……R……C……T……I……C……驶向北极！"

南希把手臂摆得像磨坊风车一样飞转，向他回应："G……O……O……D……"

罗杰消失了。

"好，一切顺利。"弗林特船长说，"我早就猜到了，但现在才确定。"

"罗杰真棒。"提提说。

"他就这点能耐。"南希说，"来，接下来谁上折叠艇？"

大家都把视线投向迪克。毕竟，他要带着折叠艇到湖那儿去。

"我从没用过。"迪克说。

"迪克越快熟悉越好。"约翰说，"不要顺着潮水划，小幅度划桨，否则你会原地打转的。"

"转来转去。"佩吉说。

"要是划得太浅或太深，船就会翻。"南希说。

"迪克，上船试试，看看你行不行。"弗林特船长说，"要是你翻了船，我们还有艘船随时拉你上来。"

"大家先上救生艇。"南希说，"谁要上船?"

"我们都要。"提提说。

"那就快上船，我们把船开出去。要是迪克三次都没成功，我们就把他捞上来。"

"一定要小心点。"桃乐茜对迪克说。

"稍等一下!"迪克说。他冲下甲板，去拿鸟类手册和他的望远镜。

"请把大双筒望远镜带上，船长!"他又回到甲板上说。

"拿了，"弗林特船长说，"我想看看那些鸟儿。"

"有了双筒望远镜，我们甚至可以看到鸟蛋呢。"

救生艇载得满满当当，船上几乎没有转身的空间，此时正停在北极熊号几米外的水面上，由南希握桨。折叠艇空着，系在舷梯上。

"苏珊、约翰、佩吉、提提、桃乐茜、我，还有吉姆舅舅都上来了，"南希喊道，"幸亏罗杰不跟我们一起。"

"看，他又在发信号了。"提提说。

他们抬起头，发现哨兵站在皮克特古屋的屋顶上，现在那里是海岸警备队的哨点。

"提提，你挥手回信，我没法站起来。"南希说，"他这次要说什么……G……O……N……E……结束。O……U……T……结束，O……F……结束。船消失了!"还没等罗杰把旗语全部比画完毕，他们就解读了信息的内容。

"他运气不错。"弗林特船长说。

"并不是，"提提说，"他配不上这样的好运。"

迪克小心翼翼地爬下舷梯，一只脚试探着折叠艇的船板……看上去活像踏进一只漂浮的盘子。他一坐下，双手赶紧扶着两侧的船舷。

"干得好。"南希说，"先划到溪流的入海口，看看你能不能稳住。"

多亏罗杰刚才发出的信号，迪克已经把鸟蛋收藏家完全抛在了脑后，至少不用再为此担心了。现在他要完成的首要任务，是前去求证，让自己、弗林特船长和大伙都心服口服，然后拍下照片，向全世界的博物学家证明他的判断是正确的。为了抵达小岛，他必须用到折叠艇。而为了使用折叠艇，他现在就要立马学会怎么用它。所以，他现在除了这事，别的都不用考虑。他拿起两支短短的船桨，划破水面，开始前进。

他发现，折叠艇和碟子还真有不少相似之处。它不能直接走直线。你越想往前面划，它就越是打转。他稳住船，重新尝试，它又开始打转。他迅速划了一桨，把折叠艇摆正，另一支桨却完全划了个空，折叠艇猛然摇晃了下，传来一声"当心！"。迪克听见了尖叫，知道那是桃乐茜，然后竭力摆出镇定的笑容。

"你做得不错，"南希说，"我第一次差点翻船。"

"马克真应该感到羞愧，"弗林特船长说，"市面上明明有质量不错的折叠艇，他偏要自己做一艘，还说这船很适合飞钓。我倒想看看他坐这船怎么钓鲑鱼。"

"马克和鲑鱼比赛拔河，"南希说，"我敢打赌鲑鱼会胜出。"

"关键是找到感觉。"迪克说，要是在岸上，他此刻就会摘下眼镜擦

一擦，一边若有所思。但他现在在一艘折叠艇上，左右手都拿着桨，空不出手来。所以他又尝试了一下，动作幅度非常小，只让桨叶沾一点水，让船不再打转。

"你学会了。"约翰说。

"我们走吧，去找最佳的登陆地点，"南希说，"尽可能接近小溪的入海口。"

救生艇继续前进，跟在迪克的后面。迪克看不见身后的情况，但全体船员都紧张地盯着他，随时准备把掉入水中的迪克捞上来。可就在此时，迪克和折叠艇的配合也越来越默契了。就是这样：轻轻划桨，点到为止，不给小船任何打转的机会。他一开始速度不快，但是越划越稳，朝着小溪的入海口稳速前进。上游的溪水绕过岩石，汇集于河口。

其他人都上岸了，把救生艇拉到岸上，抛下锚。他们回头看到迪克在后面奋力前进。

"我们怎么把折叠艇弄到湖……湖泊那儿？"桃乐茜问，"哪怕在瀑布上方，四处都是岩石，没地方划船的。"

"搬运过去。"提提说。

"我们一起抬过去的话，不会很重的。"佩吉说。

"就在这儿！迪克，划过来。"

"没什么困难的，别忘了，它只是帆布做的。"

迪克划了过来。现在是清晨，太阳还没把大地万物晒暖和，但是他的眼镜已经模糊了，一丝汗水从他的肩胛骨流下。

"对不起，我花了这么长时间。"他说。

　　"不着急就能划好。"弗林特船长说着，伸手拉他上岸，"好了，接下来怎么办？随船博物学家，接下来就听你指挥啦。要是我们和你一去湖泊那儿，会不会把你的鸟儿吓跑？"

　　"船怎么办？"迪克问。

　　"你不用操心船的事，"约翰说，"我们来处理。你是不是该出发去看鸟儿是不是还在原地了？"

　　"我们带着折叠艇来找你。"弗林特船长说，"轻点，南希，把船拉上来的时候别磕到礁石了。"

　　迪克摸了摸身上的照相机和望远镜，又摸向鼓着的口袋，里面放着鸟类手册，确保东西都带上了，抬头看着被拉上岸的折叠艇。约翰和南希把船头抬起，苏珊和佩吉抬起船尾。

　　"好啦，"南希说，"我们会和你同时抵达，或者稍晚一会儿。"

　　"那么，随船博物学家，"弗林特船长说，"让我们瞧瞧你没让大伙白跑一趟。"

　　"如果它们已经在筑巢了，就不会飞走。"迪克说着出发了，沿着小溪往上爬升。

　　"你想要我帮忙抬船吗？"提提问。

　　"不用。"约翰说。

　　"前面跳过去。"南希说。

　　四个人抬着折叠艇上路了。桃乐茜看了他们一眼，就匆匆跟上了迪克和弗林特船长。

　　"快听！"迪克正在翻越瀑布，突然停下来说。

转运折叠艇

"呜……呜……呜……"

湖泊还没有出现在视野中，但那怪异、大笑一般的叫声跟他那天听到的声音一模一样。

"它们还在那儿，就是它们！"迪克急忙赶去，避开圆石和石楠丛，渴望能看见湖上的小岛，桃乐茜和提提急忙跟在他后面。弗林特船长回头查看搬运折叠艇的船员，向着桃乐茜和提提赶去，尽管速度没她们快。

迪克扭头看到他们都跟了上来。湖面已经映入眼帘，他可以看到湖对岸，也看见了小岛。小溪流从一片芦苇丛中流淌而出，约翰和南希可以在那儿把折叠艇放进小溪，那样就能少走很多路。有那么一会儿，他想在原地守候，但他还没有看到鸟儿。因此，他绕着湖岸，踏着吱吱作响的泥地继续前进。接着，他终于看到了潜鸟。至少，他看到了那只发出怪叫的潜鸟。鸟儿掠水而过，在水面上激起长长的涟漪。

他朝着小岛望去，但几乎看不清楚。当桃乐茜和提提气喘吁吁地穿过芦苇丛时，他正用颤抖的手指擦着眼镜。"就是这座小岛！"他说，"我已经看见其中一只鸟儿了。"

"怎么了？"桃乐茜问。

"没什么。"迪克说，"但我一直在想，要是它们飞走了，这一切都打了水漂，该有多可怕。"

"我没有看到鸟儿。"提提说。

"它们离我们还很远，"迪克说，"上次我靠得很近才看见。"

"用这个看，"传来弗林特船长的声音，"确认一下。"

迪克接过双筒望远镜，瞄准远方的小岛。没错！一只鸟儿坐在那儿，

紧贴着岸边，还有一只在不远处的水面上游动。

"就是它们，"迪克说，"水面上那一只潜下去了……在那儿，又上来了！"

"让我看看。"提提说。

"就是那团黑乎乎的！"弗林特船长说。

"但它看起来跟鸭子差不多啊。"提提说。

"不是鸭子。"迪克说，"等我们再靠近些，它是北方大潜鸟。"

他沿着湖岸引路前进，不知道带着弗林特船长这样的大人，能到多近的地方而不惊动鸟儿。同时，他很想确定，他所看到的景象，大伙有没有都看到。不一会儿，他停了下脚步。

"现在你们来看。"他说，"但我们不能再靠近了，等他们把船运过来再说吧。"

"长得很像鸬鹚。"桃乐茜说。这时，双筒望远镜轮转到她手里了。

"鸬鹚就是一种潜鸟。"迪克说。

"让我们看看你画的素描。"弗林特船长说。

"我把书也带来了。"迪克说，他拿出鸟类手册，翻到那一页。

"目前为止，你是对的。"弗林特船长说，"它们不可能是别的鸟儿。"

"而且这是第一次观测到它们在这么南面的地方筑巢。"迪克说。

"如果它们确实在筑巢的话。"弗林特船长说。

"船来了！"提提说。

佩吉、苏珊和南希出现在了眼前。她们沿着湖岸匆匆赶来，约翰则坐在折叠艇里，刚从芦苇丛后现身。

　　"他一定要紧贴着湖岸划。"迪克着急地说道。

　　提提爬上岸边，望向地平线上突起的长长山脊。马车道从那里穿过，通向下一座山谷和原住民的定居点。

　　"没有人影。"她说。

　　"你忘了，现在还很早。"弗林特船长说，"这时候还没有人出来。"

　　"人倒没有关系。"迪克说，"但鸟儿如果看到我们这一大群人，还有船……"

　　约翰似乎也想到了这个问题。他在岸边几米外划着折叠艇，那儿至少不会轻易吓到鸟儿，或者被原住民发现。

　　"喂，"南希说，"就在这儿。"约翰把小船划了过来，找了个能够上岸的地方。

　　"它们就在这里。"桃乐茜说，"迪克说得没错。"

　　"他当然没弄错，"南希说，"可这些鸟儿就是潜鸟吗？它们看上去跟鸭子一模一样，大概就大了一点。"

　　"但它们根本不是鸭子，"迪克说，"它们是北方大潜鸟。"

　　"你快去吧，"弗林特船长说，"拍好照片，我们过会儿就走。"

　　"我看不行。"迪克说。

　　"你试试吧。"弗林特船长说。

　　迪克跨进了折叠艇，划走了。一切都错了，还没开始他便意识到了这点。没人会径直朝着野生鸟儿划船过去给它们拍照片，它们又不是长在地上的树。还没靠近它们就早飞走了，更别说拍照片了。但他希望靠近岛屿，能够确认它们是不是在这里筑巢。他把照相机和弗林特船长的双筒望远镜放在船尾座上，发现折叠艇像开始时一样不听使唤。他只能慢慢航行，小船才能稳定。好吧，越慢越好。有那么一会儿他非常害怕，心想岸上的人会不会试着跟他一起走过来。他停下桨，着急地往后打手势，让他们安静。他们坐了下来，那样好多了。他继续往前划，每划几下就往后看一眼，判断自己还要划出去多远才够。接着，他小心翼翼地调整方向，开始翻桨划行，这样他就能同时观察鸟儿和岸上的情况了。

他离小岛还有很长一段距离，不过比当初在岸上观察近多了。但此时，他发现再靠近就不安全了。

那只游泳的鸟儿潜入水中消失了。要是它在捕鱼的话，那不重要，但是另外那只蹲坐在岸上的鸟儿突然蹒跚着跃入水中。片刻后，他又看见了它，快速地游动着，扑棱着翅膀，不断地击打着水面，直到从水中跃起。它快速拍打着翅膀，然后拼尽全力发出狂野、凄惨的叫声："咻喊！咻喊！咻喊！"

迪克马上停止划桨，再靠近一寸都不再安全。他拿起双筒望远镜，对准鸟儿刚才离开的地方。他身子突然一抖，差点弄翻折叠艇。那儿，岸上，有一个由芦苇叶组成的、不齐整的圆圈，中间有什么东西，那东西除了鸟蛋，还会是什么？

他开始把船划向其他人所在的地方，焦急地看着那鸟儿哗啦一声潜入水中，然后又回到了鸟巢。

"鸟蛋。"他说道，一边把折叠艇靠往岸边。

"照片呢？"弗林特船长问，"拍下来没有？"

"没有，"迪克说，"拍不了，我就知道拍不成。我必须有个掩护

所……"

"好吧，你还需要多长时间？"

"不是这样。"迪克说，"我必须制作好掩护所，晚上送到小岛上，让它们先习惯，然后明天拍照。"

"又要花上一整天。"弗林特船长说，"但你可要抓紧机会，现在鸟蛋收藏家还远得很，朝着北极驶去，没人来干扰你。"

"鸟儿不会等着被拍照的。"迪克说。

"拍下鸟蛋，不就成了？"弗林特船长说。

"没有鸟，就没什么用。"

"你说了算。"南希说，坚定地转向她舅舅，"他必须把照片拍下来！北极熊号等他拍完了再走。现在可不是叛变的时候。"

"别朝我嚷嚷，"弗林特船长说，"到底谁在船上叛变？他是要把照片拍了才行，但要越快越好。"

"他知道怎么做最好。"南希说。

"岛上没有可以给他提供掩护的地方。"约翰说道。这时迪克已经上岸，用双筒望远镜观察着岛上的动静。

"就连灌木丛都没有。"桃乐茜说。

"我们可以把他伪装成一棵树。"佩吉说。

"鲣鸟和海雀啊！"南希说，"方圆三十千米没有一棵树，把他伪装成一棵树有什么好处？如果他的鸟儿发现岛上突然长出一棵树，一定会被活活吓死的。"

"我想到了一个办法。"迪克说，他在岸上找到了需要的石头，画了

一个代表小岛的圆圈，"岛上有几块像这样的大石头。鸟巢在这儿，石头就在平滑一点的岸边。要是我能在大石头上挂点什么东西作掩护，然后从后面爬过去……"

"帆布行吗？"佩吉说。

"那就要在上面打个洞，才好拍照。"约翰说。

"不能在马克的帆上打洞。"弗林特船长说。

"网最好了。"迪克说，"我就能看到外面，潜鸟却看不见里面。"

"就像纱窗一样。"提提说。

"真遗憾，马克在我们出海前把渔网带上岸了。"南希说。

"这个不成问题，柜子里还有许多细绳。"

"双股细缆绳。"苏珊对桃乐茜解释说。

"可我们怎么把它织成网呢？"提提问。

"佩吉可会织了，"南希说，"她会教你的。我们的吊床就是自己织的。"

"不要织得太细。"迪克满怀希望地说，"有了大网，我就能夜深之后拿到岛上来，挂在石头上。然后，明天一早，我就从小岛的另一端上岸，等到我爬到它们身后准备拍照的时候，它们早就把网给忘了。"

"它们不会觉得大网本身就很奇怪吗？"提提问。

"不是就一张网挂在那儿，"迪克解释说，"我们可以插一些石楠上去。"

"噢，那好，"提提说，"这样它们就会认为夜里长出了许多石楠。"

"好主意！"佩吉说。

"这招对原住民和鸟儿都有用。"提提说，"这里的石楠随处可见，多一片没人会注意的。"

"那好，"弗林特船长说，"回船吧，快点！我们别再把时间浪费在谈话上了。"

"织网的针呢？"佩吉问。

"会给你准备的。小船怎么办？留在这里？"

"过一会儿凯尔特人可能会来。"提提说。

"藏在芦苇丛里，以防万一。"南希说。

南希沿着芦苇丛划着折叠艇。等她把折叠艇停到芦苇丛里、登上岸时，要是不知道该向哪个方向看过去，没人会知道小船停在哪里。

迪克、弗林特船长和桃乐茜匆匆赶回了来时的沙滩。他们回头看到苏珊、佩吉和提提正从瀑布那儿跳下来。

"喂，"弗林特船长说，"约翰和南希去哪儿啦？"

"他们探险去了。"提提说，"去上面的山谷看鹿群，再看看有没有凯尔特人。"

"在我看来，那儿有没有人都无所谓。"弗林特船长说。

"别的时候是没关系，"提提说，"但今天不一样。南希觉得最好弄清楚。"

"他们不会花太长时间的。"苏珊说，"他们没带吃的，他们也说等肚子饿了就赶回来。"

"傻瓜。"弗林特船长说，"可没了他们，我们织网的工作就要变重了。"

"你懂的，给鸟儿拍照必须有掩护所。"迪克说。弗林特船长正划着救生艇向北极熊号靠近。

"好吧，"弗林特船长说，"我们会尽力而为，给你做好的。"

北方大潜鸟

第十五章

中断的织网派对

　　时不待人。弗林特船长取下雪茄盒的盖子，把它分成三段，把每段大致捏成织网针的样子。他本来是想用这只烟盒来储存钓鳟鱼的诱饵的。然后，他让苏珊把普利默斯汽化炉点起来，把拨火棍烧红，然后再夹住织网针帮助定型。一时间，船舱里烟雾弥漫，把人都呛出了眼泪。佩吉从水手舱的储藏室里翻出两大卷细缆绳。提提、迪克和桃乐茜用小刀和砂纸磨光烟盒边角，用作尺度（也叫作网片）。第一批织网针和网片一做好，佩吉就教其他人怎么使用，并且说了好几次南希的口头禅"真见鬼"，因为他们总是打不出正确的鲱鱼结，而只要学会了，打正确其实很容易。不一会儿，桃乐茜和提提就顺利地编织起来。她俩把细缆绳挂在右舷支索上，开始编织第一条网带。佩吉和迪克负责另一条网带，缆绳被挂在左舷支索上。弗林特船长和苏珊则负责第三条网带，把细缆绳挂在张帆杆上，这样弗林特船长就能舒舒服服地坐在舵手座上编织了。

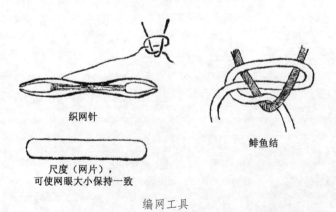

织网针

尺度（网片），
可使网眼大小保持一致

鲱鱼结

编网工具

一开始，他们偶尔会编错，一会儿结没打上啦，一会儿忘了用网片啦，但是随着时间的推移，错误越来越少。编网工们看着自己编的网带越来越长，而且几乎不动脑子就能熟练地打好结，心中不免愉悦起来。

"其实不用着急，"佩吉说道，一边挥着织网针在网上穿来引去，"反正翼手龙号朝着北极开去了。"

"但问题是，"迪克说，"我今天晚上就要把网带到小岛上去，让潜鸟有时间习惯它。每一分钟都很重要。"

"这不奇怪吗？"提提对桃乐茜说，"整件事最关键的就是鸟儿，可它们对此一无所知。鸟蛋收藏家朝着北极飞驶，约翰和南希侦察山谷，你和我、佩吉和苏珊，我们都在编网，还有罗杰在放哨，这一切都是为了鸟儿，那些鸟儿自己却不知道。要不是因为它们，我们现在已经在回大陆的路上，准备把北极熊号给还了，然后乘火车回英格兰去了。"

"鸟儿为什么不一直待在这儿？"佩吉问。

迪克的针停在了半空。"我压根不知道它们会来这里。"他说，"书上说它们来这里过冬。"

"但它们离开以后去哪儿？"

"北极。"迪克说。

"那个卑鄙的家伙看来没有走错方向。"弗林特船长说。

"幸好他走错了路。"迪克说。

"它们大概想躲避北极寒冷的冬天。"提提说，"等到黑夜太过漫长，它们就来到南方还没完全结冰的水域捕点鱼。"

"可是它们为什么过了冬天又要回家呢？"桃乐茜说，"喂，迪克，不

要停下织网。"

"那我就不知道了。"迪克慢慢地说着，他放弃了编织，把针和网片交给佩吉。佩吉正盯着苏珊飞快编织的手指，接过迪克的活儿，准备赶上另外两组的进度。

"也许是发生了一场变故。"提提说，"北方大潜鸟和它的妻子正准备飞回冰岛，但是中途出了事。它下潜得太深了，一只螃蟹或者一条鳗鱼抓住了它的脚踝，它受伤了。或者它在水下撞到了一块石头。不管怎样，不好的事情发生了，它必须在继续旅途前休整一下，而它的妻子对它不离不弃。接着，不管是什么伤，最终好了，但时间已来不及了，于是它们慢慢地北上，来到了赫布里底群岛的这块地方。它们想着，这儿也挺像冰岛呢。"

"继续说，"桃乐茜说，"轮到我织网了。继续说，接下来发生什么了？"

"它们看到一个小湖，想在这里住一两天。然后，它们发现了湖中的小岛。"

"我知道，"桃乐茜说，"丈夫说：'这儿是我们的第二个家。'妻子说：'我没看到北极熊。'丈夫说：'不管有没有北极熊，这儿有好多鱼。'接着它潜入水中，叼了一条上来，就为了向妻子炫耀一下。"

"没错。"提提说，"于是它们留了下来，日复一日。最后，丈夫开始觉得去北极实在是太远了，那儿最好的地盘或许都已经被占了，与此同时，就连妻子也开始认为赫布里底群岛跟冰岛一样好，甚至更好些。"

"潜鸟丈夫跟迪克一样，"桃乐茜说，"看到感兴趣的东西就不想走。

潜鸟妻子开始的时候像苏珊一样。"

"怎么啦？"苏珊从正在编织的网上抬起头，说道。

"总是想着钟点。"桃乐茜说。除了苏珊，大伙都笑了，让桃乐茜始料未及。

"有人经常想着钟表上的时刻，那是好事。"弗林特船长说。

"我知道。"桃乐茜说，"我是说，一开始，潜鸟妻子会说：'你看，我们真的要出发啦。'可过后，当发现这是个人迹罕至、食物充沛的好地方后，它就考虑它的丈夫在伤病痊愈之前最好不要长途跋涉。"

"无论如何，"提提说，"它们下定决心留了下来。后来它们下了蛋，就是想走也走不了了。"

"问题是，"迪克说，"如果它们在这里抚养小鸟，小鸟以后也会回到这里筑巢。一代一代传下去，那个混蛋就会过来拿走鸟蛋。"

"嗯，可他现在拿不到。"提提说。

约莫中午的时候，大家放下网去吃饭。他们刚刚从皮克特古屋那儿的罗杰那里收到了一个新信号。

"N……O……T……H……I……N……G……结束……I……N……结束……S……I……G……H……T……结束……C……G……S……"

"什么都没看见……CGS，"佩吉说，"CGS是什么意思？"

"是'海岸警备队哨所'的简称。"提提说。

"叫他回来。"苏珊说。佩吉站上甲板，发出信号。

"N……O……结束。"罗杰回应，接着就消失了，不再管有没有消息

传给他。

"他要自己去玩了。"弗林特船长说。

"好吧，他身上有吃的。"苏珊说，她朝着小溪望过去，试图寻找约翰和南希的身影，"另外两个人一块巧克力都没带，他们回来一定要吃些东西才行。"

"我真希望他们也被人跟踪，"提提说，"南希不相信有人跟踪我们。"

"我可不希望。"弗林特船长说，"跟原住民起冲突没有任何意义。"

午饭（也就是黄油鸡蛋和梨罐头）过后，大家继续织网。弗林特船长昨晚一宿没睡，刚刚把他手中的针和网带交给佩吉，就在舵手座上睡着了，也算是情有可原。一阵轻轻的呼噜声向大家说明发生了什么。他的外甥女想叫醒他，但被桃乐茜及时制止了。大家都感觉困了，尽管没人真的睡着，但是大伙都哈欠连天，好在弗林特船长的呼噜声总是把他们惹笑，也一定程度上帮助大家保持清醒。轮到他织网时，他就醒来继续工作，但一等到自己的工作结束，他就又睡着了，来来回回。最后他对佩吉说，只要她织累了想歇会儿，就把他捅醒，接着工作。

下午茶时间到了，约翰和南希仍然踪影全无。

"他们该不会是迷路了吧？"苏珊说。

"不会的，"提提说，"约翰有指南针，他们出发的时候我就看到他在看指南针。"

"他们大了，能照顾自己的。"弗林特船长嘟囔道。

"他们一定饿坏了。"苏珊说。

"他们应该也来帮忙织网。"佩吉舒展着自己的手指,"如果他们饿坏了,那是活该!"

更奇怪的是,罗杰发出叛逆的"NO"后,一点消息也没有,但苏珊也不想费力爬上山把他喊下来喝茶。六名织网工轮流编织,弄得手指酸痛,现在总算要把三条网带连接在一起组成一张完整的大网了。迪克和桃乐茜俩人自己划着救生艇去了岸上,带回来一船的石楠,弄得手上伤痕累累。此时,原本对能否及时织好网,然后迪克在傍晚登岛把网铺好为第二天拍照做准备的担忧,此刻都已经消失得无影无踪。下午茶过后,哈欠也没了,他们用网片把三条网带的边缘织在了一起,编好了一张大网,然后把整张网铺在张帆杆上,让网的两边都垂下来。

石楠堆在甲板上,随后大家把它们系在网眼上。大伙都对成果感到满意,每个人都情绪高涨。他们摆脱了鸟蛋收藏家,把船开了回来,证实了迪克对鸟儿的判断,折叠艇也已经准备就绪,藏在湖边的芦苇丛中。现在网差不多也完成了,只等明天迪克拍完照片,北极熊号就可以载誉而归,迪克的发现就将永垂史册。

然而,打击接踵而至。

"我们还需要更多的石楠。"佩吉说。

"我去摘,"迪克说,"但我们先试试效果如何。"他钻进系上石楠的那部分网里。

"往外看很清楚。"他说。

"但我们也能看见你。"桃乐茜说。

"他后面什么东西也没有,你当然能看见。"弗林特船长说。

迪克已经从网里面钻了出来。"我到驾驶舱里去。"他说,"然后你们把网铺在顶上,那就跟后面有坚固的岩石一样了。"

就这样,他们从张帆杆上取下网,罩在驾驶舱上。迪克蹲在后面,通过网眼和石楠往外看,他能清晰地看见围在甲板上的船员们。

"好。"他说,"你们现在看得见我吗?"

无人应答。

"你们看得见我吗?"迪克又问。

仍然没有应答。

他突然感到事情不对劲。他抬起网的一角,把头伸出来。织网工们根本没朝着他看,而是齐刷刷地盯着大海的方向。他听到弗林特船长压低嗓子说了声"该死!"。他看到桃乐茜和提提一脸恐惧,佩吉一脸愤怒。他从网下钻出来,想亲眼看看他们在看什么。

河口海岬外的海面上,一艘大型摩托艇慢慢地打转。毫无疑问,这就是鸟蛋收藏家的翼手龙号。他压根没去北极,现在就在眼前不到三百米外的海面上。那站在甲板室旁的身影,无疑就是杰梅林先生本人。

"他看到我们了。"佩吉说。

"噢,迪克!"桃乐茜说。

"这家伙有脑子,"弗林特船长说,"他知道那天我们在海上哪里相遇过。他先向北,然后沿着海岸一路搜寻,每个海湾都搜个遍,最终发现了我们。看来他正朝着我们开过来。"

"要是北极熊号有大炮该多好!"提提说。

但是翼手龙号慢慢驶过小溪的入海口,又朝南面驶去。

"或许他没认出我们。"桃乐茜说。

"他肯定认出来了！"迪克说。

"好吧，但他开走了。"桃乐茜说。

翼手龙号消失在了海湾南边的一面石壁后。一时间，就连弗林特船长都以为桃乐茜说对了。结果，他们又听见了翼手龙号的引擎声，这次明显来得更近了，好像它近在咫尺，但是不见踪影。

"他们开到旁边另一个河口去了。"弗林特船长说，"他大概对这里的海岸了如指掌。"

佩吉已经从侧支索爬上了桅顶横杆。

"他进来了，"佩吉向下面喊道，"我能看见他那根破桅杆在移动，就在这些石头后面，再过一会儿，他们就要从石头矮点的地方全部冒出来了……他出现了……"大家顺着她指的方向，听到引擎的轰鸣，虽然看不见，但很清楚翼手龙号的方位。

"他比我们走得远……他在抛锚，缓慢前进。"

"也许他会撞到石头上。"提提说。

"你要是今天早上把照片拍了就好了，"弗林特船长说，"那我们现在早就走了，他再也找不到这里了。"

"迪克当时做不到，"桃乐茜生气地说，"这不是他的错！"

"他还没有找到鸟巢。"迪克慢腾腾地说，"他的地图上标了几百个湖泊，除非我们告诉他，否则他不知道要去哪里找湖。我们最好现在就放弃行动，一走了之。"

"人没来齐，我们走不了。"苏珊说。

佩吉在桅顶横杆上

"我得说，被他打败真不甘心。"弗林特船长说。

"被他打败？"佩吉在他们上方说，"我们不会的。我真希望南希和约翰已经回到船上了。"

"让我纳闷的是，"弗林特船长说，"他一路沿着海岸南下，我们的哨兵竟然没看见他。"

"为什么罗杰不发信号？"桃乐茜说。

"我们也无能为力。"提提说。

"他无论如何应该发信号啊。"桃乐茜说。

"那家伙现在在干吗？"弗林特船长朝上面问。

"他在抛锚。"佩吉说，"他们的锚刚刚被抛下水。"

"他还没上岸，什么都做不了。"桃乐茜说。

"我不知道我们应该怎么做。"迪克说。他非常想拍下照片，证明鸟儿在这里筑巢。但如果因此向鸟蛋收藏家暴露了鸟巢的位置，他宁可放弃。或许，哪怕他们现在放弃行动，起锚离开，也已经太晚了。鸟蛋收藏家近在咫尺，他只要一个一个湖搜寻过去，总归会发现鸟儿的。然后他就会把鸟蛋带走，杀死鸟儿。以后就再也不会有鸟儿每年回到这里，而是变成了两只标本。它们的鸟蛋也被掏空成空蛋壳，变成"杰梅林藏品"的一部分，展示着北方大潜鸟逃脱的失败。

"中途放弃可就太糟了！"桃乐茜说，"折叠艇已经准备就绪，迪克的掩护所也快完成了。"

"你们通过网能看到我吗？"迪克问。

"一点也看不见。"提提说。

"网没问题。"弗林特船长说。

"我们还是先把掩护网做好吧,"苏珊说,"但石楠不够用了。"

"我再去弄些。"迪克说,"但要是我们现在就离开,鸟儿会不会更安全?"

"他可能不会跟上来。"桃乐茜说,"即使跟上来,我们也阻止不了他再回到这里。"

"如果他留下来,他只需要一直听有没有鸟叫就行了。"迪克说。

"我们只听到过一次鸟叫。"弗林特船长说。

"我真希望南希在这儿。"桃乐茜说。

"喂,上面的,"弗林特船长问道,"他们这会儿在干什么?"

"他们还没放下救生艇。"佩吉在桅顶横杆上说,"啊,现在他们放了。不,还没有。他们正准备放小艇,但改变了主意。"

"迪克,"弗林特船长说,"我跟你一起上岸……以防万一。"

"我们多摘些石楠不会碍事,"迪克沮丧地说,"顶多是用不着罢了。"

"照我说,"桃乐茜说,"我们可以一直在这里守候,直到他放弃离开。"

"这正好是我们办不到的。"弗林特船长说。

"快点,你俩!"苏珊对提提和桃乐茜说,"在迪克带着新的石楠回来之前,把目前剩下的都编上去。"

"先别做决定。"桃乐茜说。

这天的欢乐全消失了。毕竟,他们没有甩掉翼手龙号。当弗林特船长和迪克为了再采一批石楠朝岸上划去时,他俩不知道到底是留在船上还是上岸去更令人沮丧。

第十六章

称职的哨兵

罗杰爬上了皮克特古屋所在的山顶，心情跟在北极熊号上发动引擎时一样十分愉悦。他知道，要不是靠引擎（当然，还有引擎操作师），北极熊号不可能在翼手龙号毫无察觉的情况下一路开回刷船湾。他对迪克的鸟儿没有丝毫兴趣，但很高兴借此机会展示一下引擎（当然，还有引擎操作师）的本领。他——罗杰，一手打败了翼手龙号，尽管翼手龙号对此一无所知。他盼望着看到翼手龙号为了找到鸟儿毫无头绪地到处乱跑，心中幸灾乐祸起来。他忍不住笑了，就是这样，北极熊号为寻找潜鸟而起航，目标清晰；翼手龙号同样也是为了潜鸟而奔波，但是潜鸟对他们来说就像野天鹅一样行踪不定，到头来终究扑了个空。

他使尽全力快速爬上山，害怕还没有赶到山顶，翼手龙号就会从视野中消失。就在他快到皮克特古屋时，看到远方湛蓝的海面上一道白浪快速划过。好家伙，他没来晚。他还没有爬上不知道几千年前就造好的土丘，便警觉地打量着那条藏着桃乐茜所说的"城堡"的山脊。那上面一个人也没有。他又花了点时间观察周围，想起两天前有人一路悄悄跟踪他们，还有那大喊大叫的狗，以及逼着探险家们朝着山谷飞奔的高个子凯尔特人。没错，现在这里一个人也没有。罗杰爬上土丘，进到古屋屋顶上凹陷的部位，除了天上的老鹰，谁都看不见他。这里真是设立哨所的完美地点，面向大海的侧墙甚至还有个凹陷的结构，让他可以掩住身体，眺望山崖外，观察翼手龙号进行着毫无目的的航行。罗杰不禁暗

自窃笑，心想鸟蛋收藏家和他的手下要去北方寻找北极熊号的白帆。对了，他最好让其他人知道。他又一次警惕地看了眼山脊的方向，起身向北极熊号的船员们挥手，引起他们的注意。

在他下方远处有两个海湾，北极熊号停泊在离他更近的一处。他们刚刚把折叠艇从船边放下来，他就发出信号："驶向北极"，然后通过望远镜，他看到了南希的回复："好的"。

他重新回到屋顶的凹陷处，观察翼手龙号向北行驶的航线。"太及时了。"他对自己说。再过一两分钟，翼手龙号就会消失在海岸线延伸出的一个海岬之后。天哪，那船开得真快！罗杰羡慕船上的引擎操作师能有这样的待遇。他几乎为鸟蛋收藏家感到难过。"冷……越来越冷……快被冻死啦。"他咕哝着，一面看着敌人朝着错误的方向破浪前行，"他本来还挺暖和。要是他再早半个小时或者我们再晚半个小时……他就会发现我们了。"翼手龙号在远处不断前行着，"要是他们不马上往回走，那我们就安全了。到时候就无所谓他去哪儿了……设得兰群岛还是北极，都无谓。"现在，哪怕用望远镜也很难看到翼手龙号的身影了，最后根本看不见了，船走远了。

"再见。"罗杰说，起身朝着下面的北极熊号望去。他看到救生艇浮在船边，上面挤满了船员，有个人，应该是迪克，下到了折叠艇。他用旗语发出"船消失了"的信号，救生艇上不知道是谁挥手表示确认。这时，他可以不去想北极熊号了。让他们研究鸟儿去吧，接下来整整一天都是属于他自己的，皮克特古屋也由他一个人做主。他摸不准自己要当个原始人呢还是海岸警备队的哨兵，或许两者可以兼备。当翼手龙号出

现在视野范围内的时候，他自然就是警备队的哨兵；不在的时候，这个上午当个原始人也不错。

以前他是船上的实习水手，现在他跟着北极熊号航行，是船上的工程师，即便如此，他也很少有机会安排属于自己的时间。船长啦、大副啦，总会安排他做这做那的。看看这座皮克特古屋现在荒废成什么样了，可这是他的发现。没错，他们离开这儿后度过了一段欢乐的时光，包括在山谷里被看不见的人跟踪，等等。但要是他们当初留在皮克特古屋，或许会发生一些更有意思的事情。他自打发现这个地方以来，就觉得应该好好利用一下。这里可比他们当初寒假时待过的圆顶小屋强多了。这里就像他们上次在东海岸小溪里发现的那艘废弃的旧驳船迅捷号一样，那里还有一个独自生活的男孩。罗杰感觉自己就像那个男孩，整座皮克特古屋都属于他一个人。

可那是什么？他想起在塌陷隧道下面发现的饼干盒。他翻下屋顶，弯腰进了隧道，找到盒子，拿了出来。留下盒子的人有没有回来吃掉蛋糕？他打开盒子，立刻明白了，两天前探险家们发现皮克特古屋之后又有人来过了。那包蛋糕不见了，取而代之的是一块巧克力，用印着金字的红纸包着。至少包装上写的是巧克力。罗杰拆开包装纸，再翻开里面的铝箔纸，没错，的确是巧克力。他想着这应该不会有毒。他掰下一小块，但没塞进嘴里。两天前，这里还没有巧克力。他没法说服自己：他在这儿发现了一座宝藏，要尝尝这块巧克力和北极熊号上的巧克力哪种更好吃。毕竟，他包里还带了不少巧克力呢。算了。罗杰把他掰下的那一小块拼了回去，把巧克力重新包好，放回盒子，把盒子放回隧道里的

老地方。

他又从隧道里爬出来，环顾四周。尽管刚才一口巧克力都没有吃，还是有点愧疚。来到屋顶，他又是孤寂一人。四周，包括海上，一点动静都没有。山脊这面也没有人，尽管他们上次发现山脊另一面有座山谷，那儿住着不少人。他的下方，北极熊号上现在空无一人。内陆的方向，他可以看见远处的青山、布满乱石和石楠的斜坡。但是，尽管他能够看到湖面的一隅、那座小岛和远处的湖岸，却看不见湖岸的近处，也看不见博物学家的探险队。此刻，只有他一个人。

他再一次爬进屋顶的凹坑，像史前人类一样安顿下来。提提不在场太可惜了，她很清楚原始人是怎么做的。当然了，还有桃乐茜，她会把他编进故事，滔滔不绝。罗杰就不行了，讲故事对他来说可不容易。顺其自然吧。他躺在皮克特古屋的凹坑里，成了皮克特人最后的后裔，或者说最早的开拓者？他在山顶上建房，可以提前很久发现敌人来袭。这儿的小路很窄，把熊和狼都抵御在山下。但或许，当最后的后裔更好。他的族人都已被野兽和野人给吃了，而罗杰独自一人，知道自己的命数不多，沼泽地的动静和海上驶来的船都可能是他的敌人。他想着，也许原始人都不穿衣服。原始人除了往身上涂颜料，顶多就披一张狼皮。但是他身边既没有狼皮也没有颜料，还是现实点吧，别让自己冻着了。所以，思考了片刻，他决定不把衣服脱掉。毕竟，他的衣服穿着挺舒服，要是原始人有机会，肯定想着用狼皮换他的衣服，特别是需要在屋顶上警觉地监视周围，而不是舒舒服服依偎在屋子里的时候。

远处的海面上升起一缕轻烟，把罗杰的思绪从原始人拉回了海岸警

备队员上。他用望远镜监视南下的渔船队，用了很长时间。当最后一艘渔船消失后，他又回到能够俯视小溪的这一侧，看见北极熊号的甲板上有动静。他拿起望远镜，发现六个人在甲板上忙活。他们已经观鸟归来，罗杰看不清他们在干什么，但很像在工作，这样一来，罗杰就变成了度假中的工程师了。那些水手越忙活，他越对自己无事可做的状态感到开心。

上午晚些时候，罗杰看到船员们抬头看他。他又进入了海岸警备队员模式，发信号说他什么都没有看到。他看到佩吉发信号回应。她在说什么？要他回船？不行！他气愤地发信号说"不"，不给他们回应的机会就消失在了他们的视野外。让他们继续干他们的吧，让他一个人在上面负责放哨。

他在皮克特古屋屋顶的凹坑里舒舒服服地安顿下来，把望远镜放在手边，打开了背包。要是没在山上把东西给吃了，原原本本地带回去，那可就太傻了。再说总有人要看着吧，以防翼手龙号突然转回来。他打开一包三明治，把它一分为二。一块当午饭，另一块以后再吃，可惜只带了一瓶柠檬汁上来。他在咬三明治的间隙，把视线投向大海，身份在史前人类、警备队员、哨兵和休假一天的工程师之间不断转换。他吃得饱饱的，比他预计的还要饱。因为他吃完了一半的三明治后，把另一半也给吃了，然后又吃了巧克力、一只橙子，喝了半瓶柠檬汁，觉得把所有东西吃得一样不剩才过瘾。

不久，他便睡着了。

他有充分的理由：早上起得太早，前一晚没有睡好，天还没有亮就

醒了。太阳火辣辣的，他从背包里取出太阳帽，遮住眼睛，把自己安顿得舒舒服服的。古屋屋顶上的凹坑把外面的风给挡住了。他一再地睁开、又闭上眼睛。最后，他困得睁不开眼了，把昨晚今晨失去的睡眠都补了回来。

一头沙色秀发的男孩穿着高地服装，站在崎岖小路通过的山口处，环顾着四周。山谷空空荡荡。他暗自微笑，想到了前两天他和老安格斯是如何悄悄地跟在入侵者身后没被发现，还想到了老安格斯是如何把正在骚扰鹿群的入侵者给赶跑的。那群人飞奔回了他们的船上。昨天早上安格斯报告他们都已经远离，谢天谢地！他还看着那些人扬帆远去。

突然，他的笑容消失了。近处的海湾里停着什么？一艘船？他从挎在肩上的旧皮包里取出望远镜。安格斯弄错了。如果不是两天前那艘船，也一定是艘非常相似的船。要是老安格斯错了，他们没有扬帆远去，那么他就对了，这帮人是过来做坏事的。如果船上的人又回来找他们麻烦，那就有得好忙了。这可不是跟他们过家家，一旦有了机会，他们就会得寸进尺。

前天，那些入侵者惊扰了鹿群，还没有造成什么损害就被赶走了。可当老仆向他的父亲报告此事时，伊安的父亲和老安格斯一样气愤不已，伊安当时也在场。他听说赶走鹿群的人不过是几个孩子，更为恼火。"恬不知耻，"他说道，"让小孩子过来做这种坏事。"没过多久，他下令：不去驱赶入侵者，而是把他们包围起来。他让小伊安、老安格斯和其他仆从自己制定计划，把那些猎人转而变成他们的猎物。老安格斯同意他

的意见。"抓住那些小孩，"他说道，"然后就能马上知道谁该为他们负责。这不会是第一次，但我们要确保以后不再发生这类事情。"第二天早上吃饭的时候，沮丧不已的安格斯过来报告那些入侵者已经被彻底吓跑，乘船逃走了。伊安听到之后也有些失望。

一时间，他想着穿过山口回去，报告入侵者重新来到的消息。但老安格斯已经去了谷顶。当然，这可能不是同一艘船，只是非常相似而已。他决定翻下山脊，爬过小山，去他的秘密藏身地。那片覆盖着青草的废墟被他称为史前石塔，从那儿可以从更近的角度查看海上的船只。此外，他还把一块巧克力和他的笔记本放在饼干盒里，藏在里面。那本笔记本是为了练习凯尔特语用的。他和父亲只说英语，但是和仆从们交流还是需要用到凯尔特语。

在下方远处的海面上，北极熊号的船员们正在辛勤工作，哨兵罗杰在皮克特古屋屋顶上呼呼大睡。没有人抬起头，看见年轻的高地人敏捷地爬下石楠覆盖的山坡。他从山口离开山崖，取道临海的一侧，来到皮克特古屋。北极熊号船员只有少数几个时刻才能看到他。他的步伐悄然而迅速，他的祖先也是这样。他们是猎鹿人，无论有没有必要，总是这样走路。他来到皮克特古屋，靠近了绿草覆盖的墙壁。他小心地绕过古屋，直到能够看见峭壁下的海湾和停泊的船只。

他断定就是同一艘船。他趴在史前石塔旁边，从包里取出打猎用的望远镜，开始观察。甲板上似乎有许多人，忙忙碌碌的。哪怕用上了打猎望远镜，他也看不清他们到底在干什么。但他至少能认出其中两个人就是那天的闯入者，他和老安格斯都逮着了他们骚扰鹿群。这回还有个人负责带队，一个正在甲板上睡觉的胖子。没错，老安格斯对他们远走高飞的判断是错的。现在他们又来了，他们绝不会平白无故回来的。他们当中一定有人非常熟悉这一带的海岸，否则绝对不会在这一带抛锚。伊安纳闷会是谁，大概是从不远的大陆过来的。安格斯曾经说过这些人为了什么而来。鹿和鲑鱼一样，会回到它们出生的地方交配繁殖。不诚实的人会通过毁掉邻居的养鹿森林来增加自己的鹿群。不费吹灰之力就能毁了别人的全部财产，这是最卑鄙的伎俩。而用孩子来驱赶母鹿，就更卑鄙了。今天对这些恶棍来说已经太晚了，他们显然在忙着做某种准备。但他们不会在这里逗留太久的。他们明天会继续耍他们的把戏。好吧，就在明天，他、安格斯和其他仆从将准备好迎接他们。

自从伊安还是一个小男孩起，他就把皮克特古屋当作自己的秘密藏身地和瞭望台。他绕到方形的隧道入口，这里曾经通向古代皮克特人居住的房间。他弯腰进去，拿出饼干盒，打开盒子，取出巧克力和笔记本。他有几件事情要写上去……有人利用孩子入侵山谷，驱赶鹿群……把他们赶跑了……船只离开……现在他发现那艘船在让人确信已经开出去之后，又回到了原地，甚至在海湾靠泊。凯尔特语单词从他的笔端源源不断地流出，他都记了下来，然后合上笔记本放回盒子，想着下一次应该就是记录成功把坏蛋们一网打尽。

接着，他背靠着皮克特古屋的墙壁，打开了巧克力的包装。奇怪，巧克力好像被打开过，但他记得自己明明没开过啊。更奇怪的是，巧克力的一角已经断裂，然后又像是被拼了回去。他把盒子放在古屋墙边，打开巧克力纸包。奇怪，纸包好像已经被打开了。他清楚地记得，在他把巧克力收起来之前，他隔着包装纸摸了摸，发现自己并没有像他想象的那样把它敲碎。当时他匆忙下山，滑了一跤，狠狠地摔在了石头上。他一定是弄错了。不管怎么说，这块巧克力没有任何缺失，于是他坐在阳光下，船上的人如果看过来，只能看到他没被地面遮住的头和眼睛。他吃着巧克力，想着如果明天那些入侵者要来招惹鹿群的话，需要多少仆从才能确保将他们团团围住，一网打尽。

他吃完巧克力，重新包起来，把它放进作为口袋的鹿毛皮袋里，这时他被头顶上的一个声音吓了一跳。不像是叹息，也不像是抱怨。他仔细听着，又出现了。会是一只野兔吗？伊安蹑手蹑脚地绕过皮克特古屋，直到他能安全地站起来而不被海湾的人看到。他非常缓慢地、一寸一寸地从侧面爬了上去。慢慢地，他抬起头，直到他能看到老墙的边缘，看到中间的凹坑。一个比他小的男孩正躺在那里睡觉。他的嘴微微张开，伊安再次听到了那轻柔的呼吸声。他一眼看到这个男孩便认出了是谁，就是那天他看到的那些人中的一个，就是这个男孩一路上不停击打石头，惊扰了鹿群，暴露了他们自己的行踪。

伊安差点就要愤怒地把入侵者叫醒，可转念一想，要是现在把男孩叫醒，把他骂得狗血淋头，只会让他逃回船上，提醒他的同伙。他等待着，一动不动，但仍然十分气愤。在这个一直属于他自己而不是别人的地方，一个陌生人正怡然自得地待着。伊安注意到了喝完了的柠檬汁瓶子、吃剩的橙子皮、用来切橙子的小刀，还有被压在打开的背包下、以免被风吹走的三明治包装纸。这不是一个独来独往的男孩。幕后策划者很聪明，利用别处来的男孩，把他们带到海上，这样一旦他们完成工作并离开，就没有希望追踪到他们。他看到望远镜就在男孩的手边，看来他也把这座史前石塔当作瞭望台，就像伊安自记事起就一直这样利用它一样。这男孩就躺在伊安经常躺下休息的地方，这里能望见大海。他之前在看什么呢？伊安把头扭过去，看见两艘渔船，天边一艘蒸汽船正喷着烟雾。他慢慢扫视过去。那是什么？一艘白色的摩托艇从北方沿着海岸线蜿蜒而来。一定是从格拉斯哥来的有钱人，向他的客人展示着赫布里底群岛的美丽风光。突然，伊安全身僵住了。

当安格斯告诉他，被他赶走的入侵者是从一艘小帆船上登陆的时候，他的老领主父亲是怎么说的？"如果他们真想做坏事，就需要更多的人，所以他们肯定会开艘大点的船，这样才能来去自如，不被路上的人看见。"那艘摩托艇是不是在运送犯罪团伙的其余成员呢？如果是的话，那就解释了为什么它在海岸线上这么近地窥探。它在寻找同伙。这就可以解释这个男孩在伊安的秘密藏身处做了些什么。他被派来监视他们，并向他们发出信号，指示他们进港。伊安的嘴角扬起了一丝笑容。他看着熟睡中的罗杰，心想这家伙可不怎么会望风。如果那艘摩托艇把更多的恶棍运了过来，那就更好了。"不去驱赶入侵者，"他的父亲曾经说过，"而是把他们包围起来，然后我们把这桩驱赶鹿群的恶行给彻底了结。"

这时，他庆幸自己没有一声怒吼惊醒罗杰，要他解释自己的来历，而是让他安稳地继续睡觉，这样反而有利。伊安决定悄悄溜走，给家里报信。但他又看了罗杰一眼，这男孩完全没有想到敌人正在眼前监视着他。伊安为自己成功的监视行动感到自豪。这个男孩现在任他宰割，却全然不知。没错，让他继续睡吧。不过等他醒了……伊安的嘴角又露出了笑容。他慢慢翻过凹坑的边缘，开始动手。首先是柠檬汁瓶，然后是望远镜，接着是背包，他会摸不着头脑的。伊安慢慢打开三明治包装纸，没有发出声音，然后从毛皮袋里拿出一截铅笔，在纸上写字。他又笑了，拿起男孩的小刀，把纸插进他脑袋旁边的地面。他又听了一会儿罗杰均匀的呼吸声，然后，他小心翼翼地后退，翻过史前石塔的墙壁，离开了。

下午悄然而至。罗杰经历了过去两天两夜的劳累，睡得很香。最后，他被一只冠鸦给吵醒了。这只乌鸦看到史前圆塔上有东西，就俯冲下来，不像跟踪的伊安那样小心翼翼，在睡着的罗杰上方只有三五十厘米的地方掠过，发出一阵狂叫。

罗杰睁开了眼睛，伸展身体，打了个哈欠，突然坐起来，想起了自己身处何地。他伸手摸望远镜却没摸到。他迷惑地发现，望远镜竖立在屋顶凹坑的边上，好像一座迷你灯塔。他肯定没把它放在那儿呀！然后他又看见在望远镜的右边放着他喝完的柠檬汁瓶子，里面插了一朵蓝色的小花，他也没摘小花呀！脚边的背包已经被翻了个底朝天，看上去活像一只瘪了气的足球。天哪！他一跃而起，又看到了别的东西。在他刚才休息的地方，他的小刀把三明治的包装纸钉在了地上，上面用黑色的大字写着什么东西。罗杰咧开了嘴，但笑得不太愉快。对于一名警备队员或者哨兵来说，看到有人这样称呼自己，谁都会感到不快的：

睡美人

睡美人

"混蛋！"他自言自语道，"可恶的混蛋！他们完全可以把我叫醒的。下午茶时间大概早过了。"

他把背包理好，收起小刀和望远镜，还不忘遵守绝不乱扔一点垃圾的老规矩，把空了的柠檬汁瓶子塞进背包，犹豫着如何处置橙子皮，加上周围也没有兔子洞，于是就用三明治包装纸包着，一起塞进了背包。然后，他从皮克特古屋屋顶上俯视刷船湾。他看到北极熊号，但与此同时，他还看到了别的东西，让他瞬间面红耳赤。在离北极熊号远一点的地方，就在岩壁的另一侧，停泊着另一艘船。那是一艘白色的摩托艇，有着巨大的甲板室。他不需要用望远镜也认得出那是翼手龙号。

他立刻明白发生了什么事情。他之前看到翼手龙号向北驶出了视野。这艘船一定是越过了他们三天前相遇的地点，然后调头，重新沿着海岸南下，挨个查看所有港湾，直到发现有艘老领航船抛锚的海湾。他们根本没有甩掉鸟蛋收藏家。天知道翼手龙号在这里停了多久，还有鸟蛋收藏家已经看到了多少东西。而他，身为哨兵的罗杰，却沉沉睡去，没能向他们发出敌人回来的警告。其他船员肯定到这里来找过他，没把他叫醒，却轻蔑地把这张纸条搁在他脑袋旁边一走了事。"见鬼！见鬼！"罗杰说道。他的羞耻变成了愤怒，不是对自己，而是对其他船员感到愤怒。一时间，他都冒出了再也不回去的想法。但不一会儿，他咬牙切齿地从皮克特古屋的屋顶上跳了下来，重重地落在地上，然后向峭壁下的海湾跑去。

第十七章

海陆皆敌

罗杰一路下山，来到了北极熊号两天前刷过船的港湾。他看到船静静地泊在河口的锚地，船尾没有救生艇，说明肯定有人在岸上，他纳闷着会是谁。罗杰看到佩吉坐在桅顶横杆上，背对着他，猜想她一定是在监视翼手龙号。她在上面，可以通过分隔入河口水道的海岬低处看见对面的动静。苏珊、提提和桃乐茜都在甲板上。他没有看到迪克、南希、约翰和弗林特船长。接着他看见了救生艇，已经被拖上了小溪流入大海的海湾处的沙滩。他想着，一定有人到岸上，在近处监视翼手龙号。啊，为什么他偏偏睡着了，没能向大伙发出警告就回来了呢？罗杰没有向船上打招呼，大伙发现他睡着还给他留了张嘲弄他的字条，他可不想被大伙叫上船出洋相。他蹲坐在岸边，怨恨着所有人。

在北极熊号上，没人注意到他。佩吉在桅顶横杆上，时而俯视下面的人。下面的人也经常放下工作，抬头看她。但谁都没看到在岸边等待的罗杰。他想，他们是故意不理睬他，让他难堪。

他正想一个人回内陆去，却看到迪克正从救生艇上下来，往上面装什么东西。然后，罗杰看到弗林特船长从海湾对面的山崖下来，知道他一定是去侦察敌情了。两人一起向救生艇里装什么东西，然后把船推离岸边，让小艇浮在水面上。迪克坐在船尾，弗林特船长朝着北极熊号划去。救生艇快到北极熊号的时候，罗杰看到迪克正用手指着他。弗林特船长一转头，改变了航向。没过多久，救生艇就来到了罗杰的跟前。

"上来吧。"弗林特船长说道,"你这个哨兵还不错呀,可为什么不跟我们说翼手龙号过来了呢?"

"我看到船驶出视野,"罗杰说,"不久我就睡着了。我不是故意的。"

"好啦,"弗林特船长说,"打起精神来。没关系。老实说,我自己也睡着了。"

迪克非常沮丧,一句话也不说。

救生艇一半的空间都被石楠占据了,罗杰没有问为什么。

救生艇靠近了北极熊号,罗杰闷闷不乐地把系艇索扔向甲板,桃乐茜一把接住。

"佩吉说他还没上岸。"她说。

"他没有上岸。"弗林特船长说,"我想他今天晚上不会上岸。太晚了。再说他这种人总以为人人跟他一样,可能以为迪克一回来就把鸟蛋拿走了。既然我们还在这儿,这个想法就不成立,因为如果我们拿到了鸟蛋,肯定已经走了。他接下来就会想,既然我们还没有拿到鸟蛋,明天肯定要去找,那么他就只管跟在我们后面,坐享其成了。"

"我们应该扬帆远去,让他跟上来,那样鸟儿就安全了。"迪克说。

"他不会跟上来,除非他确信鸟蛋就在船上。"弗林特船长说。

"你们弄到了不少石楠呀。"桃乐茜说,"迪克,我相信一切都会顺利的。无论如何,我都如此坚信。"

迪克和弗林特船长抱起石楠。罗杰一言不发地爬上了船。

"喂,罗杰,"提提说,"你没看到他过来吗?"

"没有,你知道的。"罗杰爆发了,"我觉得你们都坏透了!写了那东

西！太过分了！"

"你在说什么呀？"苏珊问。

"写了什么东西？"提提问。

"怎么回事啊？"弗林特船长问，他正把一大捆石楠递给桃乐茜。

"我不管你们怎么解释，"罗杰说，"太过分了！"

"我们做什么了？"苏珊问。

"你们爬上皮克特古屋，然后写了那张字条就走了，就因为我忍不住睡着了。反正我也不相信自己睡了很久。"

"可我们压根没接近皮克特古屋。"提提说，"我们观鸟后就直接回来了，之后一直在干活。"

"好，如果不是你们，"罗杰说，"那我知道是谁干的了。南希去哪儿了？"他问，"反正约翰不会做出这种事的。"

"做出什么事？"弗林特船长问。

"她自己心里有数。"罗杰说。

"喂………喂！"

大家都朝反方向看去。

"她来了，"苏珊说，"还有约翰，刚下山到岸边。谁去接他们？"

"我去。"弗林特船长说，他仍然在救生艇里，"迪克，你上去吧。"

迪克爬上甲板，闷闷不乐地打量着悬挂在张帆杆上的那张长长的网。其中一端还没编上石楠，其他部分都已经插上了。

"我们马上就能完成了。"桃乐茜说。

"用起来不安全。"迪克说。

罗杰看着网，不明白是什么东西。他没提问，而是站在梯子顶上等着南希过来。

"哎呀！"弗林特船长把救生艇停在船边，南希说道，"我们要把他挡开。这让事情有点难办了，就是这样。喂，苏珊，我们饿坏了。快让我吃点干肉饼吧。罗杰，快让开，你站在那儿我怎么上船？"

罗杰的脸蛋红扑扑的，瞪着南希。"我认为你是一个彻头彻尾的大坏蛋！"他说。

"生来如此！"南希快活地说，"这回我做什么啦？"

"你自己心里知道。"罗杰说。

"我不知道。"

"你来皮克特古屋干什么啦？"

"可我这辈子都没去过你的皮克特古屋呀。"南希说，"你们探险那天，我忙着刷船呢。"

"我是说今天。"罗杰说。

"别傻了，罗杰。"约翰说，"我们根本没有靠近你。我们直接去了山谷另一端的山上。我说，提提，我们发现了一个你们所说的跟踪者，他朝我们吼了什么。"

罗杰的眼睛睁得更大了。"天哪！"他说，"该不会是凯尔特人干的吧？用英语写的，不可能是凯尔特人吧。"

"写了什么？"

"快上去！"弗林特船长说，"让我上船。来，让我们听听到底是怎么回事。"

"我忍不住睡着了。"罗杰说。

"噢，没关系。"弗林特船长说，"没什么区别，我们阻止不了他们过来。"

"那艘船在外面窥探时，我们就看到了。"提提说。

"罗杰，继续说！"南希说，"谁写了东西？写了什么？在哪儿？"

"好吧，如果不是你干的，那么就是别人干的。"罗杰说，"我醒来的时候，那混蛋已经来过了。我的背包被翻了个底朝天，有人在我的柠檬汁瓶子里插了朵花。我的望远镜也不是放在原来的地方。还有，我明明把包三明治的纸头折起来扔在旁边的，结果有人把它展开写了东西，还用我的小刀插在地上，以免让风吹走。"

"插在什么地方？"约翰问。

"就在我的脑袋旁边。"罗杰说。

"上面写了什么？"

"留言？"提提问。

"不是留言。"罗杰说。

"哎，那到底是什么？"南希不耐烦地说。

"就是一些惹我生气的话。"

"到底是什么？"

"那张纸在哪儿？"提提问，"可能是某种密信。"

"是密码。"桃乐茜说。

罗杰没有想到这一点。他从背包里掏出那张纸，重新展开。尽管在这个严肃的时刻，他们都知道翼手龙号已经跟上他们、发现了他们，并

且就在石壁的一侧停泊着，但一看到纸上写的三个字，都不禁大笑起来。只有罗杰笑不出来。

"我可不认为这是什么密码，"弗林特船长说，"意思很明显。"

"这仍然很严重。"南希说，"你没有听到或者看到什么人吗？"

"没有。"罗杰说。

"一定是那些跟踪我们的人之中的一个。"提提说。

"可他们是凯尔特人。"罗杰说。

"就是那个年轻的小首领，"桃乐茜说，"他既会说英语也会说凯尔特语。"

"这些原住民可不友好，"南希说，"你真应该听听那个人是怎么朝我们咆哮的。"

"你们在笑什么？"佩吉在桅顶横杆上往下喊道。

"我们没有笑，"南希说，"事情比我们想象的严重得多。海上和陆上都有敌人。喂，你快下来吧，我要上去看看。你下去做饭。我们吃了早饭后还没吃过东西呢。"

"半小时内开饭。"苏珊说，"其他人都回去织网吧。就算迪克用不上，我们还是要做完它。"

"用不上？"南希正要爬绳梯，问道，"谁说用不上？咱们的北极熊号可不会被一艘可怜的摩托艇打败。"

"我得说，我不喜欢被这家伙打败。"弗林特船长说。

"不会的，"南希在他头顶上说道，"包在我身上。"

桃乐茜和提提已经苦干起来，把石楠编到最后一部分没完工的网上

233

面。约翰和弗林特船长也过来帮忙，两名厨师已经下去了。

"过来，罗杰!"提提说。

"可这是干什么用的?"罗杰问道，他仍然对写了字条的那人愤愤不已，但不再怪罪北极熊号上的船员了。等他亲自试了试这张网的隐蔽效果如何后，大伙喊他一起帮忙。

"可是现在更难办了。"迪克说，"我们要非常隐蔽，除了不能让鸟儿看见，还要躲着敌人。"

"藏在掩护所里。"罗杰说。提提知道罗杰已经感觉好多了。

"你一旦进了掩护所，就没有人能认出来，甚至用望远镜都不行。"弗林特船长说。

"问题是怎么过去。"迪克说，"如果鸟儿被吓着了，就会尖叫起来，等于告诉了翼手龙号我的具体位置。"

"你等天快黑了再靠近。"

"不能等天快黑了。"迪克说，"无论如何，我还得把网送上岛。天不能太黑，否则我什么都做不了。"

"你会安排好的。"桃乐茜说。

不知何故，伴随着南希的归来，北极熊号的阴郁氛围也烟消云散。也许只有迪克一人，在与鸟蛋收藏家谈过话后，知道了北方大潜鸟和它们的鸟蛋面临的威胁有多大。对于其他人来说，翼手龙号的存在意味着困难，但是他们总有办法克服困难的。等南希从桅顶横杆上下来去吃她的那份晚饭后，大伙一个接一个地爬上去，朝着岩壁那头的大摩托艇张望。敌人的船就停在那儿，看得清清楚楚。无论发生什么，他们都不准

备被敌船打败。

他们在下面的船舱吃着晚饭，组织了一场战时会议。

南希做总结。"是这样，"她说，"我们有两股敌人，不是一股。迪克前去拍照，同时不让翼手龙号发现。他还得避开原住民的耳目。如果那些人大呼小叫起来，就像那天对我和约翰一样，鸟儿就会被吓跑，我们就没机会了。"

"情况比这个更糟！"迪克说，"如果凯尔特人看到我上了小岛，大呼小叫起来，就等于直接告诉鸟蛋收藏家要去哪里找。"他停顿了一下，一个新的想法跃入他忧虑的脑海，"瞧，"他说，"还有别的。如果原住民看到我在做什么，鸟蛋收藏家只管等到我们离开就行了。然后他就去问原住民，对方会收下他给的钱，然后给他指明鸟巢所处的位置，那样的话我们就无能为力了。"

"永远的大海雀！"南希叫道，"干得好，教授！我们就那样干。我们要让两股敌人相遇。太简单了。我们想一个办法，让那些凯尔特人在错误的地点大喊大叫。"

"可要是他们看到了我……"

"不可能，"南希说，"他们不会看到。听我说，提提。你们被跟踪那天，说说看具体发生了什么。"

提提、罗杰和桃乐茜又七嘴八舌地讲述起那次探险的经历。他们如何感觉被人盯上了，可是看不见是谁。最后在山谷里，跟踪者才带着狗露面，还有那些人怎么用凯尔特语朝他们大喊大叫，反正是他们听不懂的语言，最终把探险家们赶回了船上。这一次，原住民也向约翰和南希

叫喊，一等水手们总算有了愿意相信他们的听众。这样，叙述的过程就显得大不相同了。

"我们需要做的，"南希说，"就是再让他们来跟踪我们。"

"我们不要去惹那些原住民。"弗林特船长说，"他们是些什么人？"

"有一个小首领。"桃乐茜说。

"还有一个灰胡子老巨人。"提提说。

"你亲眼看见过他。"罗杰说，"我们对那个倔老头挥手作别，可他没有回应。"

"还有其他人。"桃乐茜说，"所有野蛮的凯尔特人都在他们的山上发出凯尔特人的作战呼喊。"

晚饭后，约翰爬上桅顶横杆。他报告说，翼手龙号的救生艇仍然挂在吊艇柱上，甲板上看不到人，也没有人上岸。

"低调一点，"南希说，"反而更好。"

"那些凯尔特人呢？"迪克问。他洗漱完，上了甲板。

"这么晚了，他们不会出去的。"约翰说，"我们一旦到了湖泊那儿，那边的湖岸比水面高，到了水上你就看不见山脊了。只有你朝小岛划过去的时候才会有危险。天快黑了，明天大家起床前，你一定要赶到。"

大家一起动手，网很快就大功告成。他们把网展平、折好、卷起，以便携带。再用绳子捆好，以防散开。因为加满了石楠，网变成了很大的一捆，但当然啦，比起织网用掉的细缆绳，它的分量没重多少。

"现在出发吧？"苏珊说道，"除了弗林特船长……和罗杰，大伙都没

怎么睡。"

"苏珊!"罗杰愤怒地叫道。

"罗杰,别介意。"弗林特船长说,"苏珊自己就在打哈欠。她无非就是羡慕我们。"

"还不行。"迪克说,"我应该尽可能晚点出发,只要有一点点光就行。"

"你现在反正去不成啦,"南希大喊道,"大家别一起回头!那边有人要下来跟我们说话。"

太阳落入了山后,但远在罗杰的皮克特古屋的上方,两个身影出现在地平线上。他们正沿着山坡,往海湾走来。

"其中一个就是那个偻老头。"罗杰说。

"我想,另外那个人就是小首领。"桃乐茜说。

"是个男孩。"弗林特船长说,"嗯,我猜他就是罗杰那位聪明的朋友。那条信息听上去可不像是随从的口吻。"

"我要上岸了,"罗杰说,"我想跟他谈谈。"他跳起来,想解开系在船尾的救生艇的系艇索。

"不行。"南希说,"坐下,他们过来了,我们等着瞧。"

但那高个子偻老头和穿着高地服装的男孩此刻对北极熊号没有什么兴趣。他们下了山坡,随即朝侧面走去。北极熊号船员一度看不见他们,然后又在海湾的口子那儿看见了他们的身影。不一会儿又看不见了。

"他们去湖泊了。"迪克说。

"当然不是。"桃乐茜说,"否则他们就不会经过皮克特古屋,而是径

直从土堆的另一侧下去。"

这时，佩吉已经上了桅顶。

"翼手龙号船架上点了灯。"她报告说。过了一会儿，大伙只见她不发出声响，用一只手打着手势。

她看到了高个子凯尔特人和那个男孩。不久，其他人也看到了他们。

"他们肯定已经过了河。"约翰说。

"他们要和鸟蛋收藏家谈谈。"迪克说。

"他们已经成为盟友了。"桃乐茜说。

北极熊号的船员们看见那个男孩和倔老头在矮山脊的岩石和石楠丛中爬行前进。

"他们在等什么？"提提说。

两个身影站在山脊顶部，朝着抛锚停泊的摩托艇看去。他们在那儿站了一两分钟，然后转身沿着来时的路回去了。

"走了那么多路过来，结果不打一声招呼就走，真奇怪。"南希说道。

"他们不可能是盟友。"桃乐茜说。

"小点声，"南希说，"你们知道声音在水上传得有多快。"

太阳已经下山，只在远处的山头上留下一片金色的光辉。现在已经很难看见那两人在皮克特古屋所在山坡下的身影，但大家不止一次看到有东西在活动。不一会儿，他们经过了皮克特古屋，一时间两个黑影在天空的映照下格外醒目。

"他们要回城堡去了。"桃乐茜说。

"真离奇，"弗林特船长说，"他们过来观察的是另外一艘船，对我们

238

没有兴趣。"

"他们已经看到过我们了。"提提说。

"你应该让我上岸的，"罗杰说，"如果就是那个男孩……"

"他年纪比你大。"约翰说。

"我不在乎，"罗杰说，"我想知道他为什么要那样做。"

"也许不是他。"苏珊说。

"那还能是谁？"罗杰说。

"你准备出发了吗？"弗林特船长问迪克。

"先等他们回到家了再说。"南希说。

半小时过去了，天空中的余晖已经暗了下来，暮色中海岸一片漆黑。

"就是现在，"南希说，"你的机会来了。出发吧。凯尔特人已经上床，翼手龙号的人也睡了。我们会一直监视着，要是他们上岸了，我们就吹响雾角。他们要过来也得先把救生艇放下水。你看，要是约翰和迪克一起去的话，我就陪他们一起走，在礁石那儿观察翼手龙号。我要借一下苏珊的哨子。不，不用了。如果翼手龙号把救生艇放下水，我就学猫头鹰叫，然后北极熊号就可以吹响雾角，让迪克和约翰知道危险临头了。"

"没事的，迪克。"桃乐茜说，"你今天晚上就把掩护所布置好，不会有坏处的。哪怕明天不安全没能用上，也不会有人注意到我们把网留在那儿的。"

"要是我们现在不走的话，天色就太暗了。"迪克说道。他已经下定了决心。

约翰一言不发，此刻已将救生艇拉到扶梯下，爬了下去。迪克跟在他后头。网被放下去了，约翰两腿搁在扎成一捆的网的两侧，准备划桨。南希也带着系艇索下去了。

"你应该坐在船尾，"约翰说，"不过也没关系。"

"祝你们好运。"桃乐茜说。

救生艇悄悄地向小溪入海口划去。

第十八章

夜访小岛

南希在小溪边上岸时，晚霞已经黯淡。她扶住船头片刻，然后让船重新浮起。这样，约翰和迪克就可以在对岸登陆，而不会被网绊倒。

"你们回来的时候轻轻学一声猫头鹰叫，"她小声说道，"我会一直听着的。"

约翰逆桨划行，先让救生艇后退，然后又把船往前划。他和迪克悄无声息地上了岸。他们小心翼翼地把船拉上岸，把小锚抛下。约翰把网扛在肩上，收紧捆住网的绳端。暮色中，在小溪的另一头，南希朝着他们无声地挥手。等她一离开小溪、朝着监视敌人的礁石爬去后，她的身影就消失在了他俩的视野之外。

现在天还没黑透，他们仍然摸索着早上发现的小路前进。他们穿过石楠和岩壁，跨过瀑布，来到湖边。折叠艇仍然隐藏在芦苇丛中。由于天色太暗，迪克被一片石楠丛绊了一跤，眼镜甩了出去，他艰难地低头摸索。此刻，他信心大增。

"找到了？"约翰问。

"找到了。"迪克说，"我看现在天已经很黑了，别人在远处根本看不到。"

"当然看不见。"约翰说，"再说也没有人会朝这边看。"

迪克只要一有机会从脚下狭窄的小路上抬起眼睛，就抬头去看北落基山高高的山崖，在那后面就藏着桃乐茜的城堡和凯尔特人的农舍。

山崖看上去就好像糊在地上的巨大纸板，遮挡着后面的万物。他能看到山崖间的一处凹陷，便知道那是一条小路，通向山崖另一面有人住的地方。

"要想在黑暗中看清东西，必须有很好的眼力才行。"迪克说。

"这儿可没东西让人观赏。"约翰说。

迪克想到更大的威胁来自山谷另一面的矮山脊，但他知道南希在那边守着，只要有人从翼手龙号上下来，南希就会向北极熊号发出信号，然后北极熊号就会向夜空吹响雾角，提醒他们不能划向小岛。现在还没有什么异常，他只需要操心一件事——搭建掩护所，同时不能惊动鸟儿，结束之后尽快返回北极熊号。

他们来到湖边，绕过隐藏折叠艇的芦苇丛，发现上游的斜岸把后面的北落基山遮挡得严严实实，只留下他们头上几米的天际线。

"我觉得，"约翰说，"没什么好担心的。只有当我们往小岛去的时候，那些凯尔特人才有机会看见我们。你拿着网先待在这儿，我去把芦苇丛里的折叠艇给弄出来。"

迪克蹲在捆好的网旁边，遥望远处湖岸边泛起的阵阵微波。他用手指抚摸着织好的大网。在需要把网张开、搭建掩护所的时候，他一定要确保网不能缠结在一块儿。要是石头离得太开，网盖不住怎么办？要是石头挨得太近，他钻不进中间的空隙藏身，又该怎么办？

他听到芦苇丛中传来沙沙声，看到折叠艇的黑影向外移动。约翰把小艇划到离湖岸几米远的地方。

"约翰。"迪克轻轻说。

"一切正常，我看到你了。"

约翰先让船尾靠岸。迪克把网抛上了船，然后抓住两侧船舷，爬上了船。

"刚才船差点就翻了。"他说。

"幸好有点风。"约翰说。

"为什么这么说？"

"如果水面上波澜不兴，那么我们划过去就会产生很多涟漪，别人很容易注意到，哪怕他们看不清我们的身影。刚才小船就摇得很厉害。"

"不止是人会看到，"迪克说，"水波还会告诉鸟儿这里有人出没。"

"鸟儿现在还没有睡觉吗？"

"快听。"迪克说。

"鸭子。"约翰说。

"它们在最北端。"迪克说，"我们一来，它们就开始交谈。但它们只是在交谈，没有害怕。"

他们划了几下桨，使船离开岸边几米远。突然间，迪克的心脏几乎停止了跳动。一处小湾的地方，传来一记快速、急切的落水声，然后是石头的碰撞声，最后急促的蹄声在柔软的泥炭土地上渐渐消失。

"只是鹿而已。"约翰说，"天哪！我当时还以为有人在黑灯瞎火里钓鱼呢。"

"鹿群一定是到湖边来喝水的。"迪克说着，一边希望自己的牙齿不要打颤。湖水有点凉，但还没冷到牙齿打颤的地步。

"迄今为止，一切正常。"约翰说。

一只杓鹬从天上高高飞过。迪克试着观察它在夜空中飞越山谷的样子，但没成功。远处的鸭子沉默了片刻，又开始交谈起来。迪克遥望对岸，观察着小岛低矮、漆黑的轮廓。

"现在还不急着行动，"他说，"我们应该再过去一点，然后再上岛。这样就可以从鸟儿看不到我们的位置上去了。"

"不知道上岛会是怎样的情形。"

"我看到对岸有些芦苇丛。"

"可能是软泥。"约翰说，"反正对于折叠艇而言，软泥比岩石来得好。要是石头把帆布扯破了，那可就太傻了。"

迪克没有想到这一点。船底撕出了洞可是最糟糕的情形，那样他们只能留在岛上，等到第二天早上太阳升起，把他们暴露在众目睽睽之下。不过，只要约翰注意到了这点，那就不会有问题。他想的是别的事情。

"我们必须非常轻柔地靠近，"他说道，"即便是软泥……因为有鸟儿。"

那些潜鸟会有什么反应呢？他在诺福克水域观察过黑鸭子，如果有人类靠近，它们会离开巢穴，但不久后就会回来。鹛鹛也不会走远。但这些体形硕大、在海边生活、野性又神秘的鸟儿……谁知道它们在人类接近时会有什么反应呢？要是它们抛下巢穴，一去不复返该怎么办？迪克几乎希望自己根本没有来。但北极熊号为此专程返回、织网，全体船员都对他寄予厚望，他不能半途而废。再说了，自然史中即将增加新的发现，要是他把道理解释给鸟儿听，或许它们也能理解他的一片苦心。他希望能向鸟儿解释事情的原委，告诉它们，他只想尽可能少地打扰

它们。

他们的左侧，小岛漆黑的水岸截断了展开的涟漪。小船已经越过岛屿。没有任何迹象表明潜鸟已经注意到了他们。接下来还有新的危险，迪克不想接近湖的顶端，免得惊动鸭群，将它们静悄悄的谈话变成一阵从水面起飞的喧嚣。那样的话，会把周围所有的生灵都惊醒的。

"就趁现在。"他小声说道。

约翰右手停下，左手轻轻运桨。折叠艇摇摆起来，最后对准了湖泊。约翰稳住船身，尽可能轻轻划桨，驶向小岛的后侧。

"现在别人看得见我们，"他说，小船从堤岸的掩护中驶出，约翰又能看见北落基山在黑色夜空中连绵的轮廓，"但是没有人看过来。"

"不要说话。"迪克悄悄说道。

现在人类已经无关紧要了。让迪克上心的只有潜鸟。它们俩都在巢里孵蛋吗？还是一只在巢里坐着，一只正好在他们登岛的地点巡逻？他每时每刻都做好了准备，准备听见潜鸟发出愤怒、惊恐的叫声。

万籁俱寂。除了高高的头顶上又传来一阵呼啸，好像是来自另一个世界的呼唤。

"又是杓鹬。"迪克小声说道。

约翰继续划桨。在他身影的前方，迪克看到了夜空映衬下的芦苇丛摇曳不停。

"很近了。"他轻声说。

约翰扭过头，停止了划桨，弯下身脱下鞋袜。迪克笨手笨脚地照办。

"你不要脱，"约翰轻声说，"你上岸还需要它们。"

迪克等待着，倾听着。那两只鸟都睡着了？这样太好了，简直不像是真的。

约翰又开始划桨，仅仅点水而过。身旁两侧都是芦苇丛，折叠艇驶过时，船头发出窸窸窣窣的声音。他感到船桨已经探底，于是跨出小艇。迪克双手扶住船舷，感知到小船已经着陆。小船晃了一下，突然被往前一拉。

"停稳了。"约翰轻轻说，"快点，从船头走出来。我把网拿给你。"

"让它保持原样，"迪克轻声说，"否则我待会儿就没法顺利铺开了。"

迪克上岸了。约翰留在芦苇丛中，探下身，把捆好的网用手举起，放到了迪克的怀里。整个过程只有一下什么东西掉进水里的声音，不知道的人还以为是青蛙或者水鼠掉到了水里。现在，除了他们，没有丝毫迹象表明岛上还有其他人类，因为那两只鸟就在离他们不到三十米外的地方。

"要不要我来？"

"不用，"迪克轻声说，"最好一个人去。"

"好的。"

迪克转过身……他是不是出发得太晚，现在已经看不清楚了？不，这时南方的夜色还不算太黑。他能看到脚下的杂草和白石，又朝小岛中央望去，那儿坐落着几块大石头，形状像睡觉的牛，或者海象。迪克对自己有这样的想法很不耐烦。现在重要的不是那些石头长得像什么，而是它们是怎么排列、堆叠的。如果那儿没有让他从远处拍摄鸟巢的合适空间，那他还不如干脆不来。

247

　　他慢慢朝前移动，每一次落脚都小心翼翼，但身上那一大捆网可是十分碍事。他前面的那些苍白的岩石似乎延伸得很远。他试图寻找一条穿越的路线，不一会儿便找到了。他把那捆网放在其中一块石头上，等待着，倾听着。潜鸟们睡着了吗？在这样一座岛屿、这样一片孤寂的水域之中，远离原住民的房屋，它们没什么可担心的，而且他很清楚，他和约翰到目前为止没有发出任何声音。

　　他匍匐前进，现在已经到了小岛中央。那些形似海象的岩石已经在他身后，而可能派上用场的巨石就在前面。一定就是这块石头，当他从湖岸上看时，他认为这块石头会成为掩护所的绝佳背景，另外两块一定就在它的后面。他能看到那两块石头的顶部，没错，石头中间还有块黑暗区域。迪克匍匐着挪到那儿。现在，从石堆这儿到水面之间，他离那只建在草地上的鸟巢只有大约三四米的距离了。

　　还有一米就到了。接下来，在这最糟糕的时刻，迪克的脚趾踢到了一块石头。他几乎没感觉到痛，那不算什么，他穿着帆布鞋，踢到石头上几乎没有声音。但倒霉的是，他踢到的那块石头碰到了旁边另一块石头。发出了石头相互碰撞的声音。这样的声响足以闯下大祸。石头前面有东西在岸边移动，接着是哗啦的入水声。其中一只潜鸟扑棱着翅膀来到水边，然后起飞离开。迪克咬牙切齿，想着会不会再次听到入水声……听到鸟儿从水面飞起时拍打翅膀的声音……听到狂野的"呜……呜……"声。任何听见这种声音的人都会意识到潜鸟醒了过来……他继续等待着，倾听着未曾发出的响声。但此时，除了水波温柔地拍岸，没有任何别的声音。

最后，迪克又开始了移动。再等也没用，现在一只鸟飞走了，另一只鸟已经知道他在这里。迪克凝视着暮色，似乎看到了岸边鸟巢的位置有一团黑乎乎的东西。或许就是那只潜鸟，孵着蛋，和迪克一样倾听着周围的一切动静。对于迪克来说现在最好的选择就是尽快离开，但是，他无论如何要先把掩护所搭好。

早知道就把手电筒给带上了，要么天空中的光线能够再多点就好了。他害怕天色太亮，但光线不足，他就无法工作了。他对这些石头的判断是正确的。在这块大石头和那两块离鸟巢更近的小石头之间，还能留出一点空间让他挤进去，而那两块小点的石头中间，也能容他趴在当中。他解开捆网的绳索，手指发抖。他咬紧牙齿，免得它们咯咯作响，但心脏怦怦直跳，不知道鸟儿会不会听到。快！快！现在要做的事情必须快。编在网上的石楠发出的沙沙声看来是避免不了了。他解开网，网突然挂在了石头的一个角上，于是他赶紧拨弄了一番，然后连忙铺在了两块灰色的石头上，搭建好自己的掩护所。岸边鸟巢那团黑乎乎的影子没有发出动静。

他忽然想到，也许蛋就要孵好了。他记得，有一只灰林鸮在树根上筑巢，光天化日之下，两三米外根本看不见。就过了两天，他再次前去拜访，看见两只鸟宝宝已经被孵了出来，两只幼鸟除了张开的嘴，简直就是两团绒毛。快！快！幸好网足够大，挂在两块岩石上，两边都能着地，跟计划的一样，径直通向离鸟巢最近的岩石缺口。他找了一块石头，压在网上固定住，然后继续操作，把网的四周都压严实。就当他压另一块石头的时候，发出了撞击的声响。他觉得看见鸟儿动了。"就要走了，

就要走了。"他自言自语道。

在微光下，他最后看了掩护所一眼。能做的都已经做了，只有等天亮了才知道它管不管用。他期待着听到离开的鸟儿归巢的声音，但是没能等到，于是他沿着石堆爬了回来，回到了岸边的芦苇丛中。

约翰站在水中，扶着小船等他回来。

"怎么样？"约翰轻声说。

"一只鸟飞了，"迪克说，"但我觉得另一只还守在鸟巢里。"

"干得漂亮，教授。"约翰轻声说，"听着，我给你找了个地方。等你来拍照的时候，就把小船推到芦苇丛里藏起来。船停在那儿，湖两边都看不见。"

"我应该守在这里，免得白天再往回跑一趟。"迪克说。

"不行。"

"我知道，我没有带照相机来，也许我留下来还会惊扰它们。我们还是快走吧。"

"掩护所怎么样了？"

"我觉得搭得挺好的。划到前面一点再上岸吧，不要靠近它们那一侧。有一只鸟儿下了水，我们最好离它远点。"

约翰悄无声息地划船，离开小岛。可这时，不远处沉默许久的那只鸭子突然大叫了起来，把他俩都吓了一跳。约翰旋即朝岸边划去，把船调头，潜入了斜岸的庇护下。迪克仔细听着，现在潜鸟不发出声音了。他借着微光向小岛望去，波光荡漾的湖面上没有任何动静。

"好了，全部完成了，"他说，"哪怕拍不成照片也行。"

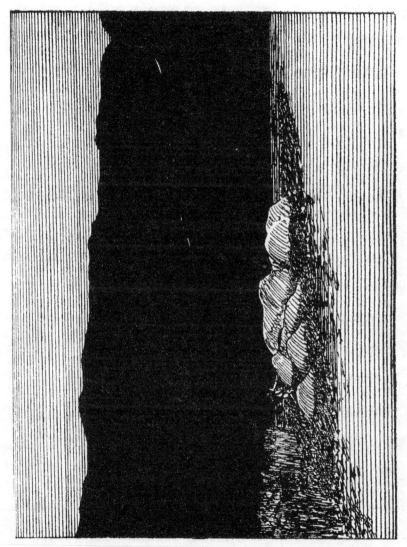

目前为止，一切顺利……

"为什么拍不成?"

"如果鸟蛋收藏家在旁边监视,我就不能拍。要是其他人看见,结果同样糟糕。只要他出价,那些人就会把鸟蛋卖给他。他们不知道这件事有多么重要。"

"南希会有办法的。"约翰说。

他们来到湖边高大的芦苇丛,找到早晨把小船藏起来的地方,停回了原地。然后,迪克和约翰都脱下鞋袜,把折叠艇留在芦苇丛中,把系艇索系在一块石头上,把石头扔进了离岸边几米外的水中。

"我们很容易就能找到这儿的,"约翰说,"就在堤岸往下倾斜处的对面。"

"我明天一个人来,"迪克说,"掩护所塞不下两个人。再说两个人在这里活动,更容易惊吓到它们。"

"还更容易让人看见。"约翰说,"哎,我把这个给忘了。快把鞋子穿上,南希会以为我们把折叠艇弄沉了。"

夜色陪伴的归途中,迪克的脚步越来越轻快。能做的事情都已经做了。最妙的是,他几乎确定其中一只鸟儿自始至终没有离开过鸟巢。到了早上,它们周围的石头上会看起来多了点石楠,但他觉得鸟儿不会对此感到介意的。还有听约翰的语气,他确信南希的计划会成功,以至于迪克开始憧憬着自己能成功拿到新发现的确凿证据,而不给杰梅林先生一丝拿到鸟蛋的可能。南希的计划总是会成功,即使这意味着需要很多人手一起帮忙。一切都会好的。

天色比之前更黑,但路程似乎更短了。不久他们便越过瀑布,朝着

小溪的入海口快速跑去，看见了停泊的北极熊号，索具在暮色中闪着微光。

"我的大海鸽呀！"小溪对面传来低语，"你们走路像大象一样。都不需要学猫头鹰叫，我就知道你们回来了。"

"我们在岛上没这么大声。"迪克说。

"翼手龙号上有什么动静？"约翰问。

"都上床了。"南希说，"十分钟前，他们最后一盏灯也灭了。他们的救生艇还在船上。他们要等到明天才开始活动。掩护所弄得怎么样了？"

"弄好了，"迪克说，"有只鸟一点反应也没有。"

他们登上救生艇，朝南希划过去。

"你还有备用的眼镜吗？"南希突然问迪克。

"原本有的，"迪克说，"但出门时忘了。怎么了？"

"跟我们的计划有关。"南希说，"没关系，我再想想别的办法。"

"你要眼镜干什么？"约翰问。

南希在暮色中轻轻偷笑，但没有回答。不一会儿，他们就来到了北极熊号脚下。

"怎么样了？"

"发生什么了？"

"你们成功了？"

"没有声音。我们一直在听，但什么也没听到。"

焦急的声音从甲板上传来，欢迎他们回来。

"杰梅林甚至没有上甲板。"南希说,"甲板室和舷窗原来有灯光,但随后都灭了。"

"我看到他们关灯了。"佩吉说,"我一开始在桅顶横杆上,但熄灯之后就没有在上面观察的必要了。"

"掩护所弄得怎么样了?"桃乐茜问。

"我觉得布置好了。"迪克说。

"鸟儿呢?"提提问。

"一只下了水,"迪克说,"但它没上岸,也没叫。我就怕它叫出声来。另一只我十分肯定,自始至终没有离开过鸟巢。"

"你看到鸟蛋没有?"弗林特船长问。

"要是想看到鸟蛋,就要先把鸟儿吓跑,所以我没试。"

"网够不够大?"

"正正好。"

"这么说,明天一切准备就绪,不用再等了?"弗林特船长问。

"你们看,"南希说,"迄今为止,我们没有耽误一点时间。迪克弄好了掩护所,我和约翰有了一个绝妙的计划。翼手龙号和凯尔特人一点机会都没有,我们的计划会把他们都拦住。我们这儿人不少吧,八个人,噢,不算你的话有七个。迪克要负责拍照。七位水手组成'声东击西小队'足够了。"

"声东击西小队?"大家异口同声地问道。

"我会解释的。"南希说。

"我们下去吧。"苏珊说,"水煮开了。我们喝了可可就上床睡觉。明

天什么时候起床?"

　　船舱里,大伙的杯子热气腾腾。声东击西小队研究出计划,把凯尔特人和鸟蛋收藏家都引开,好让迪克在不受干扰、无人察觉的情况下前往拍照。只有迪克和罗杰一言不发。迪克是因为在琢磨拍照的种种细节,而罗杰则有自己的计划,他还对那个看着他睡觉的凯尔特人耿耿于怀。

　　半夜,万物俱寂。落锚的北极熊号随波微微地摆动,空无一人的甲板反射出点点光亮。两只大鸟安然地在岛上休息,忘却了惊扰它们的种种声音。杰梅林先生在翼手龙号的铺位上辗转反侧,想着把两只鸟儿制成标本,连同鸟蛋一起放在玻璃柜里进行展示,这将成为"杰梅林藏品"中至高无上的荣耀。而在山脊顶上的那座灰色屋子里,年轻的高地居民伊安已沉沉睡去。他和老安格斯在暮色中回到了家,和北极熊号的船员一样,他们也为明天的行动制定好了周密的计划。

第十九章

为迪克扫除障碍

南希把闹钟压在枕头下面，到点后点燃了水手舱里的普利默斯汽化炉，然后叫醒厨师做饭。她本来只想叫苏珊，但佩吉也听见了，接着约翰也从船舱探过头来。

"船长还没有起床。"他说。

"不要吵醒他，"南希轻声说，"去看下罗杰。"

罗杰在水手舱的铺位上翻了个身。苏珊挂了一块备用帆，给他遮光。他没有再动。

"除了迪克，不要叫醒任何人。"苏珊说，把手指放在嘴上。

"其他人都不用着急，"佩吉轻声说，"提提和桃乐茜睡得越久越好。"

一切顺利。前一晚大伙制定好了计划。现在他们只需要按照计划行事。首先，随船博物学家要赶到湖泊那儿，神不知鬼不觉地藏进掩护所。翼手龙号就在旁边，岸上还有充满敌意的凯尔特人，因此这项任务并不轻松。南希最初打算让迪克一个人在天亮前去，但这样做有不少风险，不如等到天亮，方便行动、观察。一等到光线充足，南希和约翰就从远处向他发出信号，确认是否安全，能将折叠艇取出，然后划到岛上。那会是第一个危险的时刻，再有一个，就是晚些时候，等迪克拍好照片，他必须离开小岛，把折叠艇带回。湖上的小船从好几里远的地方就能看到，但到了那时，他们已经将陆上和船上的敌人引到远方或错误的方向了。

　　迪克把打包好的早饭和后面等待期间填肚子的干粮塞进包里。等到合适的光线，给鸟儿拍照，加上声东击西小队把所有的敌人引开，整个过程可是需要花上不少时间。燕麦片昨晚就泡好了，苏珊正在一只汽化炉上煮燕麦粥，在另一只炉子上烧水。佩吉在切面包，用罐头里的肉制作三明治。

　　"燕麦粥准备好了吗？"南希轻声说，"我去叫迪克。"

　　但迪克已经醒了。他赤着脚，手上拿着鞋，从船舱里看着水手舱。

　　"我睡过头了？"他焦急地问。

　　"嘘！"

　　南希招手示意。"进来吧，"她轻声说，"我们还不想叫醒其他人。坐到那卷绳子上去，赶紧先吃点。我们越快动身越好。"

　　"我已经准备好了。"迪克说。

　　"你还没有。"苏珊说，把一碗燕麦粥和勺子递给他，"还很烫，不过加上牛奶就凉了。"

　　"给你牛奶。"佩吉轻声说，她把一些炼乳倒进半杯水里。

　　"你们也没有吃早饭？"迪克问。

　　"待会儿再吃。"南希说，"我们得先送你出发。"

　　"背包里还要带什么东西？"佩吉说。

　　"没有了。"

　　"照相机带上了？"约翰问。

　　"胶卷带了吗？"南希问。

　　"让他好好吃。"苏珊说。

"哎，他可不能忘记东西。"南希说，"上了岛，就没法回来取了。"

"我昨天晚上都准备好了。"迪克边吃边说。

"茶。"佩吉说，把杯子放在他身边的地板上。

苏珊敲开一只煮鸡蛋。博物学家变成最重要的船员，这还是第一次，但现在谁也代替不了他。他们决心把他派去行使他的职责。

对于迪克来说，他把心思全扑在了潜鸟身上。他昨天晚上虽然小心翼翼，但他布置的掩护所仍然可能吓跑鸟儿，甚至更糟——鸟儿一早醒来被网给吓跑了怎么办？鸟儿有时确实会抛弃鸟巢。要是它们因为迪克拍照而抛弃了鸟巢，那他的行为就和鸟蛋收藏家一样恶不可赦。他匆匆吞下了早饭，没有再吃一只鸡蛋，然后准备出发了。

他们害怕吵醒罗杰，没有打开前舱门。五个人蹑手蹑脚，穿过船舱，上了甲板。迪克伸手感受着天窗边的湿气，露水很重。

"好。"他说，"今天天气应该不错。没有阳光可不行。"

"没有阳光，很多事都办不成，"南希说，"但我们不会失败的。"她补充道，"我没考虑到天气，好在天气还可以。甚至在杰梅林的眼皮底下，他也不能再多等一天。"大家都明白，她在说弗林特船长，他急着要把北极熊号还给主人。

他们蹑手蹑脚地走过又湿又滑的甲板。约翰拖来停在船尾的救生艇，注意避免碰撞，把它拉到船边，一跃上船，坐到了中间的划手座上，迪克和南希跟在后面。

"座位是湿的，别坐。"苏珊轻声说。

南希露出笑容，但又改变了主意。苏珊是对的。

"最好别坐，"她轻声说，"你可不想躲在掩护所里打喷嚏。用你的手掌垫着。"

佩吉等着把迪克的背包递给他，约翰接过来，放在身后的船头上。

"你俩最好回去睡觉吧。"南希轻声说，"把他安顿好之后，我们其他人暂时还没有任务。"

苏珊把系艇索扔到船头。约翰往前一推，救生艇受潮水的推动，离开了北极熊号。他用桨划水，驶向海湾顶端，将迪克和他的背包送至小溪的北岸。

"随船博物学家，出发吧！"南希说，"但等我们清除了障碍，你再把折叠艇拉出来。我们会登上矮山脊，监视下面的翼手龙号。我们还能从那儿眺望山谷对面的凯尔特人，观察他们有没有动静。我们站在你肯定能看见我们、我们也能看见你的地方。要是哪边有危险靠近，我们就向你发信号。如果没有信号，你就往前走。"

"你到了岛上，"约翰说，"把小船推进我们昨晚上岸的芦苇丛中。我给你指过那地方。"

"好的。"迪克说。

"无论做什么，可别忘了鸟儿不是你唯一需要躲避的东西。"

"不会忘的。"

"走吧，祝你好运！"

迪克出发了。大家看到他背起背包，拍拍口袋，确保没有漏掉东西。他沿着小溪快速前进，靠近瀑布往上爬，消失在他们的视野里。

他们再次滑行，在小溪的另一侧登陆。他们看到白色大摩托艇仍然

系在锚上，救生艇仍然挂在吊艇柱上。

"他们在等待，"南希说，"就像蛇一样，一看到我们动身就伺机而动。你看，我们能从桅顶横杆上看到他们，他们也能从中桅上看到我们。"

"大概船架上一直有人在监视我们。"约翰说。

"如果我们扬帆，他就会以为鸟蛋已经上了船。吉姆舅舅说，他会跟在我们后面，再次要求购买。要是他看到我们没动，就知道鸟蛋还不在船上，他只需要盯住我们往哪儿走。他觉得我们会把他引到鸟儿那里去。"

"要是我们不够小心，就真的会把他们引过去。"约翰说。

"我们可不会让他们得逞。"南希说，"快点！要不我们还没给他发信号，迪克就要行动了！"

他们沿着分隔海湾的狭窄山脊往前行进，不越过天际线的范围，然后慢慢地朝着内陆的山坡爬升。

"湖泊就在那儿，"南希说，"我们昨天就把折叠艇留在那里了。你们有没有把它放回原地？"

"放了。"约翰说，"但我得说，这一边隐藏得不太好，我从这里就能看到。但要是我不知道位置，还是看不到它。"

"无所谓了，"南希说，"只要迪克划向小岛，它就不在那儿了。他就在那儿……快到芦苇丛了。"

约翰举起望远镜，对准远处的芦苇丛。他不知道有没有人注意到芦苇丛里的那个黑点其实就是一艘折叠艇。

"只要他上岛时隐藏好就行。"他说。

"望远镜给我。"南希说。她拿起望远镜，仔细扫视山谷对面更高的北侧山脊，然后对准随船博物学家前进的湖岸。此时，迪克正拿着弗林特船长的双筒望远镜，对望着两位哨兵。

"他也能看清我们。"她说，"你觉得他可以开始了吗？那边没有动静。"

约翰向上爬了几步，好看到山顶对面。

"翼手龙号的人还在睡觉，"他说，"反正没有人活动。迪克应该尽快上岛。"

"好。"南希说，"我说过，如果没有危险，我们就不发信号。快点！迪克在观察我们。要是我们趴下，他就知道可以行动了。"

两位侦查员在一块平坦的岩石上躺平。这种发信号的方式够奇怪的，没有信号就是发信号，但他们一趴下，迪克就从视野中消失了。

"迪克，好样的。"南希说，"他完全明白。"

"他在芦苇丛里。"约翰说，"他把船拿出来了。他出发了。"

折叠艇黑乎乎的船头从苍白的芦苇丛中露了出来。

"天哪！船太显眼了。"约翰说。

"没有人在看。"南希说，"他出来了。"

"划得不好。"约翰说。

"它太难操控了。"南希说，"没关系，他划稳了。"

"不见得。"约翰说。

只见折叠艇离开芦苇丛，沿着岸边，以非常曲折的路线前进。早晨

没有风，湖面平如止水。船桨激起的水波一圈圈往外延展。

"天哪！"约翰说，"哪怕罗杰也比他划得好。"

"没有更差劲的了。"南希表示同意。他们都是有经验的老水手，一度是燕子号和亚马孙号的船长，看到随船博物学家不停地回头，一会儿划一桨，一会儿又划一桨，不耐烦地站起身。

"要是我知道那些凯尔特人几点起床就好了。"南希用望远镜搜寻了许久后说道，"我没看到有人活动。"

"轻一点，"约翰说，"轻一点，不要那么用力。天哪！他又在打转！"

"是折叠艇不好，"南希说，"他划救生艇没问题。但我真希望这时候没有人发现他，然后沿着山坡一路大叫，把事情搞砸。"

"他现在划得好一点了。"几分钟后，约翰说。

折叠艇靠近小岛。突然，一道白浪从水上溅起。

"有一只鸟儿睡醒了，"约翰说，"是迪克的鸟儿吗？"

"咻喊！咻喊！咻喊！"一阵刺耳、愤怒的尖叫声响彻湖岸。

"哎呀！运气真差。"

约翰扭动身子，观察翼手龙号的动静。听到尖叫的人不只是他们。他们看到甲板室的门被一把打开，鸟蛋收藏家本人，还穿着粉色的睡衣，一头冲了出来，站在甲板上倾听。

"他不知道声音从哪儿传出的。"南希轻声说。这时，粉红色的身影转来转去，"但如果鸟儿飞起来，又发出尖叫……"

"肯定会这样。"约翰说。

他们平躺在地上，仔细倾听，鸟蛋收藏家也在倾听。他们几乎可以猜透他的想法。他在甲板两侧转来转去，一会儿朝着他们的方向，一会儿又朝着南面。南希虽然担心，但还是笑出声来，并把望远镜递给约翰。"他就像一只粉红色的歌鸲，到处听虫子的踪迹，"她说道，"你瞧他托着脑袋的样子。"

"刚才那鸟叫声太大了。"约翰说。

"他刚才在下面不会知道声音是从哪儿传出来的，"南希说，"但如果鸟儿再叫一声……"

他们随时准备听到那野性、粗粝的尖叫声再次响起，立即就会向鸟蛋收藏家暴露方位。但奇迹发生了！山谷恢复了长久的寂静，最后只被一只杓鹬打破。他们看到鸟蛋收藏家抬头望了一眼，然后迅速回到甲板室，关上了门。

"真够他郁闷的，"南希说，"他还以为前面听到的只是杓鹬的叫声，根本不是迪克的鸟儿。"

"但愿如此。"约翰说，"但他如果确实听见了，就会知道迪克的鸟儿就在附近。喂，迪克已经上岛了。"

他们看到小船溜进了小岛对面的芦苇丛中，似乎停下不动了。

"如果他就这样停船，"约翰说，"我们就得发信号告诉他，船完全能被人看到。"

但不消一分钟，他们便发现小船消失了。

"用望远镜看看。"约翰说。

"根本看不见。"南希说着，把望远镜递给约翰。

"他做得还不错。"约翰说，"喂，他过去了。"

他们看到迪克在石堆里时隐时现，往前爬行。

"有一件事，"约翰说，"谁都不知道掩护所就是一堆石楠。他干得很漂亮。"

"你能看见他吗？"一两分钟后，南希说，"我看不见。"

"我也没看见。"约翰说。

"好，"南希说，"鸟儿没再叫过。第一步已经完成。随船博物学家已经进了掩护所。现在我们先吃早饭，接下来还要给声东击西小队布置艰巨的任务。"

他们望向山谷，北方山脊毫无动静。他们俯视翼手龙号，甲板上也空无一人。他们最后朝湖中小岛看去，小岛地势平坦，近端有石堆，石块中间看上去有一片茂密的石楠丛。他们匆匆赶到小溪入海口，推出救生艇，划回北极熊号。

这时，北极熊号全体船员都已经醒来，为白天的事情做准备。桃乐茜起床后，得知迪克已经上路，便在甲板上等候大家。弗林特船长坐在舵手座上刮胡子，半边脸都是白色的肥皂沫。救生艇停靠时，约翰和南希都听到了罗杰的声音，他在下面的船舱里抱怨着什么。

"喂，你俩，"弗林特船长说，他前倾着身子，对着罗经柜上的镜子，把一道白色的肥皂沫刮去，露出红色的皮肤，"干吗不叫醒我？"

"没有必要。"南希说。

"迪克顺利吗？"桃乐茜问。

"他上岛了，藏在掩护所里。"约翰说道。

掩护所内

"那就好。"桃乐茜说。

"他现在一切顺利,"南希说,"岸上没有人。但有阵子运气不好,他的一只潜鸟叫了起来,杰梅林冲到甲板上,穿着粉红色睡衣,粉得像草莓冰淇淋一样。他肯定是听到了,然后等在那儿想听下一声。但幸好潜鸟没有再发出声响,反倒是一只杓鹬恰好飞过,他扭头回去,以为自己弄错了。"

"下来吃饭!"佩吉在下面叫道。

"都去吃吧,"南希说,"我们一分钟都不能耽搁。声东击西小队赶紧出动,越快越好!"

下面的船舱里,早餐已经摆在桌上。苏珊包好八块三明治。约翰和南希不得不再讲一遍迪克如何登岛,然后安全地把船藏了起来,同时掩护好自己。

"石楠晚上长了一点,"南希说,"谁也看不出他在那儿。如果事先不知道该往哪儿看,谁也发现不了他。现在,我们要确保没有人朝那个方向看。"

早餐很快就吃完了。三明治和柠檬汁瓶子被塞进背包,便于携带。每一个声东击西小队成员都有自己的背包,这样,哪怕他们需要分头行动,也不会有人饿肚子。船舱里留了一块三明治给弗林特船长,他要在甲板上值守。

"都弄清楚了吗?"南希问,"吉姆舅舅在桅顶横杆上监视翼手龙号。一等迪克安全返回,他就会吹响三声长长的雾角。声东击西小队的大部队就和上次的探险队一样,让那些原住民跟着你们走,然后把他们引到山上，跑得越远越好，给迪克拍照片并且带着折叠艇撤出小岛留出充足的时间。我和迪克再去吸引翼手龙号的注意。只要杰梅林一看到迪克，别的都不会在乎了。他会死跟着迪克走，然后我们就把他引到错误的山谷，那儿有很多湖泊，他跟在后面，肯定自以为发现了迪克的踪迹而洋洋自得。"

"可是迪克在岛上啊！"桃乐茜说。

南希不禁发笑。"约翰假扮迪克。"她说，"我昨天晚上还担心扮不了，因为没有多余的眼镜，但是我们想到了一个办法。"

"罗杰的身材更像迪克。"桃乐茜说。

"我还有其他事情要做。"罗杰说。

"罗杰跑得没有约翰快，"南希说，"杰梅林会挥舞着支票和钞票追过来。我们不能让他走近，认出迪克其实是约翰。我们要把他甩得远远的。你们快去吧。我送你们上岸，再把救生艇划回来，约翰做准备。佩吉去哪儿了？"

"喂！"佩吉在上面悄悄地说道，"翼手龙号把救生艇放下来了。"

"快下来！"南希说，"我们一分钟也不能耽搁。"

声东击西小队的大部队转移到了救生艇上，包括苏珊、佩吉、桃乐茜、提提和罗杰。南希划船把他们迅速送上了岸，停在当初把北极熊号架起来刷船的地方。

"继续顺流而上会不会更好？"佩吉问。

"傻瓜，"南希说，"当然不会。你们直接爬上山脊，跟那天一样。提提和桃乐茜带头，她们知道往哪儿走。"

"会经过我的皮克特古屋。"罗杰说。

"无论如何不要靠近湖泊。"南希说,"要让凯尔特人跟踪你们,无论你们有什么招数,只要让他们跟踪的时间越长越好。"

"要是他们追上我们了呢?"佩吉问。

"不要让他们追上。"南希说,"但要是追上也没关系,你们已经把他们带得够远了。你们又没做错什么事。就朝他们笑笑,保持礼貌就行。问问他们,去大西洋还要走多久。如果你们已经看到了大西洋,就问他们这里是什么地方,让苏珊跟他们说话。"

"真希望弗林特船长能和我们一起去。"苏珊说。

"没有他更好。他们朝你们大喊,你们就假装什么都不懂。朝着他们高兴地挥手,然后继续走就行。要是弗林特船长在场,他就要跟对方对峙了。你们要做的就是让那些凯尔特人不停地跟踪你们。"

罗杰坐在救生艇的末端,一言不发。他的脑袋里只有一个想法,那就是找到那个给他写了"睡美人"字条的跟踪者,跟他算账。要是罗杰遇上了他,他可不会跟对方展开谈判。但是其他人是不会理解的。他们可没睡着后发现敌人在周围四处捣乱,自己的背包被翻了个底朝天,敌人还在一旁沾沾自喜。

一等到声东击西小队上了岸、朝着皮克特古屋爬去,南希便立即划桨,朝着北极熊号赶去。

弗林特船长在等她。

"翼手龙号的救生艇走了。"他说。

"快点。"南希说,"如果他上岸,我们要尽快让他看到冒牌的迪克。

约翰在哪儿？喂，桅顶横杆上挂着的是什么东西？"

"清漆罐，"弗林特船长说，"锤子、解索针、刮刀，还有砂纸。你可不要认为我会待在这儿无所事事。我要把滑轮拿下来，清洗清洗，再涂上油漆。要是摩托艇上的那些人用望远镜朝这边看过来，就知道我手头正忙着。满意吗？"

"好主意。"南希说，"只可惜你从这儿看不到湖泊的情况，但你能看到远处山谷的另一支声东击西小队，除非土丘挡住了视线。"

"如果我知道怎么做，就会先让迪克把鸟儿拍下来，再让收藏家拿走鸟蛋。"

"不行。"南希说。

"嗯，见过他之后，就的确不行了。"她的舅舅说，"别挡路，约翰在哪儿？"

"约翰！"南希不耐烦地叫道，"我的大海鸽啊！"约翰爬上升降扶梯，仿佛戴着巨大的黑边眼镜，俯视着救生艇。眼镜其实是用木炭画成的两个圆圈和通向耳朵的线条。

"我已经尽力而为了。"约翰下到救生艇，说道。

"远点看过去，效果还不错。"弗林特船长先是惊讶地笑出了声，然后说道。

五分钟后，约翰和南希在小溪入海口登岸。

"你确定我最好不去？"弗林特船长问。

"然后把事情都搞砸吗？"南希说，"不，船上必须有人值守、吹响雾角，一等到迪克安全返回就让我们知道。三声长长的雾角，别忘了。要

是你看到翼手龙号的人进入山谷，就不停地吹两下短音。我已经和大家解释过怎么辨别信息了。"

"万一鸟蛋收藏家已经到那儿了呢?"

"他一见到迪克就会跟过来。"

弗林特船长又看看约翰。"我想，他会走另一条路。"他说，"如果不是，你们千万不要让他靠得太近。"

"别等了，"南希说，"现在就得有人在桅顶上值守了。约翰，快点。噢，我是说迪克！我们早就该出发了。喂，别揉眼睛，否则脸都要揉花啦。"

弗林特船长划船离开，南希和新鲜出炉的"迪克"出发，准备吸引敌人跟来。

第二十章

诱饵

"咱们往山顶上跑。"约翰说，一时忘了他的主要任务是佯装迪克。

他们沿着小溪一路往上，最后来到早上的观察地点。那时，他们看到真正的迪克划折叠艇去了小岛。他们突然飞快地朝山上跑去，翼手龙号的水手几乎没时间脱身。当那个穿着蓝色针织衫的水手突然跌进一片石楠丛时，双方都吓了一跳。那个水手一言不发，然后转头沿着山脊，往摩托艇停泊的海岸奔去。

"天哪！"约翰说，"真不知道他在这儿待了多久。"

"没待多久，没看到什么。"南希说，"我们回去吃早饭的时候，他们还没有放小艇。"

"他跑回去的样子好滑稽。"约翰说。

"良心受到了谴责，"南希说，"或者被吓坏了。就是这个水手，上次他想从苏珊和佩吉嘴里套出话来。"

"我说，"约翰想起自己现在是迪克，"你觉不觉得，他离我那么近，能看出我的眼镜是画的？我上山时低着头，用手攀爬，他不可能看清我的正脸。"

"他没看清。"南希说，"当心，不要往翼手龙号看。粉色睡衣男士上了甲板，正在朝我们看。他还拿了双筒望远镜，不要让他那么容易就看清楚你了。快点，继续走，好像你在急着赶路。给我一个借口，让我向你喊叫。"

"为什么？"

"笨蛋！"南希大叫，"快点！我在寻找鸟巢之类的东西。你赶紧往前跑。水手停下了，杰梅林瞪大了眼睛。我们就要这样的效果。快跑。我要朝你大喊，要是你离我太近我还朝你喊那可就太蠢了。他会猜到我在故意叫嚷。继续跑。迪克肯定在上他船的时候说了自己的名字。你没发现吗？我要让杰梅林那家伙认准你就是迪克。"

约翰从眼角瞥见了翼手龙号甲板上穿着粉色睡衣的杰梅林。他看到水手朝着主人望去，仿佛在等待指示。南希把鼻子伸进了一片石楠丛。约翰背对着他们，沿着山脊继续前进，好像有急事一样。他走了大约五十米，听到南希在后面叫道：

"喂，迪克！喂，迪克！"

他回头看去，鸟蛋收藏家仍在摩托艇甲板上，眼睛对准双筒望远镜。杰梅林看不到那个水手，猜想他们一定在附近的岸边。片刻后，他发现南希的计划起作用了，鸟蛋收藏家指向山谷上的约翰。南希又叫道：

"喂，迪克！迪克·科勒姆！喂！"

约翰笑了，不敢发声回应，而是挥了挥手，然后等待。

南希赶紧跟在他后面。

"我们成功了，"她说，"我相信我们成功了。从远处看，你这副眼镜还真不赖。脸有点弄花了，但现在无所谓了。如果他错认你为迪克，那可就是他自己的原因了。我已经很清楚地报出了你的名字。我刚才喊你的时候，他都跳起来了。那个水手刚上小艇，杰梅林好像要发火。水手及时发现了他，没有离开。杰梅林刚才直指山谷。谁都能猜到他会给

水手下什么指令。"

"他要怎样？"

"跟在我们后头。"

"我们怎么办？等他过来给他看我的大花脸？"

"不要让他们靠得太近，你继续假装迪克就行了。迪克会干些什么？"

"看他的鸟儿。"

"好，那你就看鸟，这容易。但他要是在去寻找潜鸟的路上，可不会磨蹭太久。快点吧，我们要牵着那个水手的鼻子走。这座山谷里有许多湖，我们选上六个，每一个都是错误的目的地。杰梅林以为他的水手肯定盯上了迪克，他对我们就不会有什么威胁。如果佩吉和苏珊把凯尔特人成功引到山上，凯尔特人也不会坏了我们的好事。这样，咱们的随船博物学家就可以安心拍照、回到北极熊号，而不被任何人瞧见。"

"你确定那个人跟着我们？"

"那当然，"南希说，"不要回头。不能让他猜到我们已经知道他在跟踪，只管走就行了。要是我们想知道他的位置，我们中的一个就用手指指向天空……老鹰什么的……然后我们就转过头，看看后面的人在哪里跟着。"

五分钟后，南希突然停了下来。

"约翰！哎，迪克！快看那只信天翁！那上面！"

约翰抬起头，看看南希指向的空荡荡的天空。

"你没看见吗？"她说，"粉红色的身体，绿色的翅膀。那儿还有一

只，长着金色和紫色的斑点。继续，抬头看看信天翁，然后赶紧瞥一眼后面。"

"摩托艇不见了。"约翰说。

"别管摩托艇，"南希说，"我们要看的是水手！"

"看到了，"约翰说，"他刚躲到一块岩石后面去了。"

"哪儿？哪儿？"

"就在那儿。"

"成功了，"南希说，她也看到了水手的深蓝色针织衫，"他想躲开我们。太棒了！我知道伪装好的迪克会成功的。天哪！这些不存在的信天翁害得我脖子都要看歪了。但是我们用不着再回头了。我们已经把他钓上了钩。我们要一直牵着他的鼻子走。我真想知道，引诱凯尔特人的声东击西小队现在怎么样了。"

"我们看到山谷以前，不用再抬头了？"

"不用。"南希说，"我们要让他觉得迪克的鸟儿就在这座山谷里。前面还有一个湖，快点，我们要赶过去，然后再接着去后面几个湖。我们一定要把他带到足够远的地方，让他没有时间赶回去，直到他放弃行动。我们不能让他在迪克回到北极熊号、吉姆舅舅吹响胜利的号角前停下脚步。"

"他还跟着我们吗？"

"肯定的。但我们不要经常回头，免得他起疑心。不要一直看信天翁就行了。"她扭扭脖子，"我们还有很长的路要走。下一次，我们同时看到大海雀时，再突然扭头瞥他一眼。"

　　他们继续稳速前进，首先前往山谷里的几处小湖。他们尽量推迟假装看到海雀的时间，觉得这种故意的大步前进最有可能牵着翼手龙号水手的鼻子走。

　　"就现在，"南希终于说，"怎么样？"

　　"好的。"约翰说。

　　"我数到三，然后……飞快地转头，看看有什么东西在动。准备好了吗？"

　　"准备好了。"

　　"一……二……三……大海雀！"

　　他们回头，确定翼手龙号水手就在身后三四百米的地方。他赶紧藏在石楠丛中，看不见了。

　　"那就没错了！"南希说，"他在跟踪我们，不想让我们发现。为我们自己欢呼！眼镜真不赖！还有我前面喊你名字肯定也有帮助。我们现在要做的就是让他不停地跟在我们后头。"

　　一旦确定他们的把戏成功了，翼手龙号的侦察员正忙着跟踪假迪克，而真正的迪克正在拍他的照片，他们便开始乐在其中。当然，很遗憾的是，他们没法去看山谷另一侧声东击西小队的情况，但他们也不打算冒险，暴露身份。他们知道声东击西小队会尽力而为，毕竟，误导鸟蛋收藏家是计划中最重要的部分，在他们自己有很多事情要做的时候，担心其他人是很愚蠢的。他们开始了漫长、艰苦而又快乐的工作。从这个湖到那个湖，从这里到那里，他们引着这位不幸的水手到处乱跑。脚下柔软的沼泽地对于不停前行的约翰和南希来说并无妨碍，但是对于穿着厚重海靴的水手来说，则会不停地陷入齐膝深的位置。有一次他们回头，发现他正匆忙地把靴子里的水往外倒，然后再穿上靴子嘎吱嘎吱地跟在他们后面。

"好处是和他离得够远，听不清他在讲什么。"约翰笑着说道。

"噢，我不知道，"南希说，"或许我们能学到一些新的词汇。"

太阳升入高空。影子不再跑在他们前面，而是拖到了他们身后。转眼到了下午。约翰和南希像行踪不定的野兽，轻快地在山谷里跑来跑去。他们偶尔回头一瞥，发现蓝衣服的水手仍然跟在后面，心情很是放松。最后，他们开始期待北极熊号吹响雾角，宣布大功告成。他们跑得很热，但一想到翼手龙号水手一定比他们更热，就感到很满足。午饭时间已经过了许久，他们开始饿了。

"我说，"约翰说，"我们好长时间没有见过他了。你觉得他会不会放弃了？"

"这会儿，迪克一定拍好照片了吧。"南希说。

他们停下来，往回望去是一片宽阔又多石的沼泽地。视野内没有一点动静。

"我们吃点东西吧。"南希说，"我的嘴巴快烧起来了，如果瓶子跟我一样热，肯定会马上爆炸。"

"现在停下来肯定不会有危险。"约翰说，"要是他又露面，我们能看到。"

他们躺在干燥低矮的石楠丛上，从背包里抖出三明治，然后拔出瓶

塞，声音大得像枪响一样。

"他可能陷在最后一片沼泽里了。"南希囫囵吞下一块食物，说道。

"要不要把画的眼镜擦掉？"约翰问，他一只手放在前额上，准备擦掉冒充迪克的黑色镜框，"现在无所谓了吧。"

"现在这眼镜看上去可不怎么行了，"南希打量他，咯咯笑道，"但你只会越弄越糟。不用肥皂你擦不掉炭粉。甚至需要用到浮石。"

"真讨厌。"约翰说，他用一只干净的手指抚摸脸颊，然后看着其他几个染黑的指尖，"我怀疑北极熊号上面究竟有没有浮石。"

"引擎室里有一盒，"南希说，"我们回去就能弄掉。天哪！我真想知道另外一支声东击西小队碰到了什么。"

"没有传来叫声。"约翰说。

"如果没有人跟踪他们，"南希说，"他们肯定因为白费了工夫而非常沮丧。"

"苏珊反正会高兴的，"约翰说，"她并不喜欢被凯尔特人跟踪的主意。"

"都怪吉姆舅舅，"南希说，"老是给她灌输我们不能惹祸的想法。但她会尽力而为的，她明白这事的重要性。"

"要是我们爬过山脊，或许就能看到他们。"约翰说。

"不行，"南希说，"后面有人跟着就不行。"

"他这会儿没跟上我们，"约翰说，"但他马上就会露面。注意我们刚才过平原时经过的开阔地。"

他们吃完三明治，把最后一滴柠檬汁灌进了喉咙。他们俩站起身，试图寻找蓝衣水手在四百米外步履蹒跚的身影。这时，南希突然抓住约翰。不到二十米外，已经有人盯着他们了。他们看到一块岩石上露出一顶破旧的蓝色水手帽和一张惊愕、困惑的褐色脸蛋。约翰已经来不及扭头遮掩花成一片的脸蛋。秘密泄露了。这个水手在翼手龙号上见过迪克，现在明白了眼前所见的不是真正的迪克，他白跑了一趟。谁都没有说话，水手和假迪克面面相觑，他用一块红色的大手帕擦着脸，又定神看了一眼，愤怒地站起身。约翰也站了起来，不知道下一步会怎样。但水手只是目瞪口呆地站着，仿佛无法从约翰那张斑马条纹的脸上移开视线。南希也站了起来，走到约翰旁边。

突然，水手仿佛下定了决心。他一转身，一路小跑，下了山谷，向远处的小溪跑去。

"他要去报告杰梅林，他跟踪的是假冒的迪克。"南希说。

"他跟踪得还不赖，"约翰说，"把我们逮了个正着。"

"希望杰梅林会好好犒劳他，"南希说，"那是他应得的。但我打赌杰梅林不会。他知道了这事肯定暴跳如雷。"

"他回去用不了多久。"约翰说，"他走直线下山，不像上山的时候跟着我们四处乱绕。"

"没关系，"南希说，"雾角声随时都会响起。除非吉姆舅舅已经吹过了，而我们距离太远，没有听到。"

"雾角的声音很清楚，"约翰说，"不知道我们是不是应该把他牵制住。"

"来不及了。"南希说，"交涉也没有用。他一看到你的鬼脸，就什么

水手挨近一看

也拦不住他了。"

"我们上山脊看看，"约翰说，"看看山谷里的情况。"

"等我们看不见水手了再说。"南希说。

"他一次都没回头。"约翰说。

他们注视着那个深蓝色的小点迅速跑下山谷，消失在洞穴和岩石之间，然后又看到他在一块起伏不平的地面上奔跑。

"他径直回去了。"约翰又说，"来吧，我们到山脊上就可以看到对面。"

他们迅速将三明治包装纸塞进空了的玻璃瓶里，然后把瓶子塞进了背包，立即动身，背包在他们背上一晃一晃的。

水手彻底消失在了视野外。他们爬上分隔两边山谷的山脊陡坡，也没有看到他。他们还没有爬到顶，就有了第一个发现。远方传来一声尖厉的口哨声，肯定不是什么鸟儿发出的。

"你听到没有？"南希停下来，气喘吁吁地说道。

"听到了。"约翰说，"这不是苏珊的口哨，我知道她的口哨是什么声音。"

这时，第二声响起来，音调略有不同。"这声也不是她的。"南希说。

他们跑上最后五十米，终于可以俯视到山谷以外。在他们眼前，右前方是皮克特古屋所在的山坡和一片蓝色的大海。他们只看到一个湖泊的一小部分，在那上方，山谷的另一侧，袅袅炊烟从天际线上升起，说明那儿一定有房屋。他们从声东击西小队出发的山谷顶端开始，沿着对面的山脊搜索。

"他们在那儿，"南希说，"有几个人。他们走了很远。可是谁吹的口哨？我没有看到凯尔特人。你呢？"

"我也没看见，"约翰说，"没看见……至少……你看到几个队员？"

"他们散得很开，"南希说，"提提和桃乐茜在底下，他们走得比我们远。"

"我们绕了一大圈远路，只顾看这些湖泊，好把水手引开。"约翰说。

"那是佩吉的红帽子……太惹眼了。"

"对藏身可没有好处，"约翰说，"当然，她不用把自己藏起来。他们就想让凯尔特人看到，然后让对方追着跑……"

"红布惹公牛……红帽惹凯尔特人。"南希说，"苏珊在那儿。有四个了……还有一个在上面……一定是罗杰。喂，后面一点的是谁？那就六个了。"

"除非迪克跟他们在一起，否则不可能有六个人。迪克知道他应该尽快回北极熊号。但你看这儿。那边还有一个，就在天际线上，七个人！我说南希，会不会弗林特船长……"

"他答应留在桅顶就不会走开……看呀……看呀！再过去一点，像是个峡谷的地方。一……二……三……四……那边有好多人散布在石楠丛里。"

"如果那些都是人的话，"约翰说，"没错，都是人。我看到一个人站起来又坐下去藏起来了。喂，快看那些鹿！"

"我的大海鸽啊！"南希说，"是凯尔特人。他们倾巢出动，组成了一支正规军。哎呀，我们的声东击西队员干得漂亮！凯尔特人把他们包围

了。不知道佩吉和苏珊有没有发现。看上去他们好像走进埋伏了。我给他们发信号！"

"凯尔特人会看见你的。"

"没关系。"南希说，"我们离迪克的湖泊还有好几里，我们必须给他们发信号。"她爬上一块岩石，大幅度挥舞着手帕，"你用望远镜看着，一旦有人发现我，就大声告诉我。"

"苏珊看到你了，"片刻后，约翰叫道，"她正对着我们看。佩吉也是。"

"好。"南希说。她小幅度挥舞手帕两次，然后又大幅度挥舞了一次。然后又是两次快速、小幅的挥舞和一次漫长、大幅的挥舞。不断重复。"天啊，"她咕哝道，"要是他们还不理解，我的胳膊都要断了。"

"佩吉在挥手。"

"这傻瓜看不出我在发信号吗？"

"喂！她明白了。长……短……长……短……是回应信号。好了……接下来呢？"

突然间，情况有了变化。约翰和南希听到远方传来两声口哨，近处又传来一声。他们看见佩吉和苏珊走到一起，停下，回头看了看，开始向前奔跑，然后又停了下来。他们看见男人和男孩们结束了潜伏，从布满石楠丛的山坡上鱼贯而下。他们听到了苏珊标志性的口哨声，看见苏珊和佩吉在向山谷下方的桃乐茜和提提示意返回。又有男人加入了抵近的大军。在他们下方，他们看见桃乐茜和提提并肩奔跑，跟对面山坡的苏珊和佩吉会合。

"他们为什么不直接往我们这儿跑?"南希说。

"原因在那儿。"约翰指着远处。

"是倔老头本人!"南希叫道。他们看到一个硕大的身躯站了起来,挥舞着拳头,逼近桃乐茜和提提原来的位置。

无路可逃,声东击西小队的队员们被彻底包围了。接下来,当敌人向他们逼近时,山坡上的约翰和南希又看到佩吉向他们发出信号。三下短的,一下长的,三下短的,一下长的⋯⋯

"他们在求助。"约翰严肃地说。

"没错。"南希说。

"快点!"约翰说。他和南希一起冲下山坡。

第二十一章

声东击西小队

很难说声东击西小队的领队是谁。苏珊和佩吉照理说是领队，但她们显然需要向导指路。提提、罗杰和桃乐茜以前爬过山谷这一边，也都走到过山口，被凯尔特人跟踪过。是提提、罗杰和桃乐茜向领队展示，怎样吸引凯尔特人才能确保被他们跟踪。罗杰急着回到他的皮克特古屋，所以爬到其他人前面。提提和桃乐茜又在讲述当初怎么被潜伏在石楠丛中的敌人跟踪，最后被罗杰称为倔老头的白胡子高个儿老头把他们赶下了山谷。这一次，大家愿意相信了。她们所说的风笛和带着角楼的灰色房屋，就隐藏在北落基山那边的山谷中。

"那房子不可能真是一座城堡。"苏珊说。

"不过确实很漂亮。"提提说。

"可是跟踪是怎么开始的？"佩吉问。

"一开始狗向我们叫。"提提说。

"有个小首领从塔楼上观察我们。"桃乐茜说。

"就是昨天晚上跟倔老头一起下山的那个男孩吗？"

"肯定就是他。"桃乐茜说。

"好吧，"佩吉说，"我们尽量按照你说的来。我们不需要去吵醒那些睡着的狗，那样并不安全。他们一醒来，登上山顶，就能把迪克看得一清二楚。"

"我们必须十分小心。"苏珊说，"第一次他们没有防备，这一次动作

可能快得多。如果我们暴露了自己，没有开好头，那就像捅了马蜂窝，又没法逃得远远的。"

"第二斜桅和船头斜桅支索！"佩吉用南希的口头禅叫道，"我们先弄清楚，我们要的是让他们跟着我们。我们在吸引他们之前走得越远，对迪克来说就越安全。但我们不能一点都不招惹他们。我们要沿着山脊走，然后在他们侧面露面，故意嚷嚷，引起他们的注意。"

"要是他们不来呢？"

"他们肯定会来。"佩吉说，"南希说过，倔老头向她和约翰咆哮个不停。"

"就像他对我们咆哮一样。"提提说。

"只要他们别来得太快。"苏珊说，"弗林特船长说过，不要招惹原住民。"

"我们就是要这么做。"佩吉说，"我们要试试他们的能耐，仅此而已，然后尽量不要惹麻烦。罗杰是怎么回事？"

罗杰已经登上了皮克特古屋，向她们挥手示意。

"昨天有人来过这里。"他说，"反正我离开后肯定有人来过。你们看这门口。"

"有什么不对劲？"苏珊说。她跟佩吉都是第一次来。

"原来里面没有石楠，"提提说，"上次罗杰爬进去过。"

"昨天还没有，"罗杰说，"我昨天进去过。看那只饼干盒。有人故意把石楠放在这里。"

门口方形的空地上堆着一大捆石楠，根朝着里面，所以从外面看上

去就好像石楠从里面长出来一样。除非把石楠移走，没人能直接进去。

"你确定上次来的时候，还没有石楠？"苏珊说。

"那个坏家伙可能是趁你睡觉时布置的。"佩吉说。

"他没有。"罗杰说，不想别人再次提及放在脑袋旁边的那张字条的内容，"我离开的时候在四周都查看过。"

"可能是倔老头和小首领昨天晚上布置的。"桃乐茜说。

"也可能是今天早晨，"提提说，"他们可能比我们起得早。"

五名队员焦急地看着山脊的方向。

"这条小路穿过那边的山口，"提提说，"抵达山谷的另一面，那儿有桃乐茜所说的城堡，还有人吹风笛。那边有很多凯尔特人的黑色屋子，跟我们在斯凯岛上看到的房屋一模一样。"

"要看到那边的景象必须先走到山口那儿。"苏珊说。

"我要待在这里。"罗杰说，"无论门是被谁堵住的，目的都是为了不让我进去。他肯定会回来看有没有人动过石楠。"

"你不应该做这种事。"苏珊说。

"罗杰，你不能那样做。"提提说。

"我们本来就缺人，"佩吉说，"要是有一个人在这儿睡觉……"

"我绝对不会睡觉的。"罗杰说，"要是有人以为他能再犯……"

"约翰和南希已经动身了。"桃乐茜说。

他们看到山下远处海湾的情况。近一点的海湾停泊着北极熊号，旁边那个更狭窄、更靠近内陆的海湾则停靠着翼手龙号。他们看见弗林特船长坐在救生艇上，明白他已经把约翰和南希送上了岸，然后自己划救

生艇回来了。

"我没有看见他们。"提提说。

"他们已经开始假扮迪克了。"桃乐茜说。

"我们也该动身了。"苏珊说。

"快点!"佩吉说。

他们离开皮克特古屋,沿着小路前进。他们犹豫片刻,因为桃乐茜更倾向于出现在凯尔特人面前。最后,他们还是沿着通向山谷顶端的小路前进。

他们从小路上可以清楚地看到两个湖泊和鸟儿所在的小岛。

"他把小船藏得很妙,"桃乐茜说,"谁都猜不出那儿有人。"

"那地方太小了,感觉连迪克都藏不下。"提提说。

"他现在大概已经在拍照了。"桃乐茜说。

"希望还没拍完。"佩吉说,"要是他拍完了回到小船,就会完全暴露,而我们还没有引开凯尔特人呢。"

"不要往下看。"苏珊说,"我们知道他在岛上,知道约翰和南希在邻近的山谷假扮迪克。我们不知道有没有人监视,东张西望就太傻了。"她说着,然后瞧了瞧罗杰,"只会暴露我们的秘密。"

"苏珊说得对。"佩吉说。

"我认为我们应该先去主动吸引他们的注意。"提提说,"我不相信上次是他们自己发现了我们。"

"我们走远一点才安全。"苏珊说。

在他们听到刺耳的口哨声之前,苏珊几乎一言不发。听到了声音,

大家扭头注视山脊的顶端。

"他们开始了！"桃乐茜说，"不过上次在我们听到口哨声之前很久，他们就开始跟踪了。"

"肯定有人在放哨。"桃乐茜说，"我说，他们有可能一直在监视我们。"

"天哪！"佩吉说，"抓紧时间，快点集合。马车道更好走。我们要展开队伍，待会儿把他们弄糊涂。声东击西小分队，前进！他们正在赶来。"

没有人在山坡上观察这支小分队。要是有人看到他们一听到哨声就撒腿奔跑，除了认为他们在搞恶作剧外，想不到别的解释。哨声几乎没有停止过，五名队员都在飞奔，好像他们的背包里装的是偷来的赃物，而不是当作午饭的三明治。

"苏珊，加油！"罗杰紧跟在她后面。

"沿着马车道走。"苏珊扭头说。罗杰边跑边笑。他看到道路两侧挖过泥炭的痕迹，还有一堆堆晒着的泥炭，准备晒干用作冬天的燃料。

"佩吉，跟紧了！"他叫道。

"保持好气息节奏！"佩吉没回头就脱口而出。

他们沿着蜿蜒的马车道跑呀跑。小路高低起伏，绕过山崖和石楠。他们一开始什么都不想，只顾狂奔，确信凯尔特人在后面追着他们。接着，他们跑得上气不接下气，一个个都往天际线的方向望去。

"就和那天一样，"提提气喘吁吁地说，"我们明明知道他们在这里，却根本看不见。"

"我……跟………跟不上了。"桃乐茜气喘吁吁地说。

"放松点，"苏珊说，"我们还有很长的路要走……罗杰去哪儿了？"

他们停下来往回看，然后又看着彼此。毫无疑问，他们原来有五个人，现在只有四个了。罗杰不见了。

"我回去找他。"苏珊说。

"苏珊，不行。"佩吉说。

"他可能滑倒受伤了。"苏珊说。

"不会的，"佩吉说，"那样他就会叫起来。他是故意掉队的。我猜他有自己的算盘。我们不该出发前就把食物分到每个人手里。"

"不要回头看。"桃乐茜恳求道，"如果跟踪者看到我们回头，就会以为那儿值得注意。"

"地平线上有人。"提提轻声说，"我原以为是岩石，可现在动了。"

"听我说，苏珊。"佩吉说，"如果罗杰摔倒了或者出了什么事情，他肯定会喊的。我们刚开始跑的时候他还紧跟在我后面。我们不能冒险打破全盘计划，仅仅因为罗杰这个傻瓜想要一些愚蠢的把戏。"

"我们真的不能回去，"桃乐茜说，"迪克已经在岛上了。他还指望着我们呢，还有南希和约翰。要是罗杰被人逮住，那就是他自己的错。"

"他们就算逮住他，也不会杀了他。"佩吉说。

"我们就把他当作一个扔到狼群里的婴儿①。"桃乐茜说。

"他会很享受的。"提提说。

---

① 传说狼群会抚养照料人类的婴儿。

"我当然希望他没有离队。"佩吉说，"计划就是计划，人人都要按照计划执行。"

"上面有东西在移动。"提提说。

"一切都和我们想的一样，"桃乐茜说，"预料之中。喂，苏珊，别回头看。"

"好吧，我不看，"苏珊说，"但罗杰实在是脸皮太厚了。毕竟我们是在别人的地盘上。"

"探险家总是这样，"提提说，"除非他们去北极那种地方，只有一点点因纽特人或拉普人。罗杰应该记得库克船长，他不会和原住民作对的。"

"库克船长跟原住民搞僵了。"桃乐茜说。

"进了他们的肚子。"佩吉说，"我真希望罗杰也被吃了。要是他被吃了，那就是他活该。我们回去之后要好好惩罚他一下。但我们现在什么也做不了。我们必须往前走。我说，提提，今天真的很像上次吗？我们听到原住民发出的声响，比如那个口哨声，但一个原住民都没看见。"

"上次他们发出声音的时候，我们走得远多了。"提提说。

忧心忡忡的苏珊在前面领路，声东击西小分队继续前进。显然，她们只能这么做。

"他们上次跟踪时，我们假扮成地质学家，"桃乐茜说，"以展示我们没有恶意……"

"用不着那样做，"佩吉说，"除非害怕他们失去兴趣。不过，你确定他们在跟踪我们吗？"

很难相信此刻真的有人在跟踪他们。提提似乎看到一个人的脑袋出现在天边，但其他人都没有看见。只凭大家都听到的那声口哨声，佩吉和苏珊找不出别的被跟踪的迹象。小分队在荒野沼地不断赶路，似乎毫无目的。不过，她们仍然看得出，提提和桃乐茜相信以前的经历又重演了。无论如何，她们已经走得很远，不能回头了。她们不再奔跑，而是开始漫步，随时准备再次开跑。

"不要回头看，"佩吉说，"我知道罗杰想干什么。我想他一直都在打这个主意。"

"什么主意？"

"回到他的哨岗。"佩吉说，"你知道，就是他昨天睡觉的地方。我想，他打算一直守在那儿。"

"他怎么在没人察觉的情况下溜走的？"

"他只要愿意，就能像印第安人一样聪明。"提提说。

"要是约翰和南希听到这事，肯定会发火的。"苏珊说。

"咕咕咕……回去！回去！回去！"

"好吧，"提提说，"那是松鸡的声音。不是我们惊动了它们，石楠丛中一定有人，虽然我们没看见。"

"咕咕咕！"

"又来了一群。"桃乐茜说。她们看到鸟儿在头顶上打转。

"回去！回去！回去！"

"它们在对跟踪者说话呢。"提提说。

"我可不希望跟踪者回去，"佩吉说，"我要朝他们挥个手，让他们知

道我们已经发现了他们。我们一起挥手吧。"

四位队员抬头看向山脊的顶部，朝着岩石和石楠热情地挥手。

没有跟踪者报以回应，但她们看到另一群松鸡沿着山脊向群山飞去。

队员们正要继续前进，便看到山谷中有动静。

"是鹿群，"提提说，"我们上一次也看到了它们。"

刚才鹿群没有动静，队员们没有发现，但现在二三十头鹿都在活动。

"我没看到一头长角的。"桃乐茜说。

"山坡上又下来一大群……快到这儿了……"

"它们或许是被南希和约翰惊动的。"佩吉说，"天哪！我真想知道他们走到哪儿了，还有杰梅林有没有盯上他们。"

她们这时已经越过迪克所在的上湖，可以安全地对山谷对面进行观察。宽阔的山谷在岩石和石楠的绿色点缀中延展，直到远方的山脊。远方的山脊遮蔽了后面的山谷。她们知道，约翰和南希就在那里，执行他们那部分计划。她们看到青山向南方延伸，而在她们进来的山谷尽头，悬崖和岩坡陡然矗立，酷似故乡的群山。但视野内没有农场和建筑的踪迹，也没有一丝人影，除了她们脚下的马车道，在山脉间蜿蜒延伸。

"怪不得迪克的鸟儿选在这里筑巢。"提提说，"我们到来以前，这里一定只有它们。"

"凯尔特人呢？"桃乐茜问。她们又一次朝着陡峭的岩壁和天边的石楠丛望去。

"我们已经走了很久了。"苏珊说。

"一半都没有。"佩吉说，"听我说，大家还不累吧？"

"一点也不累。"桃乐茜说。

"差不多该吃饭了。"苏珊说。

"我敢打赌，罗杰是狼吞虎咽吃完的。"佩吉说。

苏珊又忍不住回头看了眼。

"苏珊，"佩吉叫道，"不能看！"

"我看不见他。"苏珊说。

"没错，"佩吉说，"反正没人看得见他。就把这个小坏蛋先忘了。往前看！那儿！那儿！其实没东西，"她解释道，"我只是随便指一指，引开潜在的跟踪者。"

"我们最好不要停下来吃饭。"桃乐茜说。

"是不需要。"佩吉说。

她们边走边吃三明治，只有喝东西时才停下来。正如佩吉所说，谁也没法一边在马车道上踱步，一边把柠檬汁灌进嘴里。就在佩吉刚刚喝光最后一滴柠檬汁的时候，她们的计划被打乱了。

当佩吉仰着头，把柠檬汁瓶扣在嘴上时，其他三人等着她结束，突然听到一声尖锐的咔嚓声。

"那是什么声音？"苏珊说。

"差点把牙硌了。"佩吉说，"别动。朝我看的方向看过去。"

在她们脑袋上方的山顶上，一个身穿高地服装的男孩注视着她们。

"是小首领。"桃乐茜说。

她们四个人都见过他。那天傍晚，就是这个男孩和罗杰所说的倔老头默默地看着翼手龙号，然后一言不发地走了。

"这事真有趣。"佩吉说，"我们一开始没有惊动他，他就跟着我们。我相信他们其实在等着我们过来，但我不明白他们是怎么知道我们会来的。"

"没人知道。"苏珊说。

"凯尔特人有超人的视力。"提提说。

"说不定他们也知道迪克的动作。"桃乐茜说。

"不可能。"佩吉说，"南希害怕的是他们在冲锋的时候发出作战的呐喊，会让杰梅林听到，然后他便知道该往哪个方向看了。他们还没叫过，所以迪克没事。"

"他目前为止还没事，"桃乐茜说，"现在我们把这些人都引来了。"

"我想，无论我们是不是故意的，他们都会跟踪我们。"佩吉说。

"那个男孩在给谁发信号。"苏珊说。

"他消失了。"提提说。

"我们还是继续走吧。"桃乐茜说。

声东击西小分队行使职责，把跟踪者引向错误的方向，这是一回事。可要是感觉自己做不了主，无论自己是不是想被跟踪，却一直有人跟在后头，就是另外一回事了。从此以后，小分队不仅要考虑吸引跟踪者，还要想着如何让自己不被抓住。

她们不再急于寻找自己被跟踪着的迹象。相反，她们觉得每一块岩石后面都可能躲着敌人。奇怪的是，整座荒凉的山谷似乎骚动了起来。越来越多的松鸡从山坡上飞过，山谷下方的母鹿群不断活动，抬起头张望一番，然后接着活动。

"你觉得我们什么时候可以安全返回？"苏珊问。

"一直要等到北极熊号吹响雾角。"佩吉说。

"我们比那天走得远多了。"提提说。

"越远越好。"桃乐茜说着，想到了迪克。

"我想，跟踪者比我们走得更远。"几分钟后提提说道，"快看那头鹿。"在她们前方远处，一头单独行动的公鹿正向山谷下方走去，好像被山脊上的什么东西吓到了。

"我看时间已经不短了，"佩吉说，"那些松鸡在我们头顶飞得越来越远了。"

"距离太远，我们可能听不到雾角声。"苏珊说，"我们马上回去吧。"

"现在还不行。"佩吉说。

"我们应该再跑一段，把他们甩开。"桃乐茜说。

"不用急，"苏珊急忙说，"我们又没有做坏事，就是走走而已。我们应该装出不知道有人跟踪的样子。"

她们的身后突然响起一声尖厉的口哨声。她们转过身，四个人都看到，一个男人站在马车道的一块石头上。

"或许我们经过时，他就藏在那儿了。"提提说。

"我们不能从那儿回去了。"苏珊说。

"用不着。"佩吉说，"回去的时候我们可以穿过山谷，从另一面下去。"

"上次，"桃乐茜说，"是狗把我们从石楠丛中赶下去的。"

"凯尔特人把狗叫回去了。"提提说。

"然后那个老人在我们身后咆哮。"桃乐茜说。

"我们像野兔一样逃走了。"提提说。

苏珊遥望山谷。"桃乐茜,"她说,"迪克给一只鸟拍照需要多长时间?"

"我不知道,"桃乐茜说,"但他说要等到太阳西斜的时候才是最好的时刻。你知道,上午的阳光会直射进照相机。"

"无论如何,他现在总该拍好了。再给他半小时回去的时间,然后我们听到指令就穿过山谷返回。"苏珊对佩吉轻声说。

"好吧,"佩吉说,"当然,我们不能让他们顺利得逞。你们俩听我说,我们要分散开来。我和苏珊继续沿着小路走,但你们俩最好往山谷下走。万一我们要逃走,你们就可以少走点路。"

"提提,走吧,别等了。"苏珊说。

"可我们还没到回去的时候。"桃乐茜说。

"没有。"佩吉说,"除非万不得已,我们还要继续前进。"

提提和桃乐茜离开马车道,从斜坡走下山谷。佩吉和苏珊继续沿着马车道缓慢地前进,假装自己根本不知道有人暗中跟踪着她们。

大概过了二十分钟,山坡上传来两声响亮的口哨声,又把她们吓了一跳。

"我说,佩吉,"苏珊说,"真希望知道我们接下来该怎么办。"

她们停下来,俯视山谷。下方苔藓地上走着的桃乐茜和提提也停下了脚步,抬头等待着命令。不知什么原因,鹿群往四处跑开了。

苏珊突然看到南希的红帽子出现在山谷对面的山脊顶端,顿时松了

一口气。

"南希和约翰在那边。"她说，"是不是意味着我们可以回去了？看，她在挥手。"

"她在发信号。"佩吉说，"天哪！我没带手帕。"

"我有。"

"快给我。"佩吉说。

她们看到山谷对面，白色的手帕一闪一闪。

"摩斯密码。"佩吉说，"真讨厌，我希望她能用旗语。她要说什么？都是一样的字母。为什么她不继续说？我给了她回复的信号。喂！短……短……长……短……短……长。都是字母U。"

"这是危险信号，"苏珊说，"意思是说，'你们身处危险'！"

"我们知道。"佩吉说。

"或许约翰和南希看到的东西比我们多。"苏珊说。

"这儿到处都是跟踪者。他们想要我们怎么样？"

她们身后的山坡上又响起了一声刺耳的口哨声，山谷上面立刻传来应答。岩石后面，石楠丛后面，凯尔特人纷纷拥出，跃入眼帘。受惊的鹿群立即向上面的山坡逃去。

而在山谷下，提提和桃乐茜左顾右盼。

"她们怎么不往南希那边跑？"佩吉问。

"她们做不到。"苏珊说，"快看，我们最好集体行动。"她吹响了自己的口哨，示意大家。

"天哪！"佩吉说，"那就是罗杰说的倔老头！"

提提和桃乐茜也看到他了。就是这个花白胡子的大高个想把他们赶跑，也正是这个面色严厉的家伙，昨晚来到了岸边。他现在近在咫尺。苏珊发出信号，她们听到了大副的口哨声，不再等待，而是向她跑去。倔老头转身追赶她们。

"继续发信号。"苏珊说，"给南希发信号，约翰知道该怎么办。快点，告诉他们我们需要帮助。三声短的一声长的，不停地发！"

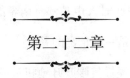

第二十二章

围捕

提提和桃乐茜穿过平坦柔软的苔藓地，跌跌撞撞地爬上覆盖着石楠的山坡，又跌跌撞撞地跑去与苏珊和佩吉会合。她们在那儿等待着凯尔特人的到来。荒凉的山谷此时人声鼎沸。南希的红帽子、凯尔特人、鹿群……举目望去，哪儿都是一幅忙乱的景象。

"倔老头在追我们，"提提气喘吁吁地扭头说，"约翰和南希来不及做什么了。"

"我没法更快了。"桃乐茜喘息道。

"挺住！"提提说。

等到她们气喘吁吁地踏上山坡上的马车道，苏珊和佩吉已经被俘虏了，六个外貌粗野的凯尔特人把她们包围了起来。

苏珊在大声说话，好像在跟聋子说话一样。

"要是我们越界了，那可真抱歉。"她说，"我们没看到任何标志，没造成什么破坏，只是逛逛而已。如果我们造成了什么损害，那也只不过是误会……"她渐渐无话可说了。提提和桃乐茜明白，她已经说了好一阵子了。凯尔特人严肃地看着她，一言不发。

苏珊刚停下，佩吉就开始说话，凯尔特人转头看向她。

"听我说，"她说，"没什么事，我们只是想找个地方看大西洋。你们知道……大西洋……美洲……就在对岸……"她含糊地指向山头，所有凯尔特人都转过身来，但只看到约翰和南希匆匆穿过山谷，他们又转向佩吉，好像他们在认真听，想知道她在说什么。

"我们来了！"提提说。

"我希望其他人能快点过来。"苏珊说。

"他们一句英语都听不懂。"佩吉绝望地说。

俘虏和捕获者都一言不发，看着约翰和南希爬出山谷。他们从离倔老头不远的地方经过，但他没有试图阻止他们，而是不紧不慢地跟在后面，似乎并不着急，只想跟住对方。

"没事的，苏珊。"约翰说。他爬上马车道，从凯尔特人的空隙间穿过，跟其他俘虏会合。

"噢，约翰，约翰！你没有受伤吧？"苏珊说道，"你对你的脸做了什么？"

约翰这才想起脸上的炭灰，伸手一抹，结果脸更花了。凯尔特人瞪着他，其中两人在急切地交谈。

"他们根本听不懂英语。"佩吉说。

"没事。"约翰不耐烦地说，"为了模仿迪克，画上去的眼镜而已。出什么事啦？"

"我来跟他们谈谈。"南希说，但她这会儿也无话可说。包围他们的凯尔特人一会儿看看俘虏，一会儿看看山脊，好像在等待什么。

白胡子倔老头大踏步走了过来。他挂着拐杖站在那里，从浓密的眉毛下瞪眼看着这些俘虏。他走得更近了一些，看了看约翰的脸，从蓝色的眼珠子里看不出他在想些什么。他用俘虏们听不懂的凯尔特语问了一个问题，另一个凯尔特人回答了他。他们全都转过身，抬头看看山坡，

然后又回到马车道上。

"我们还要走多远，才能看到大西洋？"南希问道。

倔老头对她皱起眉头。"你们会先看到牢房长什么样。"他停顿片刻后说道。

"哎呀，"南希说，"我们就怕你们没人讲英语。"

"你们乱赶我们的鹿群，不用讲英语我也能明白。"

"我们没有，"苏珊说，"我们什么也没做。"

"您看，这纯粹是个误会。"约翰说。

"谁派你们来赶鹿的？"

"我们没有赶啊，我们只是在闲逛。"苏珊说道。

倔老头转过身，背对着她。一个年轻的凯尔特人对另一个同伴说话，他们都转过身去。提提紧紧握住了桃乐茜的胳膊肘。一个穿着苏格兰裙的男孩正从山坡上跑下来。

"是那个小首领，"桃乐茜说，"这下好了。"

"你好！"约翰说。这时，男孩从石楠丛跳了下来，来到马车道上。

"喂，"南希快活地说，"这游戏挺好玩的，你追上我们了，算你赢。但我们现在必须回船了。"

男孩先瞅瞅约翰，再看看南希，但没有回答。他挨个打量俘虏的脸。

"少了一个，"他用英语说，"还有一个男孩，个头更小。"

"不要告诉他。"桃乐茜想到迪克，几乎尖叫起来。

"他说的是罗杰。"提提说。

男孩对倔老头匆匆说了几句悄悄话。然后他一转身，沿着马车道向

家的方向奔去。

"喂！嗨！你等等！"南希生气地喊道。

男孩转过身来。

"就一会儿。"约翰说。

"我爸爸会跟你们谈。"少年说，随后又一路小跑，离开了。

"往前走！"倔老头说。

"我们要怎么办？"苏珊说，但显然不用问，因为凯尔特人立马上路了，俘虏们只好跟着走。

"你没听见吗？"南希说，"往前走，他就是这么说的。那我们就走呗，很简单。不用太担心，那男孩会说英语，那他爸爸一定也会说。我们一会儿就能把事情弄清楚。多亏你们，迪克有充分的时间拍照。别的事情都不重要。"

他们轻声交谈。倔老头虽然懂英语，但他走在队伍的最后面，距离太远，听不清俘虏们在说什么。

"怎么会多亏我们？"桃乐茜说。

"哎，看看他们。"南希说，看着四周的凯尔特人，左左右右把他们包围得严严实实，"如果你们没有把整个野蛮人部落带到这里来，就会有人在湖边发现迪克，然后就是一场喧闹，没过多久，鸟蛋收藏家就会循声而来，坐收渔利。"

"我们还没有听到雾角的声音。"提提说。

"我们也没听到，但可能是因为离得太远。迪克现在应该回到了北极熊号，吉姆舅舅肯定准备好了扬帆远航，然后咒骂我们为什么还不

回来。"

"鸟蛋收藏家有没有跟着你们?"桃乐茜几乎跑到南希身边,问道。

南希咯咯笑了起来。"比那还好。"她说,"约翰在自己脸上画了一副绝妙的眼镜。杰梅林以为他就是迪克,然后派了名水手跟在我们后头,想着能循着迪克的路线找到鸟儿。这期间他一直待在摩托艇上,没有乘船上岸。"

"水手现在在哪儿?"桃乐茜遥望山谷,问道。

"最后追上我们了,"南希说,"然后把约翰的脸仔仔细细看了个遍。他赶紧往回跑,但是太晚啦。计划的每一步都按照我们设想的在进行。"

"现在我只担心罗杰。"苏珊说。

"罗杰在哪儿?"约翰问。

"我们一开始就把他弄丢了。"苏珊说。

"我认为他一定回皮克特古屋去了。"提提说,"无论如何,凯尔特人没有抓住他。那男孩说少了一个。"

"他大概已经回到北极熊号了,"佩吉说,"正在跟吉姆舅舅和迪克一起喝下午茶。"

"真希望我们也在场。"苏珊说,"这些人为什么这么愤怒?我真搞不懂是怎么回事。"

"天哪,"南希马上说,"如果他们的动作这么快,我们没戴上镣铐就算走运了。"

"他们要直接带我们去城堡。"桃乐茜说。

"好。"南希说，"那个男孩看起来还挺像样。这么坏真是可惜了。早知道，我们可以把他拐走，变成我们的盟友。烧烤的公山羊！我们可以把他关在北极熊号上。可惜来不及了。不过没关系，我们已经达到了目的。"

他们走得太快，气喘吁吁得没法说话，就连南希也安静了下来。俘虏们沿着马车道慢慢爬回山谷北面的山脊，凯尔特人跳过上上下下的石楠丛，而那个罗杰所说的白胡子倔老头则在他们后面大步走着，就像牧羊人在赶一群羊。

当声东击西小队以各种方式把敌人引开、好让迪克完成拍照任务溜走时，他们似乎在山谷走了很长的一段路。但是这回，路途感觉短了许多。那些凯尔特人不知疲倦地前进着，俘虏们也被他们包围着跟着赶路，决心不让那些凯尔特人嘲笑他们没力气。而且，声东击西小队虽然被俘，但仍像凯旋一样，相信他们的任务已经顺利完成。小队成员的脸上都洋溢着胜利的笑容，把那些凯尔特人弄迷糊了，因为照理说，他们才是高高兴兴的胜利者。只有苏珊心事重重，约翰和南希似乎认为聊几句英语就能解决问题，苏珊并不这么想。这些外貌粗野的男人和男孩走在他们身边，脸上不挂一丝笑容，而当她回头看向他们的首领那张阴沉的大脸时，哪怕她不知道自己做错了什么，也莫名感到了一丝负罪感。无论出了什么问题，这些人显然觉得事关重大。要是男孩和他的爸爸也这么认为，那么向他们解释就会很困难。

"振作点，苏珊。"南希说，"我们已经大获全胜了。"

苏珊想笑,但笑不出来。她担心着罗杰,担心着一切。

小首领消失了很久,向部落首领报告已经俘获了他们。他们此时已经接近山谷脚下,看到马车道从这里穿过山口。他们能看见史前的皮克特古屋和其所在的山顶。下面的山谷里有两个湖,一条溪流将它们连接起来。他们经过上游的湖泊,地面有一段隆起,把下游的湖泊遮蔽了一大半,但是他们还是能看到鸟儿所在的小岛。

提提突然停了下来,佩吉撞到她身上。

"对不起。"她说,"我好像看到什么东西了。"

"看到什么了?"

"皮克特古屋旁边有东西在动。"

"什么在动?"

"是罗杰。"提提轻声说,看着苏珊,"但我现在什么都看不见了。"

桃乐茜突然抓住南希的胳膊肘。

"南希,南希,"她轻声说,"我看到迪克了……在划船……就在湖的这边,在小岛和湖岸之间划着。"

南希的脑袋一震,但没有回头。"别朝那边看。"她从牙缝里挤出这几个字,"千万不要往那边看,他们或许没注意到他。"

"他全暴露了!"桃乐茜轻声说道。

"快,"南希尖厉地说,"我们要让他们都朝着我们看。快点!大家快点!约翰!赶紧到山口去!"

俘虏们疲惫地往前跑去。

凯尔特人发出一阵呐喊。马上有几个人堵住前面的通道,就好像牧

羊犬挡住了牲口的去路。

"没用，"约翰说，"他们已经看到他了。"

俘虏们停下脚步，有几个凯尔特人朝着下面的湖泊望去，因此俘虏们也用不着遮遮掩掩，也朝那个方向看去。迪克和折叠艇都不见了。

"但是我明明看见他了，"桃乐茜说，"从这边划过去的。他一定靠近了岸边，然后那些石头把他给遮住了。"

"倔老头去哪儿了？"佩吉说。

俘虏们找寻着他们的敌人领队。他们搜寻着马车道的前前后后，打量着上面的山脊和下面的山谷。那个高个子凯尔特人不见了。接着，从其他凯尔特人现在看着的方向判断，倔老头是去了俘虏们最不害怕的方向。

苏珊第一个下定主意做出行动。"不要停下。"她说，"凯尔特人越早带我们去见他们的首领就越好。除非把事情解释清楚，否则我们帮不了迪克。"

南希也冷静了下来。

"苏珊说得对。"她说，"如果我们都往下冲，凯尔特人拼命追我们，大吵大闹，那就会把我们的成果付之一炬。我们一整天都在为迪克顺利拍照扫清障碍。他拍照花了太多的时间，不是我们的错。但我们现在应该尽快离开山谷，尽量少发出声音。逃走没有好处，只会让他们乱嚷嚷。走吧，镇静下来。就当作我们被邀请到他们那儿去做客。"

"但是迪克，"桃乐茜说，"如果他也被俘了，我们是不是应该等等他？"

　　"不要。"南希坚定地说，但声音低得几乎听不清。

　　"任何人都能看到我们这一大群人。山谷里人越少越好。咱们快步前进，假装什么都没察觉。不要回头看！"

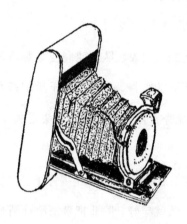

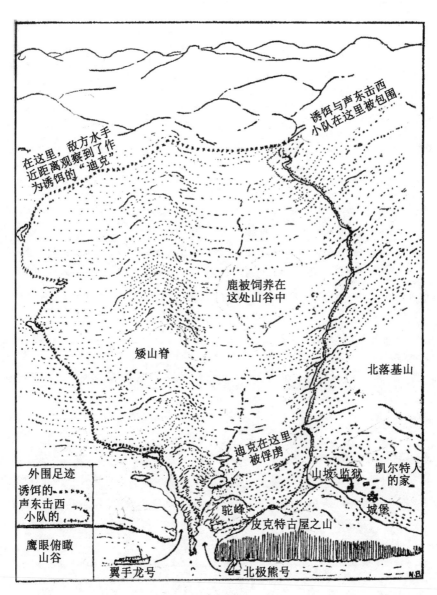

在这里，敌方水手近距离观察到了作为诱饵的"迪克"

诱饵与声东击西小队在这里被包围

鹿被饲养在这处山谷中

矮山脊

北落基山

迪克在这里被俘虏

山坡监狱

凯尔特人的家

城堡

外围足迹

诱饵的声东击西小队的

鹰眼俯瞰山谷

翼手龙号

驼峰

皮克特古屋之山

北极熊号

N.B.

路线图

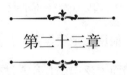

第二十三章

随船博物学家

迪克这天的经历与两支声东击西小分队的遭遇完全不一样。他先观察有无危险信号，看到南希和约翰安静地躺在一块石头上，便知道湖岸边没有别人。他推开芦苇丛，找到隐藏的小船，发现露水打湿了划手座，于是擦了擦，坐了进去。他用桨把船撑走，虽然极力小心，但还是搅动了芦苇丛。大片涟漪在湖面上泛起。几片水波你追我赶的，岸上若是有人定会看见，就连鸟儿也能瞧见这儿的动静。迪克希望此时能刮一点风，让他击起的涟漪显得不那么惹眼。但他此时能做的就是赶紧抵达小岛，然后再把小船藏起来。

迪克着手让折叠艇保持航向，就像昨晚他和约翰达到的效果。他要紧贴湖岸划船，直到来到距离鸟巢最远端的位置，再转而划向小岛。现在，他已经正式踏上了前往小岛拍照的征程，心里却在想此行是不是一开始就是一个错误……不会的，他肯定没错。这些水波真讨厌！他一开始用短桨轻轻地划着，现在两支桨却越划越用力，他使出全力，想要驯服这艘不听话的小船。

他沿着湖岸划了一半。哪怕现在收到危险警报，也来不及调头返回了。他只有先登上小岛，才能找到适合隐蔽的芦苇丛。如果鸟蛋收藏家和他的手下现在看到小船，秘密就彻底败露了。鸟蛋收藏家就会发现小湖的位置，早晚会拿走鸟蛋，杀掉鸟儿。那样的话，迪克还不如从来没发现过它们呢。唉，这些水波真是太惹人厌了，还有这艘扭来扭去该死的小艇！现在那些鸭子也要来插一脚！三只、四只、五只鸭子哗啦哗啦地从水面上起飞，沿着湖岸飞行。早上的时候，迪克也听到过它们从水里起飞。它们会不会是给潜鸟通风报信呢？靠近野生鸟类时最让人担心的，就是没有办法让它们知道你不是敌人，而是对它们没有任何伤害的朋友。

他继续划呀划。在他的右侧，他看到了小岛的轮廓。水面上有一只鸟。没错，岸上的那团黑影就是另一只潜鸟。它们肯定看到了他。迪克尽可能安静地划船。突然，他听到翅膀的沉重拍打声。哗啦！哗啦！哗啦！一只北方大潜鸟腾空而起。这已经够糟了，但更糟的还在后面。

"咻喊！咻喊！咻喊！"

那阵愤怒、惊恐的叫声在方圆几里外都能听到。

迪克差点一桨落空。他抓住桨，停下来等待。湖泊外的远处，他看到南希的红帽子移动着，不一会看不见了。他继续往前划，绝望地等待着某个信号，告诉他鸟蛋收藏家已经听到了声音。信号迟迟没有传来，但随时都可能传来。鸟儿已经受了惊，他只有一件事可做：尽快藏起来，避开人和鸟儿的视线。迪克让船转向，朝着小岛划去。他安静而又迅速地驶离了湖岸，来到了小岛的远端，把小船停在了芦苇丛中。他继续坐着，气喘个不停，打量着小船四周，除了船尾露了出去，周围都是高高的芦苇丛。要是没人看到他，他还能再往里面划上一两米，这样就没人会看见折叠艇了。北方大潜鸟发出了那声令人担惊受怕的叫声后，没再作声。迪克用船桨试探着水底，然后摸到了柔软的浅滩，水深不足三十厘米。他脱下鞋子，把鞋带系在一起，然后挂在脖子上。他跨过船板，

拿起系艇索的一段，涉水上岸，同时拉着身后的小艇。他在缆索末端绕了一个圈，套在岸边一块圆石上。看到小船已经完全隐没在芦苇丛中，他便向掩护所匍匐前进。

他的脑袋里充斥着各种各样的问题。刚才那阵尖叫声会不会引鸟蛋收藏家下船，冲进山谷？他时刻准备听到第二声尖叫。昨天晚上，掩护所布置得怎么样？他前往掩护所的路上，会不会有人看见他？他有没有把鸟儿吓跑？它们又会不会回来？

无论是罗杰还是提提，都不可能比随船博物学家在地面上匍匐得更低。他必须避开鸟儿和所有人的耳目，抵达目的地。快！快！前方就是构成掩护所的那几块岩石！前方就是他特意铺上的石楠大网，现在就像挂在石头上的帘子，后面就是离鸟巢最近的那两块石头！他潜入掩护所，等待着远方再次传来凄厉的鸟叫声。没有声音。在那次愤怒的叫声过后，两只鸟儿都不作声了。他躺在掩护所内，什么都看不见。他慢慢伸展一条腿，然后伸出另一条。他跪下来，通过网眼向外观察。两只鸟都不见了，但他看到，在靠近水面的地方，有一块像鸟巢一样的扁平区域、一圈破损的芦苇，还有一条从那里通向水边踩出的小路。在那圈破芦苇围成的区域里，有两只硕大的绿色鸟蛋。不一会儿，鸟儿游入了迪克的视野，离岸大约一两米远。迪克悄悄从背包里拿出双筒望远镜，他可以看到鸟蛋上深色的斑点，斑点不是绿色的，而是某种带了点褐色的橄榄色。那么鸟儿呢？从今往后再也不会对此产生疑问了。它们就是北方大潜鸟，在此筑巢。从来没有人在不列颠群岛见过这样的场景。此时此刻，迪克就好像是天文学家发现了一颗新行星。

他第一反应是马上拍照。但太阳照射着他的眼睛，湖面闪闪发光，光线直射着鸟儿身后的照相机。他及时想起来，现在拍照只会浪费胶卷，因为他的照相机里只剩下五张胶片了。他把本已举起的照相机哐当一声放在石头上。鸟儿听到了声音，转头就游走了，消失在了掩护所狭窄的视野中。接下来的三分钟迪克备感煎熬，以为自己把鸟儿吓跑，永远抛弃了鸟巢。然后，他又看到水中有一只鸟，只露出头和脖子。迪克屏住呼吸观察。鸟背渐渐露出水面，鸟儿照常游动。突然，在离他很近的前方，他看见另一只潜鸟径直朝鸟巢游了过来。"它直接游到地面上来了。"（迪克的原话，事后他这样描述自己的见闻。）它游到了地面上，然后在翅膀的帮助下，扑棱着涉过湖水与筑巢地之间的几寸干地——"确切地说，它难以被称为'鸟巢'。"

鸟儿把身子搁在蛋上，疑惑地打量着掩护所的方向。这时，它又活动起来，转了个身，坐了下来，用两侧的翅膀护着身下的鸟蛋。它用光滑的喙梳理着胸部的羽毛，然后脖子略向后仰，头略向前伸，保持不动，看上去就像是"杰梅林藏品"中那个僵直的标本。它坐在那儿，背朝着迪克，看着湖面，好像以为所有的威胁都是从湖上过来的。迪克相信，只要他不弄出声音，鸟儿就不会发现他在那儿。

现在除了等待，无事可做。一小时又一小时过去了，太阳爬过头顶。照相机对准网眼，镜头不再受到阳光直射。一小时又一小时，他知道需要长时间的等待。漫长的等待对于普通人来说是极其难熬的，对随船博物学家来说却不是如此。最困难的时候已经过去了。他已经进了掩护所，也把船藏好了。无论敌人在哪里，他们都没有发现他和鸟儿。鸟儿现在

平安无事。他只需要等待其他人把鸟蛋收藏家和凯尔特人引到山区，然后就可以拍照了，接着带着照相机和胶卷上岸，就可以向世人证明北方大潜鸟确实在这儿筑巢孵蛋。

他小心翼翼，让自己保持最舒服的姿势。一小时又一小时过去了，迪克蹲伏在他魂牵梦萦的大鸟附近只有几米的地方，目不转睛地观察着它们，一分钟都不愿错过。他几乎没有感到时光的流逝，好比有些人在观看马戏表演时的感觉，恨不得这一刻能永远持续下去。

他拿出笔记本，描述鸟巢、鸟蛋，还有鸟儿从水里走出来时那滑稽的四脚并用的步伐。"翅膀充当了两只脚的功能。"有了弗林特船长的双筒望远镜，他几乎能数清鸟儿的每一根羽毛，甚至看清它鼻孔的细缝。从远处看，鸟头是黑色的。但现在近看，能发现它的后背有一道微弱的绿色光泽，而两颊则带有紫色的光彩。在阳光的照射下，脖子下方同时夹杂了绿色和紫色的光泽。当然了，即便是椋鸟，从近处看上去也是黑色的，迪克心想。

有时，它的配偶游到了湖的远处。迪克用双筒望远镜对准它，观察它潜入水中，准备重新浮出水面。迪克几次看到它叼着鱼上来。大概在迪克到达掩护所三小时后，水里的鸟儿离他距离最近。它一面潜水，一面向岸边靠拢。岸上有了动静，就在迪克明白发生了什么之前，孵蛋的鸟儿已经笨拙地向湖边走去，然后哗啦一声下了水。另一只鸟爬上岸，取代它的位置。迪克拿起照相机，却庆幸自己的速度不够快，因为光线正从鸟儿身后照过来。他的拍摄经验告诉他，必须让光线处于身后时才能拍照。之前那只捕鱼的鸟儿回到鸟巢，面对着湖边坐了下来。迪克相

信，它此时完全不知道身后几米外有人正在监视着它。迪克有过很多观鸟经历，但从来没有像这样的体验，也从来没看过这么稀罕的鸟儿。

一小时又一小时过去了。迪克忘记了凯尔特人、鸟蛋收藏家、翼手龙号、北极熊号和其他所有的事情，心中只有网眼外这小小的一隅世界。此刻只有迪克和鸟儿，其余一切都已不存在。如果不是因为想知道潜鸟一天能吃多少鱼而提醒他饿了，迪克是不会记得吃三明治的。他没有吃完给他的那块三明治，因为当他极其小心地把吃剩的一半三明治拿出来时，一小块掉在了纸上，那微小的声音便让鸟巢上的鸟儿转过头来。迪克没有再冒险，他很庆幸自己想到了借一只水壶，因为要是现在开的是柠檬汁瓶子的话，打开的时候难免会发出"噗"的声音。

他的等待突如其来地结束了。他几乎不敢相信自己已经在那里等了这么久，最后他注意到那只鸟已经坐在它自己的影子上，阳光也不再通过网眼照进来，而是从头顶落下。随船博物学家现在完全变成了摄影师。不容许发生一点错误。他还有五张胶片，一张都不能浪费。他想到经常因为没有把曝过光的胶片往后面卷一张，而是直接又拍，产生了不少废片时，不禁脸上发热。无论发生什么情况，他今天不能再犯同样的错误了。接下来就是焦距的问题。距离差不多是三四米，只可惜没法通过测量确定。他记得，光圈越小，焦距就会越深。那么，些许误差影响就不大。但这也意味着需要更长的曝光时间。这一点他能做到，因为鸟儿孵在窝里一动不动，但这也意味着他需要一动不动、长时间地举着相机。掩护所里没有东西能让他把相机放着拍照。他一寸一寸地挪动着位置，最后单膝跪在地上，头靠近膝盖的位置。虽然这个姿势很难取景，但是

相机搁在膝盖上倒也稳当。他试了试，发现取景区域有一点模糊。当然，那是网的关系。他只得靠近网眼，确保照相机镜头从网眼中探出去。鸟儿感觉到了动静，迅速扭头。迪克一动也不动，直到鸟儿把头转过去。他弯曲的小腿一阵抽筋，他悄悄地按摩，一只手指按住肌肉。他又开始了尝试。鸟儿在取景区域中的占比非常小。这也没办法了。等他长大了，要做的第一件事情就是买一台长焦距相机。在这之前，他只能尽力而为了。他把光圈值设置在 f.11，快门速度为四分之一秒。阳光明媚的大晴天，这样应该就够了。万事俱备。

他最后一次往取景框看了一眼。他按动了快门，却毫无反应。他刚才想了那么多，却忘记打开快门的弹簧了！太糟糕了。他发现自己的手指在颤抖。不用着急，不用着急，他对自己说，强迫自己先停下来歇一会儿，然后将快门重新设置好，确保相机搭在正确的位置上，然后按动了快门。

一声尖锐的咔嚓。照片拍下来了，但事情怎样了呢？鸟儿听到了咔嚓声。一瞬间，迪克以为它会离巢而去，不给他第二次机会。但它没有走，而是迅速扭过头，慢慢地做了摄影师最希望它做的事情。它在调整位置，看上去尽管充满疑虑，但是没有被吓到。它仍然孵在蛋上，身体转了一圈，直到正对着迪克的网帘。迪克纹丝不动，鸟儿慢慢低下头。迪克知道鸟儿看不见他，重新设置了快门，转到下一张胶片，又把照相机搁在膝盖上，手指准备再次按下快门。

咔嚓。

鸟儿又动了一下。

　　"别走！求你别走！"迪克没有出声，但是他的内心仿佛在向鸟儿呐喊。鸟儿抬起头，伸直脖子，凝视着摄影师面前的石头和网帘，好像听懂了迪克无声的呼唤，慢慢放松了下来。一切都恢复了原状，鸟儿继续孵蛋，摄影师继续藏在网后。两张照片拍好了。

　　迪克等了好长时间，才敢换胶片、重新设置快门。两张照片已经到手了，他不怕再多等一会儿。他现在梦想着能让两只鸟儿同框。现在，另外一只鸟在外捕鱼，视野内不见踪迹。最后，它又游回了视野中。

　　孵蛋的鸟又调整了姿势，重新面对湖面。它想去捕鱼了，迪克心想，一边纳闷另一只鸟儿回来接班还需要多少时间。趁现在太阳方位正好，他多希望能再有一次机会，拍到鸟儿换岗的情景。水中的鸟儿越来越近了，但看上去并不着急。突然巢里的鸟儿不耐烦了起来。它把翅膀半开着，离开了鸟蛋，扑棱着跳进了水里。迪克按动了快门。

　　咔嚓。

　　要是快门没有声音该多好。不过，尽管迪克听得清清楚楚，鸟儿却没听到，因为此时它正好哗啦一声跳入水中，向配偶游去。三张照片拍好了，截至目前还没发生什么明显的错误。迪克赶紧抓住机会，卷到下一张胶片，重新设置快门，拍下第四张照片。这张只拍鸟蛋。

　　只剩下最后一张胶片了。他又把胶片卷到下一张。他要不要把两只鸟一起拍下来？现在光线很充足，加上四张照片都已经拍好了，他决定冒一下焦距不准、曝光不足的险，拍一张鸟儿从水中扑棱而起的照片。他把光圈调到最大，快门速度调到百分之一秒。

　　奇怪的事情发生了。离巢的鸟儿没有开始捕鱼。两只鸟仿佛有话要

说，慢慢游到了一起。雌鸟告诉雄鸟，该雄鸟去孵蛋了，迪克思忖着，
要么就是雄鸟在告诉雌鸟。可以确定的是，两只鸟中有一只被催着回巢
孵蛋。但迪克突然一阵恐慌，他想着它们是不是在讨论那片石楠丛是不
是有点异常，怎么会连夜就长出来一大片。最后，其中一只停止了游动，
低下头休息起来，然后用喙蹭了蹭羽毛。另一只鸟直接游上了岸，又扑
棱着跑到鸟巢。迪克再次拍照。这回，鸟儿要么没有听到声音，要么就
断定无需理睬快门的声响。它用喙挪了挪蛋，然后又孵了起来，跟先前
那只鸟儿回巢孵蛋一样。（事后，迪克也不清楚到底是哪只鸟儿回巢。可
能是原来的那一只直接回来了，也可能是刚才忙着捕鱼的那只鸟。）

迪克卷起胶卷，关闭照相机，放进相机包里。大功告成。照相机里
的那卷胶卷只等着冲印出片，即将成为北方大潜鸟在不列颠群岛上筑巢
的有力见证。过了好几个小时，迪克此时终于想到，世界上除了鸟儿，
还有人类的存在。他掏出表，看了看时间，几乎不敢相信自己待了这么
久。他原本想在掩护所里待到天黑，但弗林特船长要他及早回家。再说
约翰、南希和声东击西小队也不能把鸟蛋收藏家和其他人永远拖住。他
必须按计划离开，不能惊吓到鸟儿，把船划回湖边芦苇丛中，再把照相
机和照片安全地带回北极熊号。

他把照相机、双筒望远镜和水壶都放进背包，但并不急着在掩护所
里就把背包挂在肩上。他拖着背包，慢慢地朝后爬行，决定就把网留在
这儿不去管它。网现在已经没有用处了，要是再挪动它，肯定会惊吓到
鸟儿。他出了石堆，焦急地观察着山谷两侧的山脊。没看见任何人。他
避开鸟儿的视线，把背包带绕在手上，弯下腰匆匆走向小船。他解开系

艇索，跨进折叠艇，又往四周看了一圈，把船从芦苇丛里推了出去，拿起桨，以同样的浅桨方式用力划了起来，但不如之前那样小心翼翼。现在最关键的是速度。鸟儿肯定会看见他，但是他越早离开，鸟儿就越容易忘记他这个不速之客。

划到半路上，他看到一只潜鸟在水面游着。他看向巢里，却没有发现另一只的踪影。他调整小艇的方向，朝着湖的尽头划去，一边划一边看向小岛，试图寻找另一只鸟儿的踪迹。他不久便看见了。它也在水里，和另一只相距不远。看来他从石堆中退出的时候肯定发出了声响。他继续划着，观察着，希望那些鸟儿会回到鸟巢，希望从今往后那座小岛只属于这两只潜鸟，永远不被打扰。他忘了折叠艇多么不听使唤，只见有只鸟又回到了鸟巢，让他高兴不已。他出乎意料地靠岸了。船底突然搁浅，发出嘎吱一声，接着是突然的一震。

迪克吓了一跳，往四周一看，发现一个白胡子大高个一把抓住了船舷。这人把小船猛地拖上岸，船上又是一阵剧烈的震动。

"出来。"那人说。

"可我要把小船带到……"

"首领要先搞清楚你在干什么，才会把小船安然无恙地还给你。"

"可是……"迪克说。

"出来，别废话。"那人说。

迪克走下了船。除了照相机里的照片，他什么都不在乎。无论如何，他都要想办法把照片带回北极熊号。四周除了他俩，没有别人。迪克下定决心，沿着岸边逃跑。

　　他还没有跑上三米的路，一只毛茸茸的大手就揪住了他的衣领。

　　"路在这边。"那人说，"我不是什么狠角色，但你若再要花招，那就别怪我不客气了。"

　　于是迪克发现自己正飞快地从岸边向山坡走去，而他的衣领被人用力地揪住，后脖也被坚硬的指关节狠狠顶着。

大手揪住了迪克的衣领

第二十四章

多余的救兵

下午快结束了。

声东击西小队前后都被凯尔特人包围，沿着马车道前进。他们就像女校的学生在安静地散步，只担心不要出什么事情，引起鸟蛋收藏家和他手下的注意。他们觉得危险不会很大，因为如果鸟蛋收藏家上岸，弗林特船长在北极熊号的桅顶横杆上一定会看到，然后会立即吹响雾角，向他们发出警告。

迪克被偲老头揪着，从山坡赶来，跟他们会合。没有俘虏能比他更高兴了。他的第一反应是赶紧逃走，尽管立即被抓住，尽管偲老头坚硬的指关节抵着他的后脖子，但是他都不在乎了。他看到俘虏的队伍正在上山。他们都被俘了，但没有落入鸟蛋收藏家手中，而是凯尔特人俘虏了他们。他没有看到杰梅林先生的踪影。迪克已经做完他要做的事情。他的照相机安全地躺在背包里，里面的照片将会扫清一切疑问：北方大潜鸟在赫布里底群岛筑巢。南希和约翰知道怎么向凯尔特人解释。等不到天黑，他们就会拿到折叠艇。而在明天早晨之前，北极熊号和船员们就会扬帆出海，驶向大陆。

弗林特船长坐在北极熊号桅顶横杆上，度过了不安的一天。他给桅杆上的桅冠刷了一层金漆，给桅顶的滑轮刷了一层清漆，还给所有够得着的铁器刷了一层银漆。他抽了差不多一盎司的烟。他用迪克借给他的袖珍望远镜观察崖壁另一侧的翼手龙号，都已经看厌了，而他自己的双筒望远镜则借给了迪克。他看见对面的鸟蛋收藏家可比他舒服得多，只见那个人躺在帆布折叠椅上，不时地通过双筒望远镜观察北极熊号的桅顶。弗林特船长下了两次桅杆，一次是为了把油漆桶放下去，一次是为了拿三明治。他每次一回到桅顶，就看见杰梅林先生回到他舒舒服服的躺椅上。显然，弗林特船长在监视杰梅林先生，杰梅林先生也在监视弗林特船长。弗林特船长一直坚守着岗位，尽管心里想着要是自己的桅顶横杆能换成杰梅林的躺椅就好了。他开始想着那些顽皮的孩子是不是把他给忘了。迪克或许早就拍好了照片，然后对别的事情产生了兴趣。现在一切正常，时间不断流逝。现在这个点，他们都应该回船了。弗林特船长真希望迪克从来不曾见过他的鸟儿，真希望北方大潜鸟跟麻雀一样普普通通。他多么希望此行能够按照一开始的计划执行，那么此时北极熊号已经跨越明奇海峡，回到了主人手上。

他朝着土丘和皮克特古屋之间北落基山高高的山脊望去，试图找到他的船员们。突然，他看见有人在移动。他在横杆上扭了扭身子，举起小望远镜，再次观察。大约十二个壮汉和小伙子沿着山坡走着，还有至少六个孩子跟他们在一起。他认不清苏珊、桃乐茜或提提，但他认出了约翰，还有南希和佩吉的红帽子也绝不会搞错。他们没有向下面的海湾走去，却走向山脊上方的山口。到底发生了什么？接着，他看到另一个男人的身影跟他们会合了，带着一个很像迪克的男孩。他们都成了俘虏，被人赶着跑吗？弗林特船长用拳头捶打着桅顶横杆。他下次绝不会再带着小孩出海了！绝不！绝不！他把自己的手弄伤了，但没感到疼痛。他

的脑海里突然浮现出孩子们的母亲愤怒的面容。他又看了眼翼手龙号，鸟蛋收藏家似乎睡着了。不管他有没有睡着，现在只有一件事可以做。弗林特船长随即下了桅顶横杆，把救生艇拖了过来。一分钟后，他已划船出发。又过了两分钟，他登上了岸，脚下一滑，把裤子撕出一个大洞，然后又起身，以最快的速度朝着山上跑去。

在翼手龙号甲板上，帆布折叠椅上没了人。杰梅林先生不再监视，而是发出信号。一个男人躺在石楠丛中，举起望远镜，他溜到海湾，划着救生艇去接他的主人上岸。他已经花了不少时间仔细观察湖中的小岛。

"那是迪克！"

就在马车道向山口拐弯的地方，凯尔特人停下来往回看。倔老头带着他的俘虏就跟在他们后面。不一会儿，迪克喘着粗气，摇晃着僵硬的脑袋，抚摸着疼痛的脖子，加入了其他人。倔老头又回到前面充当领队，队伍继续前进。

"他有没有伤着你？"桃乐茜问。

"照片拍到没有？"南希轻声说。

"拍了五张。"迪克气喘吁吁地说道，嘴角露出笑容，然后又晃了一下脑袋，"至少有两张拍得很不错。"

"杰梅林看见你了没？"约翰问。

"我想没有。"迪克说，"无论如何，我没看见任何人。一切顺利，我看到鸟蛋了。有一张照片拍的就是鸟蛋。"

"你为什么花了这么长时间？"南希说。

"长吗？"迪克说，"我不可能一会儿就拍好照片。太阳的方向不对。喂，我们要去哪儿？"

"我们成了俘虏。"提提说。

"我知道。"迪克说，又摸了摸后颈。

"我们要被带去城堡。"桃乐茜说。

"听！"

他们又一次听到风笛声从远处的山脊传来。

"他们把我们都抓住了。"佩吉说。

"除了罗杰。"苏珊说。

"还有弗林特船长。"提提说。

"我说，"约翰说，"我能看到北极熊号。桅杆上空无一人，弗林特船长在哪儿？"

就在这时，大伙听到了船长的声音。一声响亮的"嗨！"从他们下方传来。除了弗林特船长，没人会发出那样的喊叫。

"讨厌！"南希说。

"罗杰带他来救我们了。"提提说。

"谁想被救援？"南希说。

"我们先要看看地牢长什么样。"桃乐茜说。

"别停下。"南希说。

"哪怕我们想停下，他们也不会答应。"佩吉说。

他们瞥见弗林特船长从海岸一路爬了上来。接着，随着小路转过山

口，他们看不见来时的山谷下方了。风笛声近在咫尺。面前是凯尔特人居住的低矮茅草屋，还有那座带角楼的灰色房子。迪克、约翰、南希、佩吉和苏珊第一次见到眼前的景象。

"他能比我们解释得更好。"苏珊说。

"我们自己就行。"南希说。

"他来了。"提提说。他们身后传来第二声"嗨！"。

弗林特船长穿过山口，飞奔而来。凯尔特人和他们的俘虏已经抵达了第一间农舍。偃老头打开了一座没有窗子的茅草屋，这地方看起来像是一座仓库。

"嗨！"弗林特船长又在大喊。

偃老头朝后面瞥了一眼，没有说话，但嘴唇翕动起来，几乎像是在微笑。他这一天大获成功，先是抓住了乱赶鹿群的孩子们，现在，指使他们的恶棍又要落入他的掌心了。

弗林特船长气喘吁吁地赶上来，一头冲过来跟其他俘虏会合，结果门砰的一声在他身后关上了。他们陷入了一片黑暗。风笛声突然变弱了。门外的插销被重重地插上了，他们成了名副其实的俘虏。

隔绝阳光后的一两分钟，俘虏们只能在黑暗里瞎摸索，寻找着彼此。他们不敢移动，生怕被地上未知的物品绊倒。然后，弗林特船长回过神来，又叫了起来。

"嗨！"他叫道，"我要找人谈谈！"

"等到麦金蒂见到你，会和你说个够的。"外面传来这样的答复。

（注：他们听到的名字不是"麦金蒂"。如果这里写的是真名，等于向所有人暴露了北方大潜鸟所在的位置。因此，本书有必要使用假名，并且在桃乐茜的建议下，定为"麦金蒂"，出自迪克和桃乐茜在诺福克湖区的霍宁村遇见的麦金蒂夫人。）

"把门打开！"弗林特船长喊道。

没有英语的答复，但俘虏们听到外面的凯尔特人在用自己的语言交谈。

茅草屋顶上有个洞，漏进来一点点光线，他们的眼睛渐渐习惯了黑暗。他们一开始什么都看不见，现在借着一丝光线，能看到彼此的脸庞。

"你们马上派一个人去找首领。"弗林特船长用发号施令的语气说，但已经没了部下一定会遵从的自信。

外面传来一阵窃笑声。凯尔特语轻柔的交谈还在继续，但声音越来越远了。

"他们把我们抛在这儿了。"弗林特船长说，"好吧，南希，满意了吧？"

"我们是挺满意啊，"南希说，"唯一的问题就是你不该来救我们。根本没有必要，一切都很顺利。"

"是吗？"弗林特船长说，"我们都被锁在里面，像小偷一样。天知道他们要把我们关多久！"

"他们不会把我们绞死的。"南希说，"迪克已经拍好照片了。"

"可到底发生了什么？"

说到这里，大家炸开了锅。"我们像上次一样，让他们跟踪了过来……""干得很漂亮……""我们把杰梅林的人引到好几里外的山谷……""我们引着他从一个湖到另一个湖……""约翰，当心点。我的鼻子可没你的胳膊肘结实……""别弯腰……""五张照片……我看见了鸟蛋……""啊，蜘蛛网贴我脸上了……""当心，你要跌倒了……""哎，别动……""我们看见佩吉，发信号求救……""小首领从山上直奔而来……"

"好好好好！可你们怎么招惹这些人了？"

"我们什么都没做，只是散步而已。"南希说。

"他们说，我们在赶他们的鹿。"苏珊说。

弗林特船长抱怨起来。

"鹿群！"他叫道，"你们搞砸了！在别人的土地上跳来跳去倒没什么，可是追赶别人的鹿群就严重了！"

"我们没有赶鹿啊。"南希说。

"它们是自己跑开的，"提提说，"我们没法叫它们停下。"

"天知道我们遭遇了什么。"弗林特船长说，"我不知道这里的法律是怎么规定的。养鹿的人可能就是法官、陪审员、狱卒，等等。"

"我们能搞定的。"南希说，"我本来能搞定的，要是你当初没有自投罗网的话。"

"别说话！"弗林特船长说，"听！"

他们又听到了从附近传来的声音。

"那是首领。"桃乐茜说。

"更像凯尔特语。"弗林特船长说着用力敲门，"嗨！"他叫道，然后

急忙问其他俘虏，"他叫什么名字来着？"

"麦金蒂。"桃乐茜说。

"嗨！"弗林特船长又叫道，"外面的人听着。马上把麦金蒂先生找来，我有话跟他说。"

门外传来一阵低语声，但没有人回答弗林特船长，声音随即越来越远了。

"我敢说，我说的话他们一个字都没听懂。"弗林特船长说，"要是这些家伙是马来人就好了……讲凯尔特语太不公平了。"

"没问题，罗杰的倔老头会说英语。"南希说，"那个男孩也会说。他还说他爸爸要跟我们谈谈。肯定也是说英语。我们只需要等着。"

"杰梅林先生怎么样了？"迪克问。

"他可舒坦了，"弗林特船长说，"没有一点动静……我趴在横杆上，他躺在躺椅上……桅顶横杆把我硌得慌……"

"你过来的时候，他还在那儿吗？"南希说。

"是的，"弗林特船长说，"他这一天过得可潇洒了。"

"无论如何，我们把他搞定了。"南希说，"现在没有事需要着急。"

"你敢肯定？我们本来今天晚上就应该出海的。"

"要是我们走不了，那也没办法。"南希说，"我们只能等着。"

"我想坐下来。"佩吉说。

"不能坐在地上，"苏珊说，"最好坐在我们的背包上。"

"我们要在墙上刻点遗言。"提提说。

"没错，"桃乐茜说，"法国大革命的时候，俘虏们等着上断头台。"

"绞死那些吹风笛的家伙。"弗林特船长说。

"但他们没做错，"桃乐茜说，"比法国大革命好多了。俘虏被关进地牢，麦金蒂部落的麦金蒂首领坐在他的城堡大厅里，部落的风笛手演奏祖上的乐曲。"

"唉，我只希望他能安静点。"弗林特船长说，"我们该走了。他们只要做一件好事就行了，就是打开门让我们能够立即返回。反正我们都在这儿，不需要再找谁掉了队。"

"罗杰什么时候回北极熊号的？"苏珊问。

"罗杰？"弗林特船长借着微弱的光线环顾四周，"怎么？他不在这儿？"

"不在。"苏珊说。

"不是他带你来救我们的吗？"提提问。

"你们走后，我再也没有见过他。"弗林特船长说，"他们没把他抓起来和你们放一道？"

"没有，"苏珊说，"我们不知道他在哪儿。"

"好吧，他错过了地牢的体验，"南希说，"他肯定会感到很懊恼的。"

"可他到底在哪儿？"苏珊说，"要是他回到海滩，发现一个人都没有，他该怎么办？你把救生艇停哪儿了？"

"我拖上岸了。"弗林特船长说，"他没本事放船下水的，在岸上也没人会害他。他只能等着。"

"他一定饿坏了。"苏珊说。

"他活该。"南希说。

"他要是真的饿了,"苏珊说,"会想着游泳上船的。"

"他可不是彻头彻尾的傻瓜。"弗林特船长说。

"他今年特别喜欢游泳。"提提说。

"我一开始就应该回去找他。"苏珊说。

"我的大海鸽啊!"南希叫道,"苏珊,振作点。罗杰不会有事的,他肯定会好好的。现在最关键的就是目前为止,我们的计划都相当成功。"

"我已经拍到照片了。"迪克说。

"对,"苏珊说,"可是……"

"你们都别说话!"弗林特船长说,"快听!"

他们在昏暗的牢房里静静等待,门的底部传来一阵轻轻的拍打声。

第二十五章

罗杰的枯燥时光

那天罗杰醒来时，脑袋里只有一个想法：怎么报复敌人。那个男孩幸灾乐祸地戏弄睡觉的哨兵，把他弄得像个傻瓜。他不知道该怎么做，但一看到石楠塞住了皮克特古屋的入口，他便找到了机会。他的死敌把石楠放在门口，就为了知道有没有人想再进去。这就像狐狸走进陷阱，把它吊起来，失去了地面的支撑，狐狸自然逃脱不得。罗杰作为狐狸，立即决定破坏对方的好事。他也确信，敌人会来查看石楠有没有移动。对方就是在皮克特古屋戏弄罗杰的。很好！罗杰也要在皮克特古屋打败他们，让他们瞧瞧他的颜色。

从其他人身边溜走很容易。当第一声口哨声响起，声东击西小队开始奔走，他的机会马上来了。他只需落后一点点，藏身在小路边的泥炭堆后面，而队员们和跟踪者则向山上走去。等到他觉得足够安全了，才露出脑袋看看四周。蜿蜒的马车道上已经看不见声东击西小队的踪影了。于是罗杰像印第安人一样小心翼翼，以防有凯尔特人在暗处看着，他慢慢返回皮克特古屋，在墙角坐下，考虑下一步该怎么做。

他对使坏一直有种得意的感觉，这一次也不例外。他很清楚苏珊和其他人会怎么想。无论如何，不能指望他们明白他的动机。又不是他们从睡梦中醒来后发现身旁写了那样一张字条……就连罗杰自己，也不想复述一遍那三个令他作呕的字。

他又看了一眼堵住皮克特人古屋入口的石楠，注意不去碰到它。现

在，这里是敌人的秘密仓库。他发现石楠被布置得很巧妙，没有露出一点根部。任何人都会以为石楠是从那儿长出来的。这就好像是敌人故意试探他，看他敢不敢移动石楠，然后又原封不动地放回去，不留一丝痕迹。

罗杰渐渐想出了愚弄敌人的办法，即便赶不上自己当初被愚弄的程度。他摸出口袋里一直备着的绳子，今天算是派上用场了。他找到完整的一卷，绳子有些松散。他松开绳卷，在绳子的一端打了个圈。然后，他轻轻地把绳子套在入口突出的石楠上，把绳子的另一端穿过绳圈，然后拉紧。绳子拉紧后把石楠捆在一起，就像一束花一样。他小心翼翼地把一大捆石楠从入口处抬起来，看到根部向各个方向伸出来，阻止他放回去。他又用绳子打了两个圈，然后把石楠根也扎紧。石楠没有像敌人设想的那样散落，反而被捆成了一束。罗杰得意洋洋地把它放回入口。从外面看，没有人能发现有什么变化。他又想到了一个主意，这个来得更好。他拿出那捆石楠，放在入口前，自己探进了屋里，再从里面把石楠拉回原位。没错，敌人想把狐狸拒之门外，狐狸却在里面藏身。现在，他只需要等待敌人上门。石楠本身就说明敌人会来，哪怕只是为了查看石楠有没有移动。罗杰把石楠轻轻推出去，然后爬了出来，明亮的太阳惹得他直眨眼。现在还不用在黑暗的隧道里等待。当前最好的方案就是先观察敌人，看到他在远处出现时，再进入隧道做好准备。

他想起了饼干盒。为了对付石楠，他把其他事情都忘了。他弯腰返回隧道，摸到了盒子，拿回亮处打开。笔记本仍然在里面，但其他东西都不见了。罗杰关上盒子，放回原位，重新爬了出来。

他走向皮克特古屋靠海的一面，从谷顶进去。在这里，他能看到别人，别人却看不见他。他从背包里拿出望远镜，仔细观察他抛弃声东击西小队的山坡。她们早已走过北落基山，从视野中消失了。那边看不到凯尔特人。他用望远镜俯视下面的海湾，看到弗林特船长在北极熊号桅顶横杆上忙着什么。在岩石堆后方不远处，他可以看到翼手龙号。后甲板椅子上坐着的，大概就是鸟蛋收藏家本人。迪克在哪儿呢？山谷下，土丘外，湖光映照着远山。那里没有风，湖上的小岛仿佛卧坐于一块平镜之上。罗杰没看到迪克的踪影。一切都按照南希的计划进行。

罗杰惊讶地发现，自己有点失落。如果敌人不快点上来，他就要在这里待上一整天了。其他人像鹿一样被跟踪，越是被跟踪越是高兴。但现在再赶上大部队可不是什么实际的想法。如果有人看见他，像上次的凯尔特人一样叫起来，那么迪克和其他人的计划就失败了。他们或许会原谅罗杰无故离队，但要是他破坏了整船人的计划，大伙绝不会原谅他。真讨厌！他几乎后悔不该脱队，而是帮助他们牵着跟踪者的鼻子走。无论如何，他都不能让任何人察觉他的踪迹。如果你不想让人发现，就不能有动静，而不能有动静实在是件枯燥的事情，除非你睡着了，那样也就无所谓会不会发出动静了。

他从来没想过时间会过得如此缓慢。迪克在掩护所里观鸟，时间转瞬即逝，罗杰却是度日如年。他不断地从皮克特古屋山谷里向外张望。没有任何变化。在这没完没了的一天，鸟蛋收藏家和弗林特船长分别在甲板躺椅和桅顶横杆上，认真地监视着对方。山谷上面，也没有任何声东击西小队和凯尔特人的动静。罗杰想，或许队员们和凯尔特人都已经出了山谷，登上了远处的那些青山。也许他所针对的敌人已经跟他们一起走了。最后，他难以再相信岛上有人藏身了。他开始怀疑迪克是不是拍完了照片，已经回到了船上？不可能，如果他已经回船，弗林特船长就会吹响雾角，让声东击西小队知道任务已经完成。他没有听到雾角的声音，弗林特船长还在北极熊号桅顶横杆上，除了继续等待，别无他法。

罗杰尽可能推迟吃三明治的时间，但他突然想到，如果雾角吹响的时候他还没把三明治吃掉，那么大好的时机就完美错过了。于是他吃了一顿漫长又舒适的午饭。吃完饭，他便把空瓶子和包装纸塞回背包，好在敌人现身时，不露痕迹地迅速埋伏起来。他再次环顾四周，躺回了皮克特古屋的屋顶凹坑，盘算着他要做什么，还有与敌人面对面相遇时说些什么。无论如何，罗杰都会让他大吃一惊。

他突然警觉了起来。刚才是不是又睡着了？不，他没睡着，至少没真的睡着。但是太阳好像又西斜了一点。他最后一次眺望之后，时间一定过了许久。罗杰不知道为什么，总觉得有什么事情已经发生了或是即将发生。他翻身起来，爬到屋顶的边缘。一个身穿高地服装的男孩正沿着山谷顶端的老马车道稳步前进。罗杰立刻低下头。他就是桃乐茜所说的"小首领"！他就是陪着倔老头去看翼手龙号的那个男孩！他就是弗林特船长说的最有可能写了那张字条、让罗杰难堪不已的人！罗杰又看了一次，男孩正走向马车道通入山口的地方。如果他就此回家，罗杰这一天就白等了。不。他离开了马车道，向皮克特古屋跑来了！他要过来看

自己的机关有没有被人动过，他要来查看他的私人藏身处有没有再次遭到侵犯。如果罗杰要把他套入圈套，那现在一秒都不能耽搁。

罗杰滑下离少年最远的山坡，弯腰来到入口，把背包推了进去，再倒退着爬进去。然后，他拉着石楠根部，把一大捆石楠拉回了原位，填满入口。稍微远一点、近一点，都会让男孩看出有人挪动过石楠。

罗杰等待着，倾听着。外面不远处，一块石头撞击到了别处。敌人来了。脚步声……罗杰蜷伏在入口内的暗处，时刻准备着石楠被移开，敌人再次庆祝胜利，而他，罗杰，只能以失败者的身份爬出来。现在看起来，对于把石楠原原本本地放回原位的想法实在太乐观了。一片寂静。或许敌人去了皮克特古屋屋顶，昨天发现他的地方……"睡美人"。即便不说出口，罗杰也对这几个字耿耿于怀。几丝光线从石楠透了进来，突然，阴影从其间扫过。然后消失不见。又再次出现。敌人肯定就在外面蹲守，看着石楠。他肯定对自己所看到的相当满意，因为那道阴影突然就消失了。罗杰凝神屏息，听到了一两次脚步声，然后消失了。胜利了！

罗杰差点按捺不住，准备冲出去朝着他的敌人幸灾乐祸。他忍住了。到底是胜利，还是敌人在耍花招？他是不是假装没有发现有人动过石楠？他有没有猜出罗杰在里面？或许他还在一米外的屋顶上徘徊，等着自以为胜利到手的罗杰冲出来，然后一跃而下，来个瓮中捉鳖？罗杰等着，倾听着。他什么也没有听到。最后他下定决心，推开石楠冲了出来，准备和敌人展开决战。外面没人在等着他，却正好看到男孩沿着马车道飞奔离去，在山脊的山口处消失了。

这已经算是一种胜利了，石楠的机关成功了，敌人被愚弄了。但只要他不知道自己上当了，这个胜利就没有什么意义。罗杰又一次登上皮克特古屋凹陷的屋顶。

突然，在山谷的远处，在马车道穿过山脊上一座尖坡的地方，他看到有人在移动，有很多人……难道是凯尔特人回来了？他只看了一眼，他们就消失在马车道下方。他还没有来得及拿起望远镜，他们就不见了。

半小时后，他们又出现了。他们越来越近。这一次，他看得清清楚楚：外貌粗野的男人和男孩围在外面，走在里面的人，则是北极熊号的大部分船员。

"俘虏！"罗杰气喘吁吁地说，"他们全都被俘了！"他数了数，认出了约翰、苏珊、提提、南希、佩吉和桃乐茜。约翰和南希怎么来了？他还以为他们在远处的另一座山谷里。不过，这一切都在计划内。南希自己说过，他们被抓住了没有什么关系，只要能将凯尔特人引到山上，让迪克在不被人发现的情况下拍到照片、返回北极熊号就行了。但是迪克成功了吗？罗杰正在观察，忽然一小群人沿着小路匆匆赶来。他们在奔跑，罗杰听到了一两声叫喊。到底发生了什么？俘虏们被带到凯尔特人的山顶大本营了吗？他想着，即使那样也没事，只要迪克已经安全回到北极熊号，或是留在湖中的小岛上，等待声东击西小队走过山口，消失在视野之中。

但是，这又是什么？俘虏的队伍已经隐没在小路下方。他们又在近处现身了，就在马车道拐进山口的地方。他们停了下来，往后看，等着什么。几分钟后，他就明白了。他们在等待另一个俘虏。他看到高个子

老人和迪克从马车道爬了上去，其他人围在迪克身边。那个被他叫作倔老头的高个子老人走到了队伍的最前面，全队再次前进。

他必须马上前去搭救。他必须马上给弗林特船长发信号。他俯视北极熊号的桅顶，第一次发现桅顶横杆上没有人影。弗林特船长肯定是坐在那里监视翼手龙号监视得不耐烦了。他该怎么办？如果他朝着他们奔去，就会暴露在凯尔特人面前，轻松被俘。他灵机一动。凯尔特人可能会经过皮克特古屋，一眼就会看见他。罗杰赶忙从他观察大海的屋顶墙边翻下，爬进了入口，往后退入隧道，再次把石楠根往回拉，然后蹲伏在地上。他弄得气喘吁吁，好像在奔跑一样。

除了他自己，声东击西小队成员全都被俘了。约翰和南希被俘，甚至不能说服凯尔特人放走他们。迪克也被俘了。大家还算走运，因为罗杰还是自由的。只要岸边没有人，他可以到海湾去，向北极熊号报信，叫弗林特船长过来施救。如果他成功了，就连约翰和南希都会承认他是个有用的人。现在他的呼吸已经平静下来，知道自己该做些什么。他蹲伏在隧道里倾听。他听到轻轻的凯尔特语，或者自以为听到了。他听到了弗林特船长的"嗨"的叫喊声。然后，突然在近处，他听到了奔跑的脚步声和有人快接不上气的喘息。他不用去叫弗林特船长了。船长已经看到他们，匆匆赶来救援了。罗杰继续等待，在黑暗中露出了微笑。

他不再听到说话声和脚步声。他小心翼翼推开面前的石楠，走了出来。凯尔特人和俘房踪影全无，但他瞥见了弗林特船长穿过山口。山脊外传来微弱的风笛声，整趟探险开始的那天，他们就听到过同样的声音。好吧，弗林特船长已经跟其他人会合了。他会让凯尔特人释放迪克和其

他所有俘虏的。没有什么可操心的了。他站在皮克特古屋旁边，遥望荒凉的山谷，寻思着能有什么让自己开心的事情，比如说告诉南希，她也要弗林特船长的帮助才能得救，而他，罗杰，成为了唯一一个没被逮住的船员。

突然，眼前的动静吸引了他的注意。小湖远处黑乎乎的山坡上有什么黄色的东西在活动。望远镜在哪儿？无论这是什么东西，它动得很快。黄色——除了鸟蛋收藏家穿着暗黄色的衣服，还会有谁？旁边还有一个人。罗杰捕捉到了一记刺眼的闪光。不可能……没错，就是他们。通过望远镜，他把那两人看得清清楚楚。一个是鸟蛋收藏家，另一个是他的水手。水手扛了把枪，他们走下山谷，寻找北方大潜鸟所在的上游湖泊去了。

罗杰的笑容消失了。就在本次探险即将宣告胜利的最后时刻，失败正在降临。鸟蛋收藏家安静地坐在甲板上，一定是派人监视着岸上，看到迪克离开了小岛。现在，弗林特船长也不再观察。他的机会来了。机会？简直是万无一失。迪克必然把折叠艇留在了岸边。鸟蛋收藏家和他的手下只需要跨过湖泊之间的小溪，沿着湖岸找到迪克留下的小船就行了。除了罗杰，北极熊号船员现在全在凯尔特人手中。鸟蛋收藏家即将偷走鸟蛋，打死鸟儿。南希的计划已然崩塌。

罗杰不再去想他的私人恩怨了。他只想到自己是北极熊号船员，只有他明白情况是多么紧急。他离开皮克特古屋，冲进石楠丛，沿着马车道全速奔向山口。凯尔特人和俘虏就是从这个方向消失的。他必须马上告诉其他人现在的情况。弗林特船长已经赶去救援了，为什么营救用了

这么长时间？明明是争分夺秒的时候，他到底在干什么？跟凯尔特人谈判，然后听听风笛小曲吗？

他来到山口，希望能碰上弗林特船长和其他人正好原路返回。但他们踪影全无，只有几个凯尔特人在一座茅草屋关着的门外站着。那座房子没有窗户，他想一定是谷仓。

罗杰蹲在地上。如果他直接冲到凯尔特人当中，自己也会像其他人一样轻松被俘。如果能看到弗林特船长，那就没关系，但看不到他，罗杰也不知道船长在哪里。他突然听到一阵沉闷的撞击声，好像有人在踢门。他看到倔老头走到谷仓门口倾听。然后，他隐约听到了弗林特船长的声音。门口的凯尔特人笑了起来。他们离开走向农舍，不时地回头朝谷仓看一眼。又传来一两记撞击声，然后平静了下来，只剩下风笛的声音。有些凯尔特人进了他们的农舍，只有两个人留在外面。倔老头和另一个人在谷仓旁的角落里交谈。罗杰匆匆溜到侧面，让谷仓位于他和那些人中间。

他现在总算知道，弗林特船长和其他人一样被俘了。他知道，谷仓就是关押他们的牢房。他们只要一听到罗杰带来的可怕消息，就不会允许自己在里面待上太久的。现在一分钟也不能耽误。鸟蛋收藏家和他的手下可能正坐在北极熊号的折叠艇上划向小岛。快！快！谷仓后面的人看不见他，但随时可能有人从农舍向这边看。他想起第一天，那些狗就穿过石楠丛朝他们奔来。狗即使看不见你，也能知道你在哪儿。他随时会听到它们喧闹的狂吠。好吧，现在无路可退了。他已经到了谷仓跟前，没人叫喊，也没有狗叫。他能听到人们在近旁用凯尔特语交谈。有那么

可怕的一瞬间，他还以为自己搞错了，俘虏不在谷仓里。他们或许被径直逮到了那座灰房子里。接着他听见了南希愉快又响亮的声音，他差点叫起来，但及时忍住了。敌人近在咫尺，他不敢大声说话。他趴在地上，开始轻轻拍打大门的底部。

罗杰在牢房门口

第二十六章

麦金蒂听取解释

"嗒……嗒……嗒……嗒……嗒……"

"这是信号。"提提说。

"嗨!"

这声"嗨"很轻,但很急切。

"是罗杰!"苏珊叫道。

"哈啰!"

"安静点,"南希说,"他有话要说。这样谁都听不见……"

"别说话,"弗林特船长说,"让他先说。"

"烧烤的公山羊!"南希说,"我也想听。"

"听我说!"罗杰歇斯底里的耳语从门底下传来,"我不能大声嚷嚷。他们随时都会发现我。"

"你怎么……"

"听我说,听我说!时间紧急。我在皮克特古屋看到了他们。鸟蛋收藏家一定看到迪克离开了小岛,他们这会儿正在穿越山谷。有一个人带了把枪……没错,我再说一遍,一把枪。他带了一把枪!"

"我们必须出去。"迪克说,"快!快!我们必须制止他们。他会找到折叠艇的。他会拿走鸟蛋,杀掉鸟儿,他会说到做到。"

"我们完了。"桃乐茜说。

"没完,"南希说,"但如果我们不赶快,就输定了。听好了!罗杰,

你能打开门吗？"

"我试过了，"罗杰说，"打不开。"

"吉姆舅舅，做点什么呀。"南希说，"我们能不能一起把门撞开？"

"安静一会儿！"弗林特船长说，"罗杰！你能听到吗？"

"能。"

"那些人在附近吗？"

"我能听到两个人在说话，他们不知道我在这里。"

"跟这些野蛮人谈话没有用，直接去那座房子……"

"他们吹风笛的地方？"

"只要没人拦你，就直接去那儿，走前门，说你有急事。一找到懂英语的人，你就想办法把他带到这儿来，越快越好。"

"生死关头。"提提轻声说。

"确实是这样。"桃乐茜说，"即使是现在，肮脏的凶手也在向他们无助的受害者发动偷袭。恶棍即将取走鸟蛋，迪克后悔发现了此处。"桃乐茜用她最爱的风格开始说话，但以直白又可怕的真相结束。

"想办法进到屋子里。"弗林特船长说，"如果有管家之类的人想拦你，就从他身边溜进去。风笛的声音会给你引路的，听到了没有？"

没有回答。罗杰已经上路了。

"这个地方总会有个有头脑的人，只要我们能和他谈谈就行。迪克，我真的很抱歉。我监视那个混蛋时，他也在监视我。我一走，他肯定就立马上岸了。都是我的错。但我看到你们都被挟持时，还能怎么做呢？"

"那个跟踪我和南希的水手一定又上山看见了迪克。"约翰说。

"我们当时制止不了他。"南希说。

迪克一言不发。他手握眼镜，但没去擦镜片。他站在那里，像瞎子一样看着漆黑的地上，想着他心爱的潜鸟已经沦落为宿敌的战利品。

"天哪，那是什么？"南希叫道。

牢房后面传来狂野的凯尔特语叫声，然后是另一声回应，接着又传来一阵奔跑的声音。

"他们发现罗杰了。"桃乐茜说。

"紧急关头，罗杰可是很敏捷的。"约翰满怀希望地说。

牢房里一片寂静。他们听到脚步声渐渐远去，只剩下远处隐隐约约的风笛声。

"他开了个好头。"约翰说。

"他现在应该到房子门前了，"桃乐茜说，"然后他按响门铃……"

"门铃挂得高高的。"提提说。

"他要跳起来才能碰到门铃。"桃乐茜说，"铃铛的声音通过墙壁响彻整座城堡。若不是墙壁太厚，说不定我们也能听见。"

"你们俩闭嘴。"南希说。

"折叠艇在湖的这边，"迪克说，"他们必须渡过小溪，才能拿到船。如果罗杰动作够快的话，现在还来得及……"

风笛声突然中断了。俘虏们在昏暗的牢房里面面相觑，想知道彼此有没有注意到。这么长时间，风笛演奏者一直吹着一支狂野又精致的曲子，无休无止。这时突然在一声哀鸣后中断。一分钟后，风笛声又从中断的地方响起。"至少，"提提后来说，"尽管无法确定，但它继续发出与

之前相同的声音。"

"罗杰可能把他吓了一跳。"桃乐茜说。

"只要他能进屋子就行。"南希说。

"问题在于，我们不知道他会遇上什么人。"弗林特船长说。

"我们要来不及了。"迪克说。大家都朝他看去，然后又立即把视线移开。这儿太暗了，他们不知道看向什么，但是他们知道站在那里低着头、抚摸着眼镜的迪克该有多么难过。

一阵沉默。

"如果他找到人，现在就该回来了。"约翰最后说。

"他来了！"南希叫道。

外面响起了脚步声和凯尔特语，然后传来了几句英语，把他们的希望又浇灭了。

"放开我！"他们听到罗杰的声音，"我不会逃走的！"

沉重的插销嘎吱作响。门被打开了。罗杰被猛地推了进来。门在他身后砰的一声关上，插销又被插上了。

"我们真是群大傻瓜！"南希抱怨道，"我们刚才应该等在门口，一等他开门就冲出去。"

罗杰站稳了身体。

"你受伤了没有？"苏珊问。

"没有。"罗杰说，"反正不严重。只是在我和那个吹风笛的人纠缠时受了一点伤。"

"你遇见谁没有？"弗林特船长问。

"没时间了。"罗杰说,"我刚到门口,一群人就朝我身后冲过来,连门铃都没时间按。我冲到了一个露台上,那个吹风笛的人在那里蹦蹦跳跳。露台另一边的一个房间里,有一个老人和那个男孩坐在桌子旁边。我飞快地跑到吹笛人身后,但他转过身来,我撞上了他,然后他一转身趴在我身上。他的风笛发出一声怪叫,我还没来得及站起来,他们就抓住了我。我想叫出声来,但实在做不到。"罗杰擦了擦嘴,"凯尔特人喜欢喝朗姆酒,"他说,"闻起来也有酒味。他们有一个人用手掌捂住了我的脸。"

"可桌边的那个男人呢?"南希说。

"还有那个小首领呢?"桃乐茜问。

"我不知道,"罗杰说,"他们马上就把我拉出来了。那个吹风笛的人站了起来,继续吹个不停。我敢打赌,他也受了伤。他狠狠摔了一跤,只压住了我小半部分身子。我的膝盖擦伤了,我敢打赌他也一样。"罗杰拍了拍膝盖,把手拿开,舔了舔受伤处。

"哎呀,罗杰。"苏珊说,"碘酒都在北极熊号上。"

"我没事,"罗杰说,"但是他们大概已经乘上折叠艇了。"

迪克倚靠着墙壁。已经没有办法挽救潜鸟了。唉,他为什么要把他的发现告诉鸟蛋收藏家呢?

"快点,"南希说,"我们只能做一件事了。"

"我们什么都做不了。"弗林特船长说。

"不,我们能,我们现在就要做。我们要大吵大闹,让他们在房子里听到。他们又没有给我们的嘴上封条。我们要让麦金蒂听我们讲道理。

开始喊！吉姆舅舅，喊呀！放开你的大嗓门！继续！你在风暴中奋力指挥。啊嘿！啊嘿！"

开始，只有南希一个人在叫喊。接下来，其他人理解了她的想法。大家纷纷加入："啊嘿！啊嘿！啊嘿！"

"你不会喊'啊嘿'没关系，"南希抓住桃乐茜的肩膀说，"你就尖叫！赶紧叫！你就当作有人要宰了你。你要是不叫的话，我就来把你宰了。尖叫！还有你，佩吉。啊嘿！啊嘿！吉姆舅舅！"

最后，甚至弗林特船长也明白了，一声洪亮的"啊嘿"连比斯开湾①都听得见。他一声接一声地"啊嘿"着。桃乐茜仰起头，拼尽全力大声尖叫。佩吉也在尖叫。南希、约翰和提提接二连三地喊"啊嘿"。罗杰发出杀猪一样的叫声。苏珊正要喊"啊嘿"，但发现自己发出的尖叫只是和普通的声音差不多。迪克也是如此。北极熊号船员发出的喊叫把彼此都要震聋了，听不见外面的人向他们叫喊。门上传来猛烈的捶打声。他们停止了喊叫。"嘘！安静点！"他们听到。"我们就不安静。"南希说，然后继续发出噪声。越来越多的人喊叫着要他们安静。"好，"南希在喊叫的间隙说道，"如果他们也在大叫，就有用。继续叫，吉姆舅舅。干得好，桃乐茜！别停下，佩吉！喉咙哑了也别停下。啊嘿！嘿！嘿！"

无论他们再怎么吵，有一个声音一直在耳边回响。意志坚定、愤怒不已的风笛手一直在吹奏着风笛。俘虏们大吵大闹，把彼此都震聋了，但在这无休的喧闹中，他们能听到风笛的声音越来越近、越来越响，事

---

① 比斯开湾，位于西班牙北海岸与法国西海岸之间的一个海湾。

后他们知道那支曲子叫作《通向群岛之路》。

他们一开始简直不相信自己的耳朵。直到笛声来到门口，他们的叫声才突然停止了。

"成功了。"南希上气不接下气地说。

沉重的插销嘎吱作响，抓住迪克的白胡子大高个一把打开了门。其他凯尔特人围在外面。有两三个女人、六个红头发的孩子。他们无疑听到了俘房的喧闹，跑出农舍看热闹来了。但南希说得没错，他们成功引来了凯尔特人的注意。牢房门口就是他们一直想见的人。这是一个高大的老人，身穿高地服装、格子呢短裙，背着鹿皮袋，站在门口。他们立即明白，这人就是麦金蒂本人。他身边的男孩他们已经见过了——罗杰的宿敌、桃乐茜所说的"小首领"——伊安·麦金蒂。

罗杰第一个出来，但当他一见到风笛手，就赶紧躲到其他人的后面。"就是这个混蛋！"风笛手叫道，"像头疯牛犊子一样乱跑！"但麦金蒂做了一个手势，风笛手就不说话了，皱着眉头，慢慢地往旁边挪了挪，好随时盯着把他绊倒的罗杰。刚才罗杰把他的曲子打断了，要不是运气好，很可能毁了他的风笛。小麦金蒂也很快看到了罗杰，他的脸上慢慢浮起一丝微笑，然后又恢复了严肃。

迪克通常不会抢在别人之前说话，但这次他开口了："快！快！我们必须赶过去。他要把鸟蛋拿走了……"

"安静！"他们中一个人说。

麦金蒂严厉地扫视着面前的九名俘房。提提后来说，他眼中闪过一道光芒，但其他人都不相信她当时真的看到了。"他像死神一般严肃。"

360

麦金蒂和他的俘虏们

桃乐茜在日记中写道。北极熊号的船员从牢房中走到阳光下，不停地眨着眼睛，麦金蒂挨个打量着他们。最后，他的视线落到了弗林特船长身上。

"你能不能解释一下这些烦人的噪声是怎么回事？"他问道。

"我们只得这样做。"弗林特船长说，"没别的办法了，情况非常紧急。"

"我们派罗杰去告诉您，"南希插嘴，"可他们把他逮回来了。"

"就是我说的那个小屁孩！"愤怒的风笛手说。

"无论如何，我们都要跟您谈谈。"南希说。

"生死攸关的大事。"提提说。

"哎呀，快！快！"迪克说。

"安静！"迪克拼命挣扎，正要逃走，偃老头一把抓住他的胳膊。

"大吵大闹对你们没有好处。"麦金蒂慢慢地说，"这几天你们都在惊扰鹿群。你们在这片土地上根本没有权利。谁派你们来的？把这些可怜的牲畜赶来赶去，在我们这里没法宁静地度日。"

"先生。"弗林特船长开口说。

"如果都是些孩子，我或许认为是无心之失，"麦金蒂先生说，"可你是个成年人。你带着两艘船到这儿来……"

"可我们没有……"

"摩托艇跟我们没有关系。"

"我的儿子和手下们发现了你们要干什么，"麦金蒂先生说，"一次又一次。你告诉我，你怎么解释自己的行为？只要为人老实，我们不会对岛外的人怎么样的，但是把母鹿从它们的繁殖地赶跑，就太没规矩了！我们要跟你们说明白，你们这样行不通！这就是你们做错事的原因，还要利用小孩达成目的……"

"先生。"弗林特船长又开口说。

"别把时间浪费在客套上。"南希叫道。她冲到弗林特船长前面，直面麦金蒂。"先生，请听我说！"她说道。

麦金蒂朝着她身后的弗林特船长看了看。看他的表情，他同意由南希替他说话。麦金蒂严肃地低头看着南希。

"我在听。"他说。

"好，请听我说，"南希说，"没有时间争论了。我们没在追赶您的鹿群，我们一直在尽量躲开它们。我们对鹿没有兴趣，我们感兴趣的是鸟儿……"

"季节已经过了。"麦金蒂先生说，"你们可不要跟我说你们不知道现在是……"

"咳，我知道松鸡，"南希说，"我们来的地方有许多。来，最好让迪克跟您说。那些是他的鸟，他发现的。它们是潜鸟，潜鸟在您的湖里筑巢。"

麦金蒂有点兴趣，但还是不相信他们。"没错，"他说，"黑喉潜鸟。它们每年都来……但你们要是想去看鸟，用不着把鹿赶到山里去。"

"不是黑喉潜鸟！"迪克说，"是北方大潜鸟。有两只。"

"它们从不在这儿筑巢，"麦金蒂先生说，"北方大潜鸟根本不在不列颠群岛筑巢。"

"可事实就是如此，"南希说，"它们就是在这里筑巢。这是有史以来第一次发现，它们在您的湖边筑巢，我们都看到了。迪克是第一个发现的，但他不能完全肯定。因此他画了素描，拿给摩托艇上的那个人看……迪克，最好由你来解释。"

"我做错了，"迪克说，"我不该让他知道。我上船时还不知道他是鸟蛋收藏家。他想知道鸟巢的位置，但我不告诉他。可他现在已经知道了，他已经在路上了。他想射杀鸟儿，然后把它们做成标本，把鸟蛋拿走，加到他的藏品中去。这是第一次发现潜鸟在除开冰岛和海外其他地方筑巢。"

"他给这孩子五英镑，"弗林特船长插嘴说，"然后又要给我一百英镑。"

"所以你……"

"不！不！不！"南希说。

"我们想避开他。"迪克说。

"我们的确避开了他的耳目。"南希说，"但他发现了我们的船，跟踪而来。当你们以为我们在赶鹿的时候，其实我们是在想办法确保迪克前去小岛的时候不被他们发现。"

"所以你们也想拿到鸟蛋？"

"不。"迪克说，"他说只有鸟蛋才能证明鸟儿在这里筑巢，但我觉得只要拍下照片就行了。"

"你拍到没有？"麦金蒂问道，语气明显变了。

"拍到五张。"迪克说。

"我们兵分两路。一拨人把他引向错误的地点，另一拨人调虎离山，为迪克腾出时间登上小岛。"南希说着，她怀疑那些凯尔特人到底懂不懂英语，但他们似乎都在认真地听，"但你们的人把我们都抓住了……还揪住了迪克，然后吉姆舅舅离开船……他本来在桅顶横杆上监视翼手龙号……只有罗杰没有被抓住，罗杰看到他们……"

"看到了谁？"

"鸟蛋收藏家和他的手下。他们直接去湖区了，还带着枪，所以我们派罗杰去找您。但他找不着您，所以我们才大吵大闹把您引来。方法奏效了，您果然来了，但我们要来不及了……"

"我们可能已经太晚了……"迪克绝望地说。

"可是如果鸟巢在岛上，你说的鸟蛋收藏家什么也做不了。"麦金蒂说，"湖边没有船。"

"我们的折叠艇在那儿。"南希说。

"他看到了我们的折叠艇，他会直接划过去取鸟蛋。"

麦金蒂转过身子。就在刚才，几个凯尔特人看到有人挥手跑下山脊，穿过山口。现在这个人来到了他们的面前，他显然有话要说。罗杰记忆犹新的两条大牧羊犬跑过来舔舐小麦金蒂的手，躺在他脚下，伸出舌头。那个牧人手持一根曲杖，来到麦金蒂面前用凯尔特语与他交谈。麦金蒂皱起眉头。

"他说湖上有一艘船。"

"我们不是早跟您说了嘛。"罗杰喃喃道。

"是我们的折叠艇。"南希说。

"是不是意味着你们还有人在那边？"

"不！不！不！"南希说，"那是我们的敌人，他们拿到我们的折叠艇了。"

"我们太晚了。"迪克说，"他就要拿到鸟蛋，杀掉鸟儿了。您能做点什么制止他吗？"

邻近的山谷突然传来一声枪响，回声响彻山间，紧接着传来第二声枪响。

"他把鸟儿都给杀了。"迪克呻吟道，"都是我不好，是我把发现鸟儿的事告诉他们的。"

两声枪响改变了一切。麦金蒂难以被说服，但是行动很及时。第一声枪响的回声还没有消散，他就转过身，向山口快步走去。凯尔特人一直等着看他怎么处理俘虏，这时决定和他一起去，一边用凯尔特语互相交谈着。无论他们懂不懂英语，似乎都认为俘虏已经不再是俘虏了。俘虏自由了。他们惊讶地听到麦金蒂向弗林特船长道歉，嘴里还说着什么"那些谋杀犯"和"我的湖啊！"。小麦金蒂，原本这一整天都忙着跟踪声东击西小队，现在和约翰、南希交谈了起来。麦金蒂已经开始奔跑。凯尔特人正朝着山口拥去。

第一个到达山口的凯尔特人挥了挥手。

"他看到他们了。"小麦金蒂对跑在身边的南希说。

"看那儿！"罗杰紧跟在他们后面，很高兴把风笛手甩远了。风笛手怕把手里的风笛摔了，不敢跑快。

从山口的方向，他们看到一个黑点在湖上移动，那就是他们的折

叠艇。

指挥官麦金蒂正用凯尔特语向手下迅速下达命令。大部分人跑了下去，但不是朝着湖泊，而是向着海湾和北极熊号。牧人在接到麦金蒂的命令后，带着狗从另一条路线跑下石楠坡，仿佛要从山谷上方包抄湖泊。

"我们确保他逃不出我们的掌心。"麦金蒂向弗林特船长说，"他总归要上岸，回到自己的船上。你们和我们一道，正面拦截他们。从我的湖偷走鸟和蛋！没门！我们绝不会给他逃脱的机会。他要后悔踏上这片土地！"他跟在手下后面，愤怒地同身旁的弗林特船长走下山坡。

小麦金蒂有他自己的计划。约翰和南希要跟着弗林特船长，他拦住他们。"他们要去敌人的船边拦截。"他说，"我们可以做得更好。他一带着死去的鸟儿露面，我们就能逮住他。你们穿过湖下方的泥炭地绕过去，我跟着罗德里克和他的狗从另一头冲过去。你们不要跟我们一起，他一眼就能认出你们。我能神不知鬼不觉地绕到那儿。"

"我知道你能。"南希咧嘴笑道。

"我如果早知道你们在干什么，早就让他上不了岸了。"小麦金蒂说，"真可惜你们没早点让我知道。"

"没办法。"约翰说。

"别再等了，"南希说，"他还没有打败我们。"

"他把鸟儿打死了。"提提说。

"从我的史前石塔下去，"小麦金蒂说，"那样就没有人会看见你们。踏着垫脚石穿过泥炭地，然后沿着湖岸走。"他走了，避开小路下面，不久就消失了，一会儿重新露出头，在布满岩石和石楠的山坡上越来越低。

　　"其他人快点!"南希叫道,"迪克! 迪克! 不是那儿,我们要从后方包抄他!"

　　但迪克已经走了。他几乎不知道自己在做什么,头也不回地奔跑着,径直沿着崎岖的山坡向湖边跑去,朝着离小岛最近的湖岸,朝着水面上移动的黑点——北极熊号的折叠艇。折叠艇留在湖边,好像就是特意为杀鸟人提供方便而准备的。

　　"就让他去吧。"桃乐茜说,"如果鸟儿死了,他肯定不想再看我们一眼了。"

第二十七章

太晚了！

　　那两声枪响在迪克的脑袋里不断地回响。除了他的鸟儿，他什么都不在乎。他想到，大鸟在水中流血，被杰梅林先生和他的水手小心地捡了起来，脖子耷拉着，然后准备做成标本，放在玻璃柜里进行展示。展示的是不列颠群岛上第一对筑巢的北方大潜鸟，还有它们的鸟蛋——永远不会被孵化出来，只留下一只被掏空的蛋壳。如果北极熊号没有在这片荒野下锚停泊，鸟儿就没有危险；如果他从来没有看见它们……如果他没有为了证实它们而着急不安……如果他没把素描拿给鸟蛋收藏家看……如果……他伤心欲绝，一路跑进山谷，直奔他留下折叠艇、遇见白胡子大高个的地方。没有原因，没有计划，只因为这里是离小岛最近的地方。

　　他看到折叠艇上有两个人，划到了远处的湖面。一瞬间，他以为他们可能根本没找到鸟巢。但鸟儿已经死了，鸟巢就没有用了，拿不拿走鸟蛋无关紧要。当然，鸟蛋肯定会被拿走。当然，凶手会先把鸟儿打死，免得它们飞走。他们把鸟杀了，再划到岛上，偷走失去了父母的鸟蛋。

　　那两个人操控不好折叠艇，跟迪克驾驶时一样。他们很难稳定航向，不过，迪克赶到湖边的时候，他们接近了小岛。他无能为力。通过双筒望远镜，他眼睁睁地看着小船着陆，悲痛不已。他们想必已经知道鸟儿筑巢的地方，就在几米外登陆。一个人扶稳小船，另一个人，就是身穿暗黄色衣服的鸟蛋收藏家本人，提着一只方盒跨上了岸。不一会儿，他在鸟巢跟前弯下腰。完了！第一次在不列颠的土地上筑巢的北方大潜鸟已经死了，而鸟蛋变成了"杰梅林藏品"的一部分。现在一切都太晚了！迪克绝望地环顾四周，一个战友也没有看见。麦金蒂、弗林特船长、凯尔特人和北极熊号船员都消失不见了。只有他一个人孤零零地见证了悲剧的最后一幕，他知道，这全是他的错。

"咻喊！咻喊！咻喊！"

迪克目瞪口呆。没有别的鸟儿会发出这样的尖叫声。

一定还有一只鸟活着。迪克立即趴在地上，藏身在一块圆石和草丛后。跟第一天一样，他再次成为了一名观鸟者，尽管他此时看不到鸟儿的踪影。那时还没有敌人，鸟儿安静地捕鱼、孵蛋，不受干扰。现在的情况却完全不同。湖面的平静已经被枪声彻底打破，鸟儿的叫声已经不是交谈时欢快的"呼！呼！"，而是尖利刺耳、充满恐惧的"咻喊！"声。

他突然看到，黑点在他和小岛之间的湖面上移动。他将双筒望远镜对准目标，马上看到了一只鸟儿的脑袋，是他的潜鸟！他能看到颌下的条纹和颈下更宽阔的条纹。鸟儿游得很快，只露出头和脖子。他想，鸟儿或许受了伤，在水面上奄奄一息，即将沉没。但或许不是。他想到，诺福克湖区受惊的鸊鷉也是这样游动的，它们全身潜入水下。这只鸟儿可能只是吓坏了。那个混账杀鸟人或许用了两枪才把另一只鸟儿击毙，让这只潜鸟有了逃脱的机会。可是这又有什么用呢？它失去了心爱的配偶，失去了鸟蛋。这时，杰梅林先生的心里大概已经乐开了花，鸟蛋一只接着一只地落入手中，让北方大潜鸟在岛上筑巢彻底落空。迪克把望远镜对准岛上。他看到水手在折叠艇上等待，杰梅林先生跪在地上，把

什么东西装进了盒子里。

"咻喊！咻喊！咻喊！"

迪克朝着湖的尽头望去，那阵叫声不是水里的鸟儿发出的。

"咻喊！咻喊！咻喊！"

一只大鸟飞快地掠过水面。它越飞越低，溅起一道长长的水花。突然一阵沉默。又一只北方大潜鸟朝着之前的潜鸟飞去，迪克意识到鸟蛋收藏家的两枪都没打中。迪克差点跳起来，但他及时意识到了自己的处境。两只鸟游到了一起，但迪克看不见它们。他放下双筒望远镜，摘下眼镜，赶紧擦干净重新戴上。他又抓起望远镜，发现其他人也听到了声音，他们也看见了第二只鸟游过湖面留下的长长的白浪，此时正在湖面上缓缓消退。

船上的水手指着鸟儿，杰梅林赶紧捆扎盒子。他们都看到了鸟儿。片刻后，杰梅林先生上了船，折叠艇驶离小岛。迪克明白，鸟蛋已经在他的盒子里躺着。杰梅林接下来要拼尽全力，把失去了鸟蛋的鸟儿一网打尽。这次他绝不会失手。

折叠艇从岛上直接向迪克和两只鸟驶来，两只潜鸟都只露出头和脖子，在水面上并排游动，游移不定。

"它们担心着鸟蛋，"迪克自言自语，"它们要等那伙混蛋走了再回巢。"

但那伙混蛋不打算离开，而是朝着鸟儿追来。一开始，水手背对着迪克划船，杰梅林先生坐在船尾。接着，折叠艇停了下来，迪克看到水手转过身。或许，他们终于打算放过鸟儿，自己离开了。不！折叠艇在调头！水手开始将船向后退，船尾向前。迪克看到杰梅林先生蹲在船底，准备好了一把枪，横在他的胳膊上。水手划着反桨，倒着驶向游动的鸟儿。更糟的是，那些鸟儿担心它们的鸟巢，似乎没有意识到自己又处在危险之中。两只露出水面的脑袋来来回回地移动着，仿佛受到小船驱赶，向迪克无奈守望的岸边靠近。它们似乎不想远离小岛，却无能为力，越游越远。

鸟儿越来越近，小船一直紧跟着它们。迪克双手发抖。他一次次把鸟儿从望远镜的视野里弄丢，又一次次地重新对准，找到它们。他该怎么办呢？如果他选择现身，鸟儿会把他也当成敌人，直接游向死亡。如果他选择不现身，那么鸟儿不飞也不游，直到杰梅林在近处把它们射杀，这时候他就不可能失手打偏了。鸟儿又时不时潜入水下，然后浮出水面，每次都离小船更近了些。迪克真想弄清楚杰梅林手上枪的射程。他对对方的枪支并不清楚，只知道步枪的射程大致有多少。三百米……五百米……折叠艇又靠近了，现在距离鸟儿不足百米，越来越近。杰梅林先生伏在船底，偷偷地挪动枪管。他就要开枪了！就要开枪了！迪克一跃而起，他的喉咙还因为在牢房里大声嚷嚷而火辣辣的，但是他使出全身力气，大声喊叫，像风车一样疯狂地挥舞着双臂。两只鸟潜入水下，在远处浮出水面。接着，伴随着湖面涌起两道长长的白浪，它们展翅起飞，朝着上游的湖泊游去。

"你这个小傻子！"杰梅林吼道。

就在这时，湖泊的尽头传来口哨声。迪克听到哨声，看到人们渡过芦苇丛外的小溪，直奔过来。有几个已经快到他们面前了。

杰梅林先生和水手也看见了他们。水手不再倒桨划船，而是拼命向对岸划去，差点让杰梅林失去平衡。杰梅林先生一手握枪，一手朝着迪克挥拳，然后又坐回船尾的位子。猎人突然变成了别人追捕的猎物，他们知道如果不能赶紧撤回翼手龙号，退路就会被切断。迪克把双筒望远镜塞进背包，开始奔跑，心里产生了新的希望。他的盟友已经到了湖的尽头，他能看见南希和佩吉的红帽子。凯尔特人不管在什么地方，现在也都是他的盟友。鸟儿没有死。只要盟友逮住杰梅林先生，不让他逃回船上，只要杰梅林先生还没有把鸟蛋掏空，只要他，迪克，能在受惊飞走的鸟儿返回前，把鸟蛋安然无恙地放回原处，那么就还有希望，哪怕只有一丝希望，北方大潜鸟依然会在它们的小岛上继续孵蛋。

迪克不停地摔跤，摔了，赶紧爬起来继续跑。他艰难地穿过湖岸的草丛和岩石。他每一次扭头看小船走了多远，就会绊上什么东西，但他清楚地看到小船没有稳稳地笔直前行。他明白想要让那艘折叠艇保持稳定的航向是多么困难，而越着急，操作起来就越困难。他知道小艇会和他今天早些时候一样，转来转去，水手会非常吃力。他现在颇为感激，感激大伙带过来的是难以驾驭的折叠艇，而不是操纵自如的折叠艇！口哨声一次又一次响起，他瞥见更远的岸边有人在活动。他们能不能及时赶到？如果他自己不能及时赶到，只有他们也不行。他们或许能拦住鸟蛋收藏家，但谁都不会想到把鸟蛋放回去。他必须赶到那儿，一分钟都不能耽误！但鸟蛋可能已经被掏空了。鸟蛋收藏家和他的手下或许会打败迪克的朋友，抢在迪克的盟友之前上岸，在被逮住之前顺流而下，然

后登上翼手龙号逃之夭夭。但他们或许不会当即处理鸟蛋，鸟蛋可能完好无损，所以现在还有机会。迪克来到湖边，涉水渡过小溪。他看到湖泊远处的折叠艇正在驶向岸边，便咬紧牙关，朝着小船奋力跑去。

第二十八章

"他到底对鸟蛋做了什么？"

当迪克歇斯底里的叫声打破山谷的寂静时，约翰、南希和佩吉已经穿过了泥炭地。苏珊站上溪流中的石块，伸手拉桃乐茜过河。罗杰不小心滑倒了，在水花四溅中从浅滩里爬了出来。提提紧跟在桃乐茜身后。桃乐茜腾空一跃，站在苏珊身边。

"那是迪克。"她说，"想办法让他知道我们在这儿。"

苏珊吹响口哨，然后又吹了一下。她腾出位置，让桃乐茜跳上一块石头，然后再搭手帮助提提。提提跳过来，一只脚被水打湿了，但没过多久便跟上了桃乐茜。苏珊紧随其后，想着罗杰和桃乐茜的鞋子都湿了，现在可没时间把鞋子烘干，于是就安慰自己，只要他们一直在走动，就不会有什么问题。

约翰、南希和身后不远处跟着的佩吉，已经沿着湖岸奔跑起来。他们听到了迪克的呐喊和苏珊的口哨声，然后看见载着杰梅林先生和他手下的折叠艇径直朝着湖泊尽头的岸边驶去。

"他们发现我们了，"约翰说，"正拼了命地划。"

"划折叠艇可快不了。"南希说。

"小麦金蒂说得对，我们有机会亲手抓住他。"

"但是他们有两个人，"约翰说，"而且这里不是我们的地盘。"

"但折叠艇是我们的。"南希说。

"我们可以问他拿我们的船干什么。"约翰说。

"我们可以纠缠他，"南希说，"可以不让他上岸，等其他人都赶过来。小麦金蒂就在不远处。"

"无论如何，值得一试。"约翰说。

"我们告诉他，他被俘了。要是他逃走，就让他走。我们跟上去，眼睁睁看着他落在凯尔特人的手里。他们会揪住他，就像他们逮住我们一样。然后我们看老麦金蒂怎么处理他。"

"要是我们有绳子就好了。"约翰气喘吁吁地说，"最好由我们自己来处理。"

"我们本来赶不上的，"南希说，"幸好折叠艇给他们帮了倒忙。"

折叠艇照样蜿蜒前进，但最终抵近了湖岸。

"喂，可怜的迪克过来了，"约翰说，"就在那儿。"迪克穿过芦苇丛，朝着湖泊尽头跑来。

"我们必须拦住他们。"南希说，"嗨!"她用尽全身力气喊道。

划桨的水手回头一看，更加卖力地划起来。

"哎，"约翰气喘吁吁地说，"他们猜到了我们会切断他们回翼手龙号的去路。他们或许准备往内陆跑。要是小麦金蒂不在那儿守候伏击……"

湖的前头传来一声口哨声，远处一个小小的海岬上，闪过一个穿着苏格兰短裙的身影。

"他在那儿! 小麦金蒂。"南希说，"快点，我们要把他们前后夹击。"

"不行。"约翰说，"我们还没有靠近，他们就会下船逃走。"

但这时他们发现，除了小麦金蒂以外，其他盟友也在不远处。岸边

传来凶狠、深沉的狗吠声。船停了，杰梅林先生和水手四处观望，好像在选择合适的登陆地点。水手又划了三四下桨，然后停了下来。他们看到杰梅林先生朝着岸上愤怒地指指点点，水手又划了起来。约翰和南希奔向俩人。他们现在能看到狗在岸边奔跑，水花四溅，同时朝着即将靠岸的折叠艇狂吠不已。

"抓住他们！抓住他们！"约翰叫道。

小船差不多靠岸了。一条巨大的牧羊犬蹲下后遽然跃起，仿佛要向船上直扑过去。水手倒桨退后，然后，他又一次准备靠岸。接着他们又听到了深沉而危险的狗吠。突然，他们看到水手收起桨，一把抄起杰梅林先生之前握住的枪，从折叠艇里站起身……

水手正要朝着狗瞄准的时候，突然踉跄了一下，他使劲让自己保持平衡……

"他完了！"南希叫道。

"砰！"水花四溅。

扳机被叩响了。折叠艇一翻，杰梅林先生和水手都掉进了湖里。整个过程似乎很缓慢。他们看见水手拿起枪，站起身，瞄准狗，然后感觉到脚下的船即将倾覆。接着，他像一棵树一样倒下了。他们看见他的手臂连带着枪在空中飞舞。他们听见枪发出砰的一声。他们看见枪从手中飞脱。他们还看见水手和枪落入水中，水花溅起，声音响亮。

"他朝着狗开火！"约翰说。

"希望他被淹死！"南希说。

但折叠艇已经抵达了浅滩。大家看到水手站起身，浑身滴水。杰梅

380

折叠艇倾覆

林原先生坐在船上，没有一头栽下去，他的腿还搁在船板上。两人都从不过膝的水中站起身，水手在水里摸索着枪，杰梅林先生狠狠地推了水手一把。岸上的狗毫发无损，被刚才的枪声吓得不敢叫了。

口哨声响起，狗跑开了。

杰梅林先生和水手放弃了船和枪，涉水上岸。有一会儿，石头挡住了约翰和南希的视线。然后他们重新出现在了视野中，只见他们跌跌撞撞地穿过石楠丛，向山脊走去。

"嗨！"南希喊道。

当她和约翰急忙追赶时，他们听到了另一声喊叫，看见两条狗在斜坡上追赶杰梅林俩人。

俩人前方不远处出现了一块巨大的岩石，岩面平坦，似是一座悬崖。他们走到那里时，狗正跟在他们后面。水手跑在杰梅林先生前面三四米的地方。领头的牧羊犬跑过杰梅林先生，一跃而起，把水手扑倒在地。杰梅林先生后背紧紧地贴在岩石表面，像是要推开岩石，穿岩而过。

约翰和南希气喘吁吁地从岸边赶了上来，发现了杰梅林。

"好狗！"杰梅林说，"好狗！"

狗监视着他的一举一动，以低吠作为回应。

几米外，水手平躺在地上。另一条狗在他脑袋旁狂吠，不让他起身。

"欢呼胜利！"佩吉说，她随后赶到。

"叫你的狗走开。"杰梅林先生下令。

"狗不是我们的。"南希愉快地说。

"狗也不是我的，"另一个声音说，"但它们听我的命令。"

小麦金蒂跟他们会合了。他虽然绕着湖跑了一大圈，但一点没有气喘吁吁。

"孩子，叫狗走开！"杰梅林先生下令。

"罗伊，盯住他！丹迪，盯住他！"小麦金蒂说。两条狗都以低吠报以回应，似乎要向别人证明它们不会让猎物逃走。

牧羊人赶上山坡，两条狗扭头看着主人，像是在向主人求证它们没有做错什么。牧羊人用凯尔特语说了什么，两条狗摇了摇尾巴。后背紧贴着岩壁的杰梅林先生把抱着脑袋的双手放了下来。狗又发出深沉的低吠。

"你再敢随便乱动，狗就撕开你的喉咙。"牧羊人愉快地说道。杰梅林先生重新举起双手，不敢再动。

苏珊、提提、罗杰和桃乐茜结伴抵达。

"啊，太好啦，"提提说，"你们抓住他了。"

"我说，"罗杰说，"是谁开的枪？我们听到枪声了。朝你们开的？"

"水手向狗开的枪。"约翰说。

"狗没伤着吧？"提提惊恐地说。

"他们自己翻了船。"南希说。

"你们怎么处置他们？"苏珊说。

牧羊人和小麦金蒂讨论了起来。牧羊人把手指搁在嘴唇上，吹了一声口哨。海湾方向传来一声口哨声作为应答。牧羊人突然用凯尔特语大喊一声，把他们吓了一跳。接着，远处又传来回复，近处的山脊外也有

人回应。

"只是让爸爸知道，我们逮住他们了。"小麦金蒂说。

"我们把他们逮了个正着，"南希说，"至少狗追上了他们。我说，佩吉，你应该看看他们扑通掉进水里的滑稽样。你还记得我跟你说过在折叠艇上站着很不安全吗？这不，他们就这么做了。"

"他们现在跑不了啦，"约翰说，"我们还是去捞船吧。"

这时，迪克挣扎着来到了他们身旁。他从湖的另一侧一路跑了过来，不假思索地过了小溪，现在累得几乎说不出话来。

"你们拿到鸟蛋了吗？"他气喘吁吁地说。其他人这才注意到杰梅林先生手上没有东西。

"鸟蛋在哪儿？"迪克的声音发抖。

杰梅林先生背靠崖壁，眼睛警觉地盯着脚下咆哮的狗，双唇紧闭。他虽然被逼到了墙角，还是没有放弃最后一丝希望，那就是在"杰梅林藏品"中展出第一只在不列颠群岛发现的北方大潜鸟蛋。

"鸟儿还活着，"迪克脱口而出，"我们要把鸟蛋送回去。快！快！"

"鸟蛋在哪儿？"约翰问，但声音中不禁出现了一丝怀疑。

杰梅林先生恢复了勇气，看着他。

"什么鸟蛋？"他问。

"你确定鸟蛋在他手里？"苏珊问。

"我看到他拿走了鸟蛋，放进了一只盒子，"迪克说，"然后他又去追鸟了。"

"船翻的时候，他手里拿着什么东西。"约翰说。

"那就是他拿了，"南希说，"我看到了。"

"你把盒子放在哪儿了？"迪克愤怒地问他。

"什么盒子？"杰梅林先生说。

南希转向小麦金蒂。"你能让狗咬他几下吗？就轻轻咬几下，唤醒一下他的记忆。"

"我们不能那样做。"苏珊插嘴说，"目前为止，错误都是他自己造成的。"

"我倒想试试看。"小麦金蒂说。

"马上把你的狗叫开！"杰梅林先生说道。

"注意！"罗杰叫道，"水手跑了！"

当大伙都看着贴在岩壁上的鸟蛋收藏家时，水手发现扑倒他的狗已经去和另一条会合，随时待命扑倒杰梅林先生。他抓住了逃跑的机会。他朝着远处匍匐移动，当罗杰叫喊时，他一跃而起，拔腿飞奔。

"他带着鸟蛋逃走了！"迪克叫道。

牧羊人用凯尔特语对着狗交代了几句。两条狗立刻冲进石楠丛，一举把水手围了起来，就像对付离群的绵羊一样。水手气喘吁吁，双手试图躲开狗的触碰。

"带他回来。"小麦金蒂叫道。

牧羊人又说了几句凯尔特语。两条狗在水手身后低吠，左右夹攻，把他赶回了岩壁附近，此时鸟蛋收藏家的手已经放下。两条狗以为缉拿水手的任务已经完成，立即回到水手的主子面前。杰梅林先生又举起了双手。

"你对鸟蛋做了什么？"迪克问水手。

"我没拿鸟蛋。"水手说。大家都看到他确实没有拿鸟蛋。

"快点，"南希说，"盒子一定还在什么地方。他很有可能把盒子藏在石楠丛里了。"

"狗刚才没给他多少时间。"约翰说。

"他可能把它放在这块大石头上了。"南希说，"大海鸽和信天翁啊！盒子可能就在我们的眼皮底下。"

"石头上没放着盒子。"牧羊人慢慢地说。他个子足够高，看得见上面。

"一定就在这里与湖岸之间。"提提说。

"鸟蛋越来越冷，"迪克说，"两只潜鸟随时都会回巢。"

"一定在他们登陆的地方。"南希说，"快点，约翰！你们看着俘虏，好吗？"她对小麦金蒂说。

"他们在这里绝不会惹事。"牧羊人说。

"快！快！"迪克说着，一边向岸边跑去。提提已经在半路上了。

"再过会儿，"小麦金蒂喊道，"我爸爸就要来了。"

但除了罗杰和牧羊人，没人和他一起等待。罗杰犹豫片刻，觉得找鸟蛋的人已经够多了。他不想错过目睹麦金蒂和弗林特船长对峙鸟蛋收藏家的时刻。

一群人不紧不慢地走下山脊，高个子麦金蒂穿着苏格兰短裙，弗林特船长穿着皱巴巴的衬衣和法兰绒裤子，还有那个偏老头也和他们在一起。山脊上的仆从们排成一线，跟在后面。麦金蒂的策略很简单，就是把入侵者回船的路径截断，那么就能把他们逮住了。他派牧羊人和牧羊犬去确保没有人从陆上逃走。他自己、弗林特船长和仆从们则越过皮克特古屋，渡过入海口的小溪，然后跨过礁石，来到远处的海湾。翼手龙号救生艇在那里停靠上岸。

其间，弗林特船长给麦金蒂讲述迪克发现潜鸟的前因后果时，他们听见了第三声枪响和疯狂的犬吠声。他们排成长列，小心翼翼地爬上山脊，朝湖泊前进。他们听到了牧羊人的呼喊，想着该如何处置俘虏。

罗杰得意洋洋地等着鸟蛋收藏家接下来会露出什么表情——只见弗林特船长及他的盟友们正从石楠斜坡上下来，不紧不慢，从容有余，就像厄运即将来临。

罗杰惊讶地看到收藏家振作起来，似乎把即将到来的厄运看成了救星。他突然大笑起来。

"这是怎么回事？"小麦金蒂困惑地问道。

"比起你爸爸，他更害怕狗。"罗杰说。这时，小麦金蒂也笑了起来。

罗杰抬头看看队伍，一时间怀疑自己与其等在这里，是否更应该和其他人去寻找鸟蛋。但他一看到风笛手不在队伍当中，便不再担心了。

"我们把他逮了个正着！"他向弗林特船长叫道，"迪克说，他没打中鸟儿。迪克看见他拿走了鸟蛋，东西却不在他身上，他甚至还假装不知道。"

鸟蛋收藏家仍然紧贴着岩壁，愤愤地瞪了罗杰一眼。然后，尽管眼睛还不时地看着低吠的牧羊犬，他力图不失风度，对麦金蒂开口了。

"你是这儿管事的?"他问,"请你马上结束这场暴行。"

"什么暴行?"麦金蒂严肃地问。

"这些狗,"鸟蛋收藏家说,"有人故意煽动它们来攻击我。你最好让人把它们叫走,让我去做自己的事情。"

"这儿有你的事情?"麦金蒂问,然后突然说,"湖上的那几枪是不是你放的?"

"我开枪是为了打猎。"鸟蛋收藏家说,"你可能听说过我的名字。杰梅林,'杰梅林藏品'的杰梅林。我登岛是为了科学事业,这是我的名片……"他正要伸手拿钱包,但一有动作,马上就传来低沉、威胁性的狗吠,他赶忙把手放回原处,贴紧石壁。

"你赶紧把这些狗叫开,"他愤怒地说,"除非你想尝点真正的苦头。"

罗杰后来向大伙报告,麦金蒂本来就是高个子,这时仿佛突然又长高了五厘米。

牧羊人悄悄地用凯尔特语对麦金蒂说了几句。

"你开枪打牧羊人的狗,也是为了科学事业吗?"

"它们妨碍我登陆。"

"登陆?这么说你在我的湖上有船?"

"我在这里找到了一艘船。"

"是我们的折叠艇。"罗杰插嘴说。

"我明白了。你在我的湖上偷了一艘船,然后呢?"

"我打鸟不是为了打猎,"鸟蛋收藏家说,"是为了让世人知晓,为科学事业搜集鸟蛋。"

"你怎么知道它们在这儿的?"

"这有什么关系?"鸟蛋收藏家愤怒地说,"我就知道它们在这儿。"他说话时视线从麦金蒂身上移向湖岸。此时约翰和南希已经打捞出了折叠艇,把里面的水清空。与此同时,苏珊、佩吉、桃乐茜、迪克和提提正慢慢从湖岸边过来。他们搜寻着每一寸地面、每一丛石楠。

"这场闹剧还是早点收场为妙,"鸟蛋收藏家说,"然后让我……"

"你打的是什么鸟?"麦金蒂问。

"北方大潜鸟。"鸟蛋收藏家说,"学名叫'Colymbus immer'。我想保存标本,包括鸟和鸟蛋。其他收藏品都没有……"他突然停下来,焦急地盯着石楠丛中的搜寻人员,"全世界都会前来参观。这种鸟第一次在不列颠群岛筑巢。我应该连鸟巢一起保存,请伦敦最好的标本制作师……你的小湖会名声大噪……"他又停了下来,"我的律师……还有警察……要不我给你开一个不错的价格吧。如果你马上让我走,你就可以……"

岸边传来一记喊声。迪克、佩吉、苏珊和桃乐茜争先恐后地穿过石楠丛,看到蹲在地上的提提。约翰和南希从折叠艇旁跑来。

"她找到盒子了。"佩吉叫道。

"那是我的私人财产!"鸟蛋收藏家尖叫。

麦金蒂用凯尔特语向倔老头和牧羊人说了几句话。仆从们把鸟蛋收藏家和水手包围起来。两条牧羊犬没忘记布置给它们的任务,朝着脚边的俘虏低吠。麦金蒂和弗林特船长离开了他们,跟着罗杰和小麦金蒂向岸边走去。罗杰一马当先,却被石楠丛绊倒,扑在了地上。他站起来,

发现小麦金蒂已经跑到了他前面，然后以最快的速度追了上去。

"提提找到了。"桃乐茜正说道。

迪克和提提试着解开木盒上的带扣。

"让我来。"南希说。

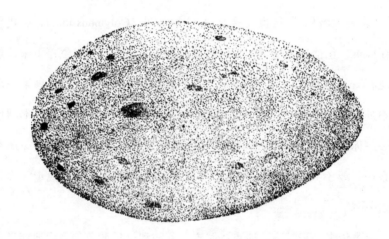

第二十九章

快！快！

　　提提和迪克一样，主要想着鸟儿，而不是怎样抓住鸟蛋收藏家。他们俩听到湖上的两声枪响，心跳都停了一拍。这两声枪响让麦金蒂和凯尔特人与他们化敌为友。提提愤怒地追踪鸟蛋收藏家，但不抱什么希望，因为她认为一切都完了：鸟蛋已被偷走，鸟儿已被打死。然后，迪克却带来了这样的信息：鸟儿已经逃脱，要是他们能把鸟蛋放回鸟巢，还有机会让潜鸟的故事有个圆满的结局。别人都在指望从鸟蛋收藏家身上找到鸟蛋。提提和迪克一样，在野外找寻鸟蛋的踪影，担心能否及时把鸟蛋还给潜鸟。

　　提提说道："小船和鸟蛋迪克都需要。"因此，其他人都在寻找鸟蛋，约翰和南希却去打捞折叠艇，展开之后把里面的水清空。提提自己飞快地从一片石楠丛跑到另一片石楠丛展开搜寻。鸟蛋收藏家和水手肯定会把鸟蛋盒子藏在石楠丛里，而不是容易暴露的岩石间。他们离开湖岸，消失在视野外的时间不超过一分钟。他们肯定知道，唯一的办法就是把盒子藏起来，回头再过来取。位置不可能太远。她的双手在粗糙的石楠茎干间焦急地摸索。困难在于她并不清楚她要找的东西到底长什么样。迪克在大约十二米外搜寻，他说过目标是一只盒子，但是他不知道是什么材质、多少大小的盒子。约翰和南希也不知道，尽管他们看见鸟蛋收藏家手里拿过什么东西。提提在石楠丛里摸呀摸，这比他们在鸬鹚岛石堆下寻找弗林特船长的皮箱可要艰难多了。毕竟，那次的箱子里只有一本书和一台打字机，用不着太急。现在却是性命攸关的时刻。快！哎呀！快！是生是死，决定于此！她想到潜鸟在遭劫的巢里伤心欲绝，想到小潜鸟可能永远无法破壳而出。盒子长什么样？大盒子！它绝不可能太小。然后，她用手指深深插入一丛石楠中，碰上了什么坚硬的东西。手背被石楠茎刮出了血，现在指关节又在盒子的带扣上刮出了更多的血。

"迪克！"她叫道。

迪克立即跑到她身边，其他人紧跟在后。他从石楠丛下面举起盒子，想帮她解开带扣。她听见桃乐茜说："提提找到了。"她听见迪克说："带扣卡住了。"她听见南希说："让我来。"

南希没有像迪克和提提那样手指发抖，她解开了皮带。迪克和提提弯腰往盒子里看，头撞在了一起。鸟蛋就在里面——是北方大潜鸟的两只椭圆形的大鸟蛋，深橄榄色的外壳上夹杂着深褐色斑点，各自放置在箱子底部两格棉绒垫上。

"坏了没有？"迪克气喘吁吁地问。

"还是暖的！"提提说，"我不用摸都能感受到它们的热气。"

"折叠艇！"迪克叫道，"还有一丝机会。快！快！把盒子关上。"

麦金蒂和弗林特船长站在后面看着他们的盒子。罗杰也来了，还有佩吉、苏珊、桃乐茜和小麦金蒂。迪克心中浮现出一个想法：无论怎样，证据已经有了。北极熊号全体船员、麦金蒂父子都已经亲眼看见北方大潜鸟第一次在不列颠群岛筑巢产下的蛋。但这些已经无关紧要，现在最重要的事情，就是尽快把鸟蛋送回鸟巢。他匆匆赶向湖岸。

提提听到麦金蒂浑厚的嗓音在她头上响起："一个大人要从孩子手里

骗取两只鸟蛋，真是怪事。"

"不单单是鸟蛋的问题，"弗林特船长说，"他追求的是名垂千古。"

"我们要是再听到他惹事，我会给他一个'名声'的。"麦金蒂说，"保存鸟儿！他保存死鸟，还有鸟蛋。从我的湖里偷东西，连'请原谅'都懒得说。"

"折叠艇准备好了。"约翰叫道。

"我来划船。"南希说。

"不！不！"迪克说。他想，南希会以赛艇的速度径直驶向小岛。即便鸟儿没有被吓得弃巢而去，这也是最后一根稻草了。

"迪克应该自己去。"桃乐茜说。

"好吧，教授，"南希说，"鸟蛋给你。"

"我来拿鸟蛋。"提提说。

"好。"迪克说。他直接涉水跨进折叠艇，然后坐下。

不一会儿，他们俩都在湖上了。迪克尽量安静地划船。提提坐在船尾，呵护着鸟蛋盒子。北极熊号船员、麦金蒂父子、弗林特船长、狂怒的鸟蛋收藏家和水手留在岸边，仆从和牧羊犬看着收藏家和水手。此刻，这些人好像都从他们的世界消失了。现在除了鸟儿，没有更重要的事情了。鸟儿飞走后一直没回来吗？要是鸟儿现在回来，它们会不会被人类又一次造访小岛给吓坏？但是此行必不可少。在经历过这么多之后，那两只鸟儿会不会回到鸟巢？一切的一切取决于这一个问题。如果鸟蛋放回去后，鸟儿却早已抛弃此地，那么整件事就是一个悲惨的失败。北极熊号不在港口刷船，而是来到了这里的港湾，也为鸟儿带来了终身的遗

憾。迪克就会后悔发现鸟儿，后悔在发现它们之后，他不是直接扬帆离去，而是一个劲地想要证实它们是北方大潜鸟。

"小岛在那边。"提提说。

"我知道。"迪克说，但他没有直接划过去。一时间，他一言不发。然后，他觉得应该解释一下，"鸟巢在这一头，"他认真地说，"所以我们应该在小岛的另一侧登陆。"

"可是时间紧迫。"提提悄悄说。

"如果我们又吓着了鸟儿，它们就要用更长的时间才会回来。"

他平稳地向前划着。提提拿着鸟蛋盒子，越来越害怕他们来得太晚，鸟儿已经远走高飞。北方大潜鸟被迫离开鸟巢，被人试图射杀，然后又受到追逐，它们很可能永远离开湖区，绝望地飞向北极。如果它们飞走了，鸟蛋就没救了。鸟蛋在盒子里不会一直暖和下去。蛋里的生命早晚会消亡不见。它们离开鸟巢有多久了？事情发生得太快。迪克亲眼看到杰梅林拿走鸟蛋以后很久才开枪。然后，迪克的叫声挽救了潜鸟，窃贼和水手朝着湖岸划去，然后被逮住。搜寻盒子倒没有花很长时间。或许鸟蛋在盒子里总共待了不过半个小时。但是潜鸟究竟去哪里了？她看到迪克不断遥望对岸，希望看到它们。她也凝视对岸，但哪儿都看不到这两只奇怪的大鸟。

迪克突然停止了划桨。

"那儿有一只鸟，"他轻声说，"只露出了脑袋。"

提提凝视他遥望的方向，但什么都没有看见。

"咻喊！咻喊！咻喊！"

"那是另一只鸟。"迪克说,"它们回来了。我们还有希望。"

"呼!呼!呼!"

这一次不是粗声粗气的警告,而是怪异的尖叫。

小艇和落日之间的湖面上波光粼粼。提提从中看到了一道长长的浪花,鸟儿正在水面着陆。

"我没有办法。"迪克说,更像是自言自语,而不是对提提说话,"要是它们看见我们,我就没办法了。它们回来了,我们直接去小岛。"

他重新开始划桨,尽可能安静。他转过船头,正对潜鸟筑巢地的小岛远端。

"要是它们现在看见我们,或许会更好。"他接着说,"免得我们去放鸟蛋的时候,它们已经回到了巢里。"

"我们首先要赶到那儿。"提提说。

最后,她看到一只鸟的头和脖子。它游了过去,仿佛是要与刚才飞抵湖面的那只潜鸟相会。

"没问题,"她轻声说,"它去了另一个方向。"

迪克一言不发。他想把小船划到芦苇丛近处,他早上藏起小船的那个地方。他有点着急,折叠艇又开始不听使唤。船头驶进芦苇丛,发出沙沙的声音。片刻后,船底触地。迪克跨进水里,把船拖到地面上五六十厘米的距离,然后伸手接过盒子。

"我最好不要去。"提提说。

"对,"迪克说,"即使一个人去也是迫不得已。现在它们一定看着我们。"

她把盒子递给他，在原地等待。

迪克马上回来了，好像根本没离开一样。

"物归原主，"他轻声说，然后把船推下水，上了船，"幸好我见过它们是怎么排列的……并排，但没碰到一起。那个混蛋也没有把鸟巢给破坏。他说过，他想把整只鸟巢保存下来，但他没有时间，所以就没动，想等到再有机会打鸟时过来拿。他真要把鸟巢挖走，必须挖得很深，那鸟巢看起来就像是岸上长出来的。鸟儿只要在鸟蛋变冷以前返回就行。"

"水里那只越游越近了。它又潜到了水下，至少我现在看不见了。"

"我们必须走远点。"迪克说。

他们差不多划到离岸边只有一半路程了，又听到那怪异的叫声。

"呼！呼！呼！"

其中一只鸟儿再次起飞，从他们头顶飞过，他们因此看见潜鸟白色的腹部和折起来的大脚。鸟儿在他们头上高高地回旋。

"但愿它告诉另一只鸟，我们确实走了。"提提说。

迪克继续划桨。直到他看到水面五六十米开外泛起一道长长的水波，说明鸟儿又回到了水面。

"好了。"迪克说。

"它们都在水上吗？"提提问。

迪克收起船桨，让小船顺水漂流，然后他取出弗林特船长的双筒望远镜。

"那只鸟露出水面相当高。"他说，"背都露出来了……没怎么受惊……我没有看到另一只……噢，看到了……仍然只有头和脖子……但

它们靠近小岛了……一只鸟潜入水下……又浮起来了……啊，不要让船摇来摇去的……它们都游得很不错……我说，有一只鸟直接游向岸边筑巢的地方……现在它一定看到鸟蛋了……它……"好长一阵令人窒息的停顿，"它出来了……把翅膀当脚一样使唤……就像海豹一样……它在鸟巢里……给，你来看看……怎么啦？"

"没什么，没什么。"提提不耐烦地说。她把手帕揉成了一团。明明没什么值得掉眼泪的，她却总是会泪水汪汪，真是讨厌！

"看，"迪克说，"把手肘支撑在膝盖上，稳住望远镜。"

提提接过望远镜看过去。片刻间，小岛摇来摇去。但折叠艇稳住了，她看到了岸边的平地、一夜长出石楠的石块。对了，在那些石块前面，离湖水只有一米外的地方，一只硕大的白点黑鸟，黑色的颈部有两块条纹——北方大潜鸟，正在鸟巢上孵蛋。它的配偶在小岛外的水面上游来游去。

"快点！"提提说，"我们去告诉其他人。"

"天哪！啊，天哪！"迪克说着，仿佛变身成了罗杰，双眼在镜片后面愉快地眨动着，然后他向岸边划去。

向北极熊号告别